Brown-Eyed Girl
by Lisa Kleypas

# やさしさに触れたなら

リサ・クレイパス
水野 凜[訳]



ライムブックス

# やさしさに触れたなら

## 主要登場人物

エイヴリー・クロスリン……ウエディングプランナー。〈クロスリン・イベント企画〉の経営者
ジョー・トラヴィス……フリーのカメラマン
ソフィア……ヒロインの異母妹。〈クロスリン・イベント企画〉の共同経営者
イーライ……エイヴリーとソフィアの父
スティーヴン・キャヴァノー……〈クロスリン・イベント企画〉の社員
リー＝アン・デイヴィス……〈クロスリン・イベント企画〉の社員
タンク・ミレッキ……〈クロスリン・イベント企画〉の社員
ヴァル・ユディナ……〈クロスリン・イベント企画〉の見習い
ライアン・チェイス……ジョーのいとこ。建築家
ホリス・ワーナー……カジノリゾートの経営者の妻
ベサニー・ワーナー……ホリスの娘
ゲイジ・トラヴィス……ジョーの兄。トラヴィス家の長男
リバティ・トラヴィス……ゲイジの妻
ジャック・トラヴィス……ジョーの兄。トラヴィス家の次男
エラ・トラヴィス……ジャックの妻。人生相談のコラムニスト
ヘイヴン・ケイツ……ジョーの妹。トラヴィス家の末娘
ハーディ・ケイツ……ヘイヴンの夫
ブライアン……エイヴリーの元婚約者
ジャスミン……エイヴリーの親友

# 1

ウエディングプランナーとしての経験はたくさん積んでいる。だから、今日のめでたき日に備えて、どんな非常事態にも対処できるように準備をした。でも、まさかサソリが出るなんて。こんなことは初めてだ。

ひと目でサソリだとわかった。プールのある石敷きの中庭を、気味悪く、かさこそと走っている。サソリほど気持ちの悪い生き物はいない。人間はサソリの毒で死にはしないけれど、刺されたときは死んだほうがましだと思うらしい。

非常事態が発生したときの鉄則は〝パニックに陥らないこと〟。だけど、サソリが大きなハサミと毒針のついた尾を威嚇するように高々とあげ、こちらに向かって走ってきたときには、そんな鉄則など忘れて叫び声をあげた。何か追い払えるものはないかと、トートバッグの中を必死に探った。このバッグには、助手席に置くたびにシートベルトを締めろと車が警告してくるほど、たくさんのものが入っている。ティッシュペーパー、ペン、絆創膏、エビアンのスプレー、ヘアケア用品、制汗剤、手の除菌ジェル、化粧水、ネイルケア用品、メイク道具、ピンセット、裁縫セット、糊、ヘッドホン。それから、咳止めドロップ、チョコレートバー、市販薬、ハサミ、ファイル、ブラシ、ピアスの留め具、輪ゴム、タンポン、しみ抜き剤、衣類用の粘着シート、ヘアピン、かみそり、両面テープ、綿棒などなど。

いちばん重いのはグルーガン（スティック状の樹脂を熱で溶かして接着する銃のような形の道具）だったので、それをサソリに投げつけた。狙いははずれ、グルーガンは石敷きの地面にあたって跳ねた。サソリは縄張りを守ろうと威嚇している。ヘアスプレーの缶をつかみ、おそるおそるサソリに近づいた。

「そんなものは効かないぞ」愉快そうな低い声が聞こえた。「サソリの髪をボリュームアップして、つやを出そうっていうなら話は別だけどね」

驚いて顔をあげると、見知らぬ男性がそばを通り過ぎ、サソリのほうへ向かった。黒髪で背が高く、洗いざらしのTシャツにジーンズ、それにブーツという格好をしている。

「任せろ」

二、三歩うしろにさがり、ヘアスプレーの缶をトートバッグに戻した。

「窒息させようと思ったの」

「無理だな。サソリは一週間くらい呼吸しなくても平気だから」

「本当に？」

「そうさ、お嬢さん」男性はサソリを踏みつけ、ブーツのかかとでとどめを刺した。テキサスの男はサソリに出会うと徹底的に始末する。煙草の火をもみ消すときもそうだけど。近くにある花壇の根覆いのほうへサソリの死骸を蹴りやってから、その男性は振り返ってこちらをまじまじと眺めた。その品定めするような目に、サソリを見つけたときとはまた違う意味で鼓動が速くなり、思わず黒い瞳を見つめた。印象的な風貌をしている。くっきりとした目鼻立ちで、顎はがっしりしている。濃い無精ひげは車の塗料さえこすり落とせそうだ。着古したTシャツの上からでも、骨太で胸や腕の筋肉が硬いことがわかる。ちょっと危険な雰囲気の人だ。

こういう男性を見ていると、息をするのを忘れてしまう。

ジーンズのすりきれた裾とブーツに泥がこびりついて乾いている。広大なスターダスト牧場を流れる小川のそばを歩いてきたのだろう。この服装なら結婚式の出席者ではありえない。今日の招待客は、ほとんどが想像を絶するほどの大富豪だ。

彼の目に自分がどういうふうに映っているのかは容易に想像できた。赤毛で、大きなフレームの眼鏡をかけた、二〇代後半のぽっちゃりとした女。服装は着心地のよさだけが取り柄の、ゆったりとしたシンプルなものだ。わたしがいつも寸胴《ずんどう》なボックス・シルエットのトップスと、ウエストがゴム入りで裾の広いパンツを着ているのを見て、妹のソフィアは〝おばさんの格好〟と評した。でも男の人の目なんか気にならないし、どうせやぼったい女だと思われているんだろうけど、それはこっちも望むところだ。別に誰かの気を惹きたいとは思わない。

「サソリって昼間は出てこないんじゃなかった？」どぎまぎしながら尋ねた。

「今年は雪解けが早くて、春は乾燥してたからね。やつらは水分が欲しいんだ。プールには水があるだろう？」男性がのんびりとした口調で答えた。

　彼は視線を離すと、腰をかがめてグルーガンを拾いあげた。それを手渡してくれるとき、指が触れて胸がどきんとした。彼は石鹸と土埃とさわやかな草の香りがする。

「それ、はき替えたほうがいいぞ」爪先の開いたフラットシューズを見て言った。「ブーツかランニングシューズは持ってきてないのか？」

「ないわ。もう、サソリと遭遇しないことを祈るだけよ」

　中庭のテーブルに彼が置いたらしいカメラに目が行った。プロ仕様のレンズがついたニコンだ。レンズの胴体部分は金属製で、先端が赤く縁取られている。

「あなた、プロのカメラマンなの？」

「ああ、そうだ」

　結婚式で写真撮影を担当するジョージ・ガンツのもとで働くスタッフなのだろう。握手をしようと手を差しだした。「エイヴリー・クロスリン」愛想よく、かつビジネスライクに聞こえるように名前を告げた。「今日のウエディングプランナーよ」

　彼は温かい手で、しっかりと握手をした。また胸がどきんとした。

「ジョー・トラヴィスだ」ジョーは視線を合わせたまま、手を握りしめている。なぜだか顔が熱くなり、ようやく手が離れたときにはほっとした。

「ジョージから結婚式の進行表と撮影リストはもらった？」プロらしい口調で尋ねた。

　ジョーがぽかんとした。

「大丈夫よ。余分のコピーが何枚かあるから。母屋へ行って、スティーヴンからもらって。

たぶん、ケータリングのスタッフと一緒にキッチンにいると思うわ」トートバッグの中を探り、名刺をとりだした。「何か困ったことがあったら、この携帯電話の番号に連絡して」

ジョーは名刺を受けとった。「そりゃあ、どうも。でも――」

「招待客の着席は六時三〇分」てきぱきと説明した。「挙式開始は七時。七時三〇分にハトを飛ばして式は終了。日が暮れる前に新郎新婦の写真を撮り終えてね。日没は七時四一分よ」

「そのスケジュール、きみが組んだのか？」ジョーがからかうような目をした。

警告をこめた表情で、話を続けた。「お客様は午前中にお見えになるから、その前に身なりを整えておいたほうがいいわよ」トートバッグに手を突っこみ、使い捨てのかみそりを出した。「はい、どうぞ。どこでひげを剃ればいいかはスティーヴンに教えてもらって。それから――」

「ちょっと待ってくれ。かみそりなら自分のがある」ジョーがかすかに笑みを浮かべた。

「きみはいつもそんなに早口でしゃべるのか？」

顔をしかめ、かみそりをトートバッグに戻した。「しなければならないことがたくさんあるもの。あなたもさっさと仕事にかかったほうがいいわよ」

「ぼくはジョージのスタッフじゃない。フリーランスのカメラマンなんだ。結婚式の仕事は引き受けない」

「だったら、どうしてここにいるの？」

「招待客だからさ。新郎の友人だ」

啞然とし、目を丸くした。あまりの恥ずかしさに、頭のてっぺんから爪先まで熱くなった。

「あの……ごめんなさい」しどろもどろに謝った。「カメラを見て、てっきり……」

「気にしてないさ」

いちばん避けたいと思っているのは、頭の悪い人間に見られることだ。この仕事で顧客の信頼を勝ち得るには、有能に見せることが大切だ。とりわけ、今、狙っている富裕層の顧客の場合は、それが何より重要だと言える。なのに、これまでわが社が受注した中でもっとも予算が潤沢で大規模な結婚式当日に、あろうことか招待客をスタッフと間違えてしまった。きっと彼は金持ちの友人たちに、ことの顚末をおもしろおかしく話すだろう。わたしは陰で笑われ、冗談の種にされ、あなどられるに違いない。

一刻も早くこの場から逃げだしたくて、消え入りそうな声で言った。「ええと……失礼します」ジョーに背中を向け、走りださないように気をつけながら足早に立ち去ろうとした。

「おいおい」ジョーは大股で追いつき、カメラをつかんでストラップを肩にかけた。「待てよ。そんなに焦らなくてもいいだろう?」

「焦っているわけではありません」屋根が木製で床は石敷きのあずまやのほうへ急いで向かった。「忙しいので」

ジョーはなんの苦労もなく歩調を合わせてきた。

「さっきの勘違いはなかったことにすればいい」

「ミスター・トラヴィス……」そのとき彼が何者なのかに気づき、はっとして足を止めた。

「あなたは……」気分が悪くなり、きつく目をつぶった。「あのトラヴィス家の方なんですね？」

ジョーが前にまわりこみ、困った顔をした。

「それは、〝あの〟が何を意味するかによるな」

「石油ビジネスを大成功させて、プライベート機やヨットや豪邸をいくつも所有している、あのトラヴィス家です」

「ぼくは豪邸なんか持ってないぞ。ヒューストンの六区にあるあばら屋に住んでる」

「それでもトラヴィス家の一員であることに変わりはありません。ミスター・チャーチル・トラヴィスのご子息なんでしょう？」

ジョーの顔が曇った。「親父はもういないけどね」

しまった。そういえば、トラヴィス家の主《あるじ》であるチャーチル・トラヴィスは半年前に心不全で急死したのだ。メディアは葬儀の様子を大々的に報道し、彼の生涯や業績を詳しく紹介した。チャーチル・トラヴィスは新規事業の立ちあげと、成長産業への投資で財をなした。そのほとんどはエネルギー関連だ。一九八〇年代から九〇年代にかけてはテレビのビジネス番組や経済番組への露出も多かった。トラヴィス家といえば、言わばテキサスのロイヤル・ファミリーのようなものだ。

「お父様のこと……お気の毒です」ぎこちなく言った。

「ありがとう」

　気まずい沈黙が流れた。彼の視線がわたしの顔の上をさまよっているのが、日光のように熱く感じられる。

「あの、ミスター・トラヴィス――」

「ジョーと呼んでくれ」

「ジョー、わたし、今日のことで頭がいっぱいなんです。いろいろとしなければならないことがあって。今、会場の準備をしているところです。七五〇平方メートルもある披露パーティ用の大テントの飾りつけ、四〇〇人分のディナー、生演奏によるダンスの準備、それに夜のパーティの支度もあります。だから、勘違いしたことは謝りますが――」

「謝る必要はないさ」ジョーが穏やかに言った。「ぼくがもっと早くに言うべきだったんだ。ただ、きみの口調についていくのはなかなか難しくてね」口元にからかいの笑みが浮かんだ。「ぼくも早口になるか、あるいはきみがもっとゆっくりしゃべってくれなくては無理だな」

　緊張していたけれど、それでも笑みを返したくなった。

「トラヴィス家の一員だからといって、気を遣う必要はない。一族のことをよく知っている人は、誰もぼくたちに畏れ入ったりはしないよ。本当だ、信じてくれ」ジョーはしばらくこちらを見ていた。「これからどこへ行くんだ？」

「会場です」プールの向こう側にある、木製の屋根で覆われたあずまやを顎で示した。

「一緒に行くよ」こちらがためらっているのを見て、ジョーがつけ加えた。「またサソリが出るかもしれない。サソリのほかにも、タランチュラとか、トカゲとか。始末はぼくに任せてくれ」

この人なら、その魅力でガラガラヘビも黙らせられるだろう。

「そんなにぞろぞろ出ませんよ」

「いや、ぼくがそばにいたほうがいい」ジョーは自信満々に言った。

オークの木立を抜け、会場へと向かった。エメラルドグリーンの芝生の上に、披露パーティに使用する白いシルクの大きなテントが、巨大な雲が休息のために地上へ舞いおりたかのように広がっている。このオアシスのような芝生はほんの二、三日前に植えられたもので、みずみずしさを保つために貴重な水をどれほど消費したかわからない。しかもこの青々とした葉は明日には引き抜かれる。

このスターダスト牧場は一六平方キロメートルの広さを誇り、母屋と、何棟かのゲストハウスと、納屋などのいくつかの建物があり、乗馬用コースも備わっている。個人所有の不動産なのだが、わが社が仲介に入り、オーナー夫妻が二週間のクルーズ旅行に出かけているあいだ、新郎新婦と賃貸契約を結んだのだ。完全な原状回復が条件であり、新郎新婦はそれに同意している。

「もう長くやってるのか?」ジョーが尋ねた。

「ウエディングプランナーの仕事ですか?　妹のソフィアと一緒に、三年前に事業を立ちあげたんです。その前はニューヨークで、ウエディングドレスのデザイナーをしていました」

「スローン・ケンドリックの結婚式を任せられるとは、きみのところは評判がいいんだな。彼女の両親はなんでも最高のものじゃないと納得しない人たちだ」

ケンドリック夫妻はテキサス州全土で質屋のチェーン店を経営している。夫であるレイ・ケンドリックは元ロデオ選手で、松の木のこぶのような顔をしており、ひとり娘の結婚式のために気前よく一〇〇万ドルを出すことに同意した。今回の仕事をうまくこなせば、今後わが社は富裕層の顧客を数多く獲得できるだろう。

「ありがとうございます。スタッフが優秀なんです。妹は企画力がありますし」

「きみはどうなんだ?」

「実務を担当しています。コーディネーター・チームの責任者です。細かいところまで気を配って、完璧に準備を整えるのが仕事です」

あずまやでは三人の派遣スタッフが白く塗装された椅子を並べていた。わたしはトートバッグを引っかきまわし、金属製のメジャーをとりだした。慣れた手つきでメジャーを繰りだし、椅子を並べる目安のために置かれた紐の間隔をはかった。

「通路の幅はぴったり一八〇センチにしてほしいの」派遣スタッフに向かって大声で言った。

「紐を動かして」

「一八〇センチにしましたけど」派遣スタッフのひとりが答えた。

「一七七センチよ」

派遣スタッフは面倒くさそうな顔で長々とこちらを見た。

「それくらい、かまわないんじゃないですか？」

「いいえ、ちゃんと一八〇センチにして」わたしは譲らず、メジャーを巻き戻した。

「仕事が終わったあととか休みの日は何をしてるんだ？」

振り返り、ジョーの顔を見た。「いつも仕事です」

「いつも？」ジョーが嘘だろうという顔で尋ねた。

「この事業が軌道にのったら、少しはゆっくりするつもりです。でも、今はまだ……」肩をすくめた。Eメールや電話、計画すべきことや調整すべきことが多すぎて、一日はあっという間に過ぎてしまう。

「趣味も必要だぞ」

「あなたのご趣味はなんですか？」

「時間がとれれば釣りに行く。季節によっては狩りもする。ときどき、慈善事業向けにボランティアで写真を撮ったりもしている」

「慈善事業？」

「地元の動物保護施設さ。かわいい写真をウェブサイトに載せれば、もらい手が早く見つかる」ジョーは言葉を切った。「よかったら、今度一緒に――」

「ごめんなさい、ちょっと失礼します」トートバッグの奥から、携帯電話の着信音にしている、ワーグナーの《結婚行進曲》の冒頭部分が繰り返し流れてきた。ようやく携帯電話を見つけだして画面を確かめると、妹からだった。

「ハトの業者に連絡をとりつづけてるんだけど、電話に出ないのよ」いきなりソフィアが言った。「あの業者、どんな鳥かごがいいか、確認もとってこないし」

「伝言は残したの？」

「ええ、五回も。ねえ、行き違いがあったらどうしよう？　病気で寝こんでるのかも」

「そんなことはないわ」ソフィアを励ました。

「じゃあ、ハトから鳥インフルエンザに感染したとか？」

「飼いバトなんだから、鳥インフルエンザ対策はしてあるわよ」

「本当？」

「もうちょっと連絡をとりつづけてみて」必死になだめた。「まだ早い時間だもの。寝ているのかもしれないじゃない」

「業者が会場に来なかったらどうしよう」

「大丈夫よ。まだパニックになるほどの時刻じゃないわ」

「じゃあ、何時になったらパニックになってもいいの？」

「あなたはパニックにならなくてもいい。そのときはわたしがなんとかするから。一〇時になっても電話がつながらなかったら、そのときは教えて」

「わかった」

携帯電話をトートバッグに戻し、ジョーに目を向けた。

「ええと、動物保護施設のお話でしたね？」

ジョーはまじまじとこちらを見ていた。ジーンズの両ポケットに親指をかけ、片方の足に重心をかけて体の力を抜いているけれど、それでも自信に満ちているのがわかる。こんなセクシーな立ち姿は見たことがない。

「今度、そこへ行くとき、きみも一緒にどうだ？」ジョーは言った。「きみが自分の趣味を見つけるまで、しばらくぼくのにつきあってくれてもかまわないぞ」

わたしには反応が鈍いところがある。触れあい動物園にいるヒヨコのように、考えがおぼつかなくなってしまうのだ。ジョーは今、どこかへ一緒に行こうと誘ってくれたのだろうか？　まるで……デートみたいに？

「ありがとうございます」ようやく答えた。「でも、あいにく予定が詰まっているんです」

「そのうち、きみをどこかへ連れだしたいな」ジョーは引かなかった。「一杯飲みに行くのもいいし、ランチでもかまわない」

まごつき、言葉を失った。

「じゃあ、こういうのはどうだ？」ジョーがなだめすかすような優しい口調になった。「フレデリックスバーグまでドライブしよう。夜明け前に出発すれば、道路を独占できる。途中でコーヒーとコラーチ（ジャムやチーズをのせて焼いたチェコの菓子パン）でも買おう。ブルーボネットが咲き乱れる草原へ連れていってあげるよ。大地が空みたいに見えるぞ。木の根元で休みながら、朝日がのぼるのを眺めるんだ。どうだい、そういうのは？」

そういう時間の過ごし方は、わたしなんかではなく、ハンサムな男性に誘われ慣れている女性のほうがふさわしい気がした。しんと静まり返った早朝に、青紫色の花が一面に広がる草原でジョーとのんびり過ごすところを、ほんの一瞬だけ想像した。思わず誘いに応じてしまいたくなる。でも、リスクは冒したくない。今はだめ。これからもだめ。ジョー・トラヴィスのような人は、きっと多くの女性の心を傷つけてきたのだろう。わたしの気持ちなんてどうでもいいに違いない。

「行けないんです」

「結婚してるのか?」

「いいえ」

「婚約中?」

「いいえ」

「一緒に暮らしてる男がいるとか?」

首を横に振った。

ジョーは黙ってこちらを見ている。目の前にあるパズルを解きたくてしかたがないという顔だ。「じゃあ、またあとで」ようやく口を開いた。「それまでに、どうやったらきみにイエスと言わせられるのか、よく考えておくよ」

# 2

ジョー・トラヴィスに会ったせいで、気もそぞろのまま母屋へ行き、スタッフの控え室にいる妹を見つけた。ソフィアは黒髪の美人で、ハシバミ色の目をしている。わたしと同じくふくよかなタイプだが、わたしとは違い、砂時計のごときグラマラスな体型を見せつける服装をしている。

「業者がやっと電話をかけてきたわ」ソフィアが勝ち誇って言った。「これでハトを放つ件はひと安心ね」心配そうな顔でこちらを見た。「顔が赤いわよ。脱水症状じゃないの？」水のペットボトルを差しだしてきた。「ほら、飲んで」

「ある人に会ったの」喉を鳴らして水を飲んだあと、そう答えた。

「誰？　何かあったの？」

ソフィアとわたしは異母姉妹で、別々に育った。ソフィアは、ソフィアの母親と一緒にテキサス州のサンアントニオで。わたしは、わたしの母親と一緒に同じくテキサス州のダラスで。ソフィアという名の女の子がいることは知っていたけれど、会ったことはなかった。父のイーライは五度も結婚し、そのたびに子供をもうけたため、クロスリン家の家系図はいささか複雑になっている。

父は笑顔のすてきなブロンドのハンサムで、心の赴くままに女性を口説いた。自分の気持ちに忠実に行動する人だったが、情熱が冷めてしまうと、ひとりの女性のもとに落ち着くことができなかった。それは仕事も同じで、一、二年以上は続かずに職を転々とした。

父にはわたしとソフィアのほかにも実の子供や義理の子供が山ほどいたが、それを順番に捨てていった。しばらくは電話をかけてきたり、家を訪ねてきたりしたものの、そのあとは二年ほども音沙汰がなくなった。そのうちにまたひょっこりと顔を見せ、相変わらずの魅力を振りまき、興奮気味におもしろおかしい話や困った話をした。わたしはそのどれも信じなかった。

ソフィアと初めて会ったのは、父が脳卒中を起こしたときだ。まだ若く健康だった父が倒れたと知らせを聞いたときには驚いた。すぐにニューヨークへ飛ぶと、見知らぬ女性が病室にいた。自己紹介されるまでもなく、父の娘だと直感でわかった。黒髪と小麦色の肌はヒスパニック系の母親に似たのだろうが、彫りの深い顔立ちは紛れもなく父親譲りだ。

その女性は気遣いながらも、親しげな笑みを見せた。「わたしはソフィア」

「エイヴリーよ」握手をしようとぎこちなく手を差しだすと、近づいてきたソフィアにきつく抱きしめられた。思ってもいなかった抱擁に胸が熱くなり、姉妹なのだと強く感じた。ソフィアの肩越しに、機械に管でつながれてベッドに横たわる父の姿が目に入ったが、すぐにはその場を動かなかった。ソフィアにずっと抱きしめられていたからだ。

元妻や子供たちはたくさんいるというのに、病室を訪れたのはソフィアとわたしだけだった。でも、ほかの人たちを責める気にはなれない。自分だって、何を思って父に会いに来たのかわからないくらいなのだ。寝るときに本を読んでくれたわけでもなく、膝小僧をすりむいたときに絆創膏を貼ってくれたこともなく、父親らしいことなど何ひとつしてもらった覚えはない。父は自分のことに忙しくて、とても子供にまで気がまわらなかった。それに、たとえ子供をかまいたくても、自分が捨てた元妻たちの怒りは激しく、子供に近づくのは難しかっただろう。結婚生活や同棲生活を終わらせるときの父のいつものやり方は、外に女を作り、パートナーをだましつづけ、それがばれて家を追いだされるというパターンだったのだから。母は決して彼を許さなかった。

だが、その母も、ずるい男や、嘘ばかりつく男や、ヒモのような男と懲りずに関係を持ちつづけた。父のほかにもふたりの男と結婚し、どちらとも離婚している。どうせ幸せになどなれはしないのに、それでも恋愛をしようという気になるのが不思議なくらいだ。

母に言わせれば、自分を幸せになれない女にしたのは父だから、すべて彼が悪いらしい。けれども、わたしは大人になるにつれて、母が父をそこまで憎むのは似た者同士だからではないかと思うようになった。根拠はある。母親は派遣秘書をしていたのだが、常に職場を転々とし、上司を替えていた。正社員になるよう誘われたときも断った。毎日同じ仕事をして、同じ相手と顔を合わせているのは退屈だというのがその理由だ。一六歳の生意気盛りだったわたしは我慢できずに言った。父さんがほかの女のもとに走らなかったとしても、どうせ母さんとは別れていたわよと。その言葉に母は激怒し、危うく家を追いだされそうになった。母が激しく反応したのを見て、それが真実なのだと知った。

そんな母を見てきたせいで、激しく燃えあがる恋ほど冷めるのは早いものだと悟った。最初の新鮮味が失われてときめきがなくなり、あとは乾燥機から出した洗濯物の靴下をそろえたり、ソファについた犬の毛を掃除機で吸いとったり、家の中を片づけたりするだけの毎日になると、関係は終わる。恋愛にいいことなど何もない。ドラッグが効いたり抜けたりするのと同じで、楽しいときは長くは続かず、高揚感がなくなるとむなしさだけが残り、さらに次を求めてしまう。

父は何人もの女性を愛したことになっているし、結婚にまで至った相手もいるが、その誰もが次の女性へ進むための通過点にすぎなかった。人生をひとりで旅し、ひとりで死んでいった。アパートの賃貸契約の更新に来なかったため、管理人が部屋を見に行ったところ、リビングルームで倒れていたのだ。

すぐに救急車で病院へ搬送されたが、結局、意識が戻ることはなかった。

「母は来ないわ」病室でソフィアとふたり椅子に座り、わたしは告げた。

「うちもよ」

目を見あわせただけで、お互いに何を考えているのかはわかった。どうしてほかの人は誰も来ないのだろうなどということは口にする必要もなかった。捨てられた家族は傷つき、長年のあいだに心がすさんでいく。

「あなたはどうしてここへ来たの？」思いきって尋ねてみた。

ソフィアは考えこんだ。モニターのピッピッという音と、人工呼吸器のリズミカルなシューッという音だけが聞こえている。「うちはメキシコ人の一族なの」ようやく口を開いた。「メキシコ人は連帯意識と伝統を重んじるわ。わたしもみんなの仲間に入りたかった。でも、わたしだけ異質なのよ。いとこはみんな父親がいるのに、わたしは父さんが誰かも知らなかった。母さんが絶対に教えてくれなかったから」ソフィアはベッドに横たわる父親に目を向けた。気管内チューブや点滴やドレーンなど、何本もの管につながれている。「一度だけ、彼に会ったことがあるの。わたしが子供のころ、家を訪ねてきたのよ。母さんはわたしと話をさせようとしなかった。だから父さんが車へ戻るとき、あとを追いかけたの。父さんはわたしへのお土産に風船をいくつか持っていた」ぼんやりとほほえんだ。「なんてハンサムな人なんだろうと思ったわ。風船が飛んでいかないように、父さんはわたしの手首に紐をくくりつけてくれた。父さんの車が去って風船を家に持ち帰ろうとしたんだけど、母さんに捨てなさいと言われたわ。わたしは手首の紐をほどいて、風船を空へ飛ばした。それを見ながら、願いごとをしたの」

「いつかもう一度、この人に会いたいって？」

ソフィアがうなずく。「だから、ここへ来たのよ。あなたはどうなの？」

「きっとほかには誰も来ないだろうと思ったからよ。誰かが世話をしなければならないし、見ず知らずの人に任せるのは気に入らなかったの」

ソフィアはわたしの手に自分の手を重ねた。生まれたときからよく知っているとでもいうように、ごく自然に。「世話する人がふたりになったわね」短く答えた。

父のイーライは翌日、息を引きとった。わたしたちはこうして彼の死を通じて出会った。当時、わたしはウエディングドレス専門のオートクチュールで働いていたが、そこでのキャリアアップは見込めそうになかった。ソフィアはサンアントニオで子守《ナニー》をするかたわら、子供向けのパーティの企画をしていた。ふたりは一緒に結婚式を企画する仕事をしたいという夢を持つようになった。その夢がかなって、もう三年になる。ヒューストンで立ちあげた会社は、望むべくもないほど順調に軌道にのった。小さな仕事が次の受注へとつながり、現在では社員を三人と見習いひとりを雇用できるまでになった。今回ケンドリック家の仕事を受注できたことで、さらなる発展が見込める。

ただし、へまをしなければの話だ。

「どうして誘いを受けなかったのよ」ジョー・トラヴィスと出会った話を聞くと、ソフィアは信じられないとばかりの口調で言った。

「だって、本気でわたしに興味があるとは思えなかったんだもの」言葉を切った。「そんな顔で見ないで。ああいうタイプの男性は、ただ女性を口説き落としたいだけなのよ。わかるでしょう?」

思春期のころから、ずっとぽっちゃり体型だ。なるべく歩くようにしているし、必ず階段を使うし、週に二回ダンス教室に通っている。健康的な食事を心がけていて、ダイエットのため定期的にサラダも食べている。だが、それだけ運動をして食事にも気をつけているのに、服のサイズがひと桁になったことはない。もっと胸を強調する服を着ればいいのにとソフィアには言われるが、もうちょっと痩せたらねと答えている。

「今のままで充分よ」ソフィアはいつもそう言う。

体重を気にしすぎるせいで暗い気分になるのがいけないのはわかっている。いつかはそんなことはどうでもいいと思える日が来るかもしれない。だけど、今は体重が気になってしかたがない。

「おばあちゃんがいつも言ってたわ。〝ソロ・ラス・オヤス・サベン・ロス・エルヴォレス・デ・ス・カルド〟ってね」

「カルドって、スープのこと？」わたしは尋ねた。ソフィアが祖母から教わったことわざは食べ物に関するものが多い。

「直訳すると〝スープの沸騰を知ってるのは鍋だけだ〟になるんだけど、つまりは〝経験した人だけがそれについてよく知ってる〟という意味よ」ソフィアは説明した。「ジョー・トラヴィスは自然な体型の女性のほうがいいのかも。サンアントニオの男たちなんて、大きなヒップ《ポンピス》の女の人ばかり追いかけてたわよ」そう言うと、自分のヒップを叩いてみせ、ノートパソコンに向かった。

「何を見ているの？」

「ジョー・トラヴィスのことを調べてる」

「今？」

「すぐにすむわよ」

「そんな時間はないでしょう。今は仕事、仕事」

その言葉を無視し、ソフィアは二本の指で文字を入力していった。

「彼のことなんてどうでもいいわ。今は忙しいもの。ほら、今日の予定は……なんだったかしら？　そうそう、結婚式の準備をしないと」

「なんて魅力的なの」ソフィアは画面に見入った。「お兄さんのほうもすてき」

画面にはニュースサイト『ヒューストン・クロニクル』の記事が表示され、オーダーメイドらしいスーツを着た三人の男性の写真が載っていた。ひとりはジョー・トラヴィスだ。今よりかなり若くて痩せている。現在のジョーは、このときより一〇キロ以上は筋肉がついているだろう。写真の下にある説明文を見て、あとのふたりは兄のジャックと父親のチャーチルだとわかった。息子ふたりは父親より頭ひとつ背が高く、黒髪と情熱的な目とがっしりとした顎が父親によく似ている。

顔をしかめ、記事を読んだ。

〝テキサス州ヒューストン（AP通信）　ヒューストンの事業家、チャーチル・トラヴィスの息子ふたりは所有するクルーザーの爆発事故に遭い、まだ燃えている残骸のあいだを約四時間も立ち泳ぎをしながら救助を待った。沿岸警備隊の必死の捜索により、ジャックとジョーはメキシコ湾のガルヴェストン沖で発見された。ジョー・トラヴィスはヘリコプターでガーナー病院の高次救命救急センターへ搬送され、緊急手術を受けた。病院側の発表によれば、重傷を負ってはいるものの、容体は安定しているという。手術の詳細は明らかにされていないが、家族に近い人の話によれば、腹部の内出血と――〟

「待って」わたしは言った。ソフィアがほかの記事をクリックしたからだ。「まだ読んでいるのに」

「あら、どうでもいいんじゃなかったの？」ソフィアがからかった。「これを見て」それは〝ヒューストンの結婚したい独身男性トップ・テン〟というサイトだった。隠し撮りだと思われるジョーの写真が載っていた。ビーチで友人たちとアメフトに興じているところで、しなやかな体つきをしている。筋肉質だが、ボディビルダーほどではない。気取りのない男らしさがたまらなくセクシーだ。「身長一八五センチ」ソフィアが紹介文を読みあげた。「年齢二九歳。テキサス大学卒業。獅子座。写真家」

「ありがちね」わたしは興味なさそうに言った。

「写真家だってことが？」

「普通の人ならすごいけど、お金持ちのお坊ちゃんが写真家だなんて、ただのお遊びにしか思えない」

「それでもいいじゃない。ウェブサイトは作ってないのかしら」

「ソフィア、そんなストーカーみたいなことはやめて、もう仕事に戻って」

そのとき別の声が聞こえた。スタッフのスティーヴン・キャヴァノーが入ってきたのだ。

スティーヴンは二〇代半ばのハンサムな青年で、髪はブロンド、目はブルー、体は細身で引きしまっている。「誰をストーカーしてるんですか？」

先にソフィアが答えた。「ジョー・トラヴィス、トラヴィス家の御曹司よ。エイヴリーがさっき会ったの」

スティーヴンは強い興味を示した。「ニュースサイトの『カルチャーマップ』に去年、特集記事が出てましたよ。映画のポスターでキー・アート賞をとりましたからね」

「どんな映画？」

「兵士と軍用犬のドキュメンタリー」ふたりがぽかんとした顔をしているのを見て、スティーヴンはばかにしたような表情を浮かべた。「忘れてました。おふたりともメロドラマしか見ないんだった。ジョー・トラヴィスはスチールカメラマンとして製作スタッフに同行し、アフガニスタンまで行ったんです。そのとき撮った写真がポスターに使われたんですよ」こちらが驚いたのを見て、笑みを浮かべた。「エイヴリー、もっとニュース記事も読んだらどうです？　いろいろ知っとくと便利ですよ」

「あなたがいてくれるから大丈夫」

スティーヴンの頭の中には巨大なファイリング・キャビネットがあり、ありとあらゆる情報が整理整頓されたうえで保管されている。あの家の息子は大学進学のために家を出ただとか、その家の飼い犬はなんとかという名前だとか、この人は誕生日を迎えたばかりだとか、とにかくうらやましいほどなんでもよく覚えているのだ。

　そのうえ多才で、インテリアデザイナーかつグラフィックデザイナーでもあり、救命士としての訓練まで受けている。〈クロスリン・イベント企画〉という名前で会社を立ちあげた直後に採用したのだが、あまりに貴重な人材で、今では彼がいないと仕事が立ち行かないほどだ。

「彼、エイヴリーをデートに誘ったのよ」ソフィアがスティーヴンに言った。

　スティーヴンは興味津々とこちらを見た。「なんて答えたんです？」黙っていると、今度はソフィアの顔を見た。「まさか、断ったなんて言わないでしょうね？」

「そのまさかよ」ソフィアが答えた。

「そんなことだろうと思いました」スティーヴンは急に興ざめしたような声で言った。「金持ちで、仕事もできて、ヒューストンじゃどこへ行っても歓迎される男ごときのために、エイヴリーがわざわざ時間を割くわけがないですからね」

「やめてよ」ぴしゃりとさえぎった。「さあ、もう仕事に戻って」

「じゃあ、まずはソフィアに」スティーヴンがソフィアに顔を向けた。「会場へ行って、テーブルセッティングを始めてるかどうか見てきてもらえませんか」

「命令しないで」

「お願いしてるんですよ」

「お願いされてるようには聞こえないわね」

「はいはい」スティーヴンは辛辣な口調で言った。「では、どうかお願いですからそのおみ足を会場に運んで、テーブルセッティングを始めているかどうかご覧になってきてはくださいませんでしょうか」

ソフィアは怒った顔で部屋を出ていった。

わたしはやれやれと首を振った。スティーヴンとソフィアは顔を合わせれば喧嘩をし、互いにいつまでも意地を張っている。まるで仲の悪い夫婦だ。

初めからそうだったわけではない。ふたりは顔を合わせるなり友達になった。スティーヴンはおしゃれで洗練されていて皮肉まじりのユーモアに富んでいたから、わたしたちは彼をゲイだと思いこんだ。そうでないと気づいたのは、スティーヴンを雇ってから三カ月も経ったあとだった。

「ぼくが好きになるのは女性ですよ」あのとき、スティーヴンはきっぱりと言った。

「でも……わたしが服を買うのにつきあってくれたじゃない」ソフィアは主張した。

「それはあなたが一緒に来てと言ったからだ」

「わたし、あなたを試着室にまで入れて、あなたの目の前で着替えたのよ」ソフィアは怒りだした。「それなのに、何も言わなかったじゃない」

「うれしいなと言いましたけど」

「ちゃんと自分はゲイじゃないからと言って、断るべきだったのよ！」

「ぼくはゲイじゃありませんから」

「もう遅いわ」ソフィアは言い捨てた。

そんなことがあって以来、ソフィアは本来明るい性格なのに、スティーヴンに対して最低限の礼儀しか示そうとしない。スティーヴンも同じような態度をとり、とげのある言葉で的確にソフィアの痛いところをつく。わたしが仲裁に入らなければ、いつ全面戦争に至ってもおかしくない状態だ。

ソフィアが部屋を出ていくと、スティーヴンは話し声がもれないようにドアを閉めた。そこにもたれて腕組みし、何を考えているのかわからない顔でこちらを長々と見つめた。「そんなに……」ようやく口を開いた。「自分に自信がないんですか?」

「わたしにだって誘いを断る権利くらいあるわよ」

「最後にデートをしたのはいつです? 男と一緒に酒を飲んだのは? 酒じゃなくてコーヒーでもいい。せめて仕事以外の話をしたことは?」

「あなたには関係ないわ」

「雇われの身としてはそうですね。でも、今は友人として話してるんです。あなたは健康で魅力的な二七歳の女性だ。ぼくが会社に入ってから三年経つけど、そのあいだ誰ともつきあってませんよね。自分のために、たまにはデートのひとつもしたほうがいいと思います。相手はジョー・トラヴィスじゃなくてもかまわないから」

「彼は好みじゃないの」

「金持ちの独身で、トラヴィス家の御曹司だ」スティーヴンが皮肉をこめて言った。「彼が好みじゃない女性なんているわけがないでしょう」

結婚式を執り行うあずまやと、披露パーティ用の大テントと、母屋のあいだを一日中行ったり来たりし、そろそろ準備が終わろうというころには一〇〇〇キロくらい歩いた気分になっていた。すべては順調に進んだ。でも、これで大丈夫だと思うほど、わたしはおめでたくはない。どれほど細部にまで気を配ろうが、直前になるとあれこれ問題が発生するものだ。だけど、どんな問題が起ころうと、それに対応できる多様なスタッフがいる。大柄なタンク・ミレッキは、大工仕事と電気工事と機械の修理をさせたら右に出るものはいない。ブロンドの髪をしたリー＝アン・デイヴィスはてきぱきとしていて、ホテル経営の経験があり、今日は新婦と花嫁付添人の世話をする。黒髪のヴァル・ユディナは、ライス大学へ入学する前にギャップ・イヤー（高校卒業後、大学入学資格を保持したまま、一年間インターンやボランティアや留学ができる制度）をとった見習いで、新郎の家族の担当だ。

ヘッドセットをつけ、絶えずソフィアとスティーヴンの三人で交信した。ヘッドセットを使いはじめたころ、わたしとソフィアはわざわざ無線独特の言いまわしを使うのはばかみたいだと思った。でもスティーヴンは、なんの決まりごともなしにしゃべりあう声を聞くのは勘弁してほしいと言い、交信用語の使用を主張した。わたしたちもすぐに、たしかにそうだと思うようになった。交信用語を使わなければ、しょっちゅう声が重なりあう。

招待客が座席につく時刻の一時間前に、披露パーティ会場の様子を見に行った。大テントの内部はちょっと珍しい紫がかった硬材が二五〇〇メートル分も使われており、床一面に張られている。内装はまるでおとぎ話の一場面だ。高さ六メートル、重さ五〇〇キロもあるカエデの木を一二本持ちこんで森が再現され、枝葉に飾られたＬＥＤライトがホタルのごとく点滅している。一列に並んだ青銅製のシャンデリアからは、水晶を連ねたループがいくつも優雅に垂れさがっていた。長いテーブルには、本物の苔を使ったテーブルランナーが敷かれている。各座席にはすでに食器がセットされ、クリスタルの瓶に入ったスコットランド産の蜂蜜が引き出物として置かれていた。

　大テントの外には一〇トンもある移動可能なエアコンが並べられ、テント内の温度を快適な二〇度に保っている。深く息を吸いこみ、涼しさを感じながら、最後に確認すべきことのリストを見た。「ソフィア」マイクに向かって言った。「バグパイプ奏者は到着した？　どうぞ《オーバー》」

「ええ《アファーマティブ》」ソフィアが答えた。「母屋へ案内したところよ。キッチンと家政婦の部屋のあいだに作業部屋があるから、そこでチューニングしてもらってる。オーバー」

「了解《ラジャー》。スティーヴ、こちらエイヴリー。着替えをしたいの。そのあいだ、スタッフへの指示をお願いしていいかしら。オーバー」

「エイヴリー、できません《ネガティブ》。ハトの件で問題が生じました。オーバー」

眉をひそめた。「わかった《コピー》。何があったの？　オーバー」

「結婚式で使用するあずまやのそばにオークの木立がありますよね。そこにタカがいるんです。ハトを食べられてしまうから放てないと業者は言ってます。オーバー」

ソフィアが割って入った。「エイヴリー、上空でハトがタカにくわえられて殺されるところをお客様に見せるわけにはいかないわ。オーバー」

「ここはテキサス南部の牧場なのよ。お客様の半分がハトを撃ちはじめなかったら、そっちのほうがラッキーだと思うけど。オーバー」

「タカを捕獲したり殺したりするのは連邦法で禁じられてます」スティーヴンが言った。「どうしましょうか？　オーバー」

「驚かせて追い払うのも禁じられてるの？　オーバー」

「それは大丈夫だと思います。オーバー」

「だったら、タンクになんとかさせて。オーバー」

「エイヴリー、大変」ソフィアがまた割って入った。「今、ヴァルが報告に来たんだけど、新郎が結婚したくないと言いだしたそうよ。オーバー」

「冗談でしょう？」わたしは驚いた。「オーバー」婚約から結婚式に至るまで、チャーリー・アムスパカーとは何度も打ち合わせをしてきたが、彼の意志は常に固かった。これまで見てきたカップルの中には、結婚式までもつのかと危ぶまれる男女もいたけれど、チャーリーとスローンは深く愛しあっているように思われたのに。

「本当よ」ソフィアは言った。「結婚式をキャンセルしたいんですって。オーバー」

# 3

ソフィアの言った〝どうぞ《オーバー》〟という言葉が〝おしまい《オーバー》〟に聞こえ、頭の中で何度もこだました。

スローンの父親が出す一〇〇万ドルが無駄になる。

わが社の評判も落ちるだろう。

それに、スローンが嘆き悲しむ。

アドレナリンが猛烈に噴きだした。「絶対にキャンセルなんかさせない」憤然として言った。「なんとかするわ。ヴァルに言っておいて。わたしがそこへ行くまで、チャーリーには誰とも話をさせるなって。どこかの部屋に閉じこめておくのよ。いい？　オーバー」

「わかった」

「以上《アウト》」

新郎の家族が控え室として使っているゲストハウスへ足早に向かった。本当は走りだしたいくらいだ。ゲストハウスに入り、ティッシュペーパーで顔の汗を拭いた。リビングルームから、話し声や笑い声やグラスの鳴る音が聞こえる。

すぐにヴァルが近寄ってきた。淡いシルバーグレーのスーツに身を包み、無数に結った三つ編みを低い位置でシニヨンにまとめている。ヴァルは重圧を感じても動揺を見せない。それどころか、緊急事態になればなるほど冷静に振る舞うタイプだ。それなのに今はパニックの色が目に浮かんでいるし、手にしたグラスの氷が小さくかたかたと鳴っている。新郎の心理状態がよほど悪いのだろう。

「エイヴリー」ヴァルがささやいた。「来てくださってありがとうございます。チャーリーが結婚式をキャンセルしたいと言いだしたんです」

「理由はわかる？」

「花婿付添人のせいだと思います」

「ワイアット・ヴァンデイル？」

「ええ。結婚するなんて罠にかかるようなものだとか、妻になったらすぐに太って妊娠するだけだとか、本当に後悔しないのかだとか、ずっとそんなことばかりチャーリーの耳に吹きこんでたんです。なんとかして二階の応接間から出ていってもらおうとしたんですけど、チャーリーに糊みたいにくっついて離れなくて」

心の中で自分をののしった。どうしてこの事態を予想できなかったのだろう。チャーリーの親友であるワイアットは金持ちのお坊ちゃんで、頭の中身が子供のままだ。がさつで態度が悪く、チャンスがあれば喜んで女性に恥をかかせる。花嫁のスローンはワイアットが大嫌いだけれど、チャーリーの幼いころからの友人だから我慢するしかないと言っていた。あまりに不快な思いをすると、チャーリーに愚痴をこぼすこともあるらしい。でも、チャーリーはワイアットをかばい、あいつは悪ぶっているだけで根はいいやつだと答えるそうだ。根がどうかは知らないが、問題はワイアットが思ったことをずけずけと口にするところだ。

ヴァルは琥珀色の飲み物と氷が入ったグラスを手渡してきた。「チャーリーにあげてください。お酒を飲ませてはいけないのはわかってますけど、今はその規則を破ってもいいときだと思います」

グラスを受けとった。「そうね、持っていくわ。これからチャーリーと一戦まじえてくるから、誰も応接間に入れないでね」

「ワイアットが一緒ですよ」

「追い払ってみせるわ」ヘッドセットをヴァルに渡した。「ソフィアやスティーヴンと連絡をとりあって」

「ふたりに開始時刻を遅らせると伝えますか？」

「いいえ、予定どおりに始めるわ」苦々しく言った。「そうじゃないと、狙いどおりの光が得られないし、ハトも放てなくなるから。暗くなったら、ハトが鳩舎《きゅうしゃ》に帰れないもの」

ヴァルはうなずき、ヘッドセットをつけ、マイクの位置を調整した。わたしは二階の応接間へ行き、半ば開いているドアをノックした。

「チャーリー」できるだけ落ち着いた口調で声をかけた。「エイヴリーです。入ってもいいですか？」

「おやおや、誰かと思えば！」応接間に入ると、ワイアットが声をあげた。上等なタキシードにはしわができているし、黒のネクタイもなくなっている。スローン・ケンドリックの大切な日をぶち壊せたことにご満悦の様子だ。「ほら、チャーリー、言っただろう？　わざわざ説得に来たぞ」勝ち誇った目でこちらを見た。「でも、無理だな。こいつはもう決めたんだから」

チャーリーは血の気の失せた顔を伏せたまま、ふたり掛けのソファに座りこんだ。

「ワイアット、チャーリーとふたりきりで話をしたいんです」

「いや、ワイアットにはここにいてほしい」チャーリーが感情を押し殺した声で言った。「ぼくの味方だから」

思わず嫌みを言いたくなった。〝ええ、ワイアットはあなたの背中に刺したナイフの柄を握って、さぞ上手にあなたを操るでしょうね〟その言葉をのみこんで言った。「そろそろ式の時間だから、ワイアットも身なりを整えたほうがいいと思いますよ」

ワイアットがにやりとした。「聞こえなかったのか？　結婚式はキャンセルだ」

「それはあなたが決めることじゃありません」

「どっちだろうが、きみには関係ないだろう」ワイアットが言った。「どうせ金は支払われるんだから」

「チャーリーとスローンのことが心配なんです。それに、おふたりのために頑張ってきたスタッフたちの気持ちもあります」

「こいつとは小学一年生のときからの友達なんだ。スローンが恋人の首に縄をつけようと決めたからといって、こいつをきみの好きにはさせないぞ」

わたしはチャーリーのそばに寄り、グラスを手渡した。チャーリーはありがたいという顔で受けとった。

携帯電話をとりだした。「ワイアット」連絡先をスクロールさせながら、淡々と言った。「あなたの意見は訊いていません。あなたの結婚式じゃありませんから。お願いですから出ていってください」

ワイアットが声をあげて笑った。「ぼくに命令するのか？」

スローンの父親であるレイ・ケンドリックの連絡先を見つけ、電話番号をクリックした。レイは元ロデオ選手だけあって、たとえあばら骨が折れて内臓が傷つこうとも一〇〇〇キロもある馬や牛によじのぼり、両脚のあいだをバットで繰り返し打たれるような痛みをものともせず、なんとかして乗りこなそうとするような人だ。

レイが電話に出た。「ケンドリックだ」

「エイヴリーです。お隣のゲストハウスでチャーリーと一緒にいます。ワイアットとちょっともめているんです」

結婚式前日の食事会《リハーサル・ディナー》でのワイアットの振る舞いを快く思っていなかったレイが尋ねた。

「あのくそったれめ。何か問題でも起こしたのか？」

「ええ。今日はスローンにとって大切な日なので、ちょっとあいだに入っていただけないかと思いまして」

「もちろんだ」レイは間髪を容れずに答えた。タキシードを着て、暇つぶしにおしゃべりをしているより、何かすることがあるほうがうれしいのだろう。「すぐにそっちへ行く」

「ありがとうございます、レイ」

電話を切った。レイという名前を聞き、チャーリーが目玉が飛びだしそうなほど目を見開いた。

「くそっ、スローンの親父を呼んだのか？」

わたしは冷ややかな目でワイアットを見た。「わたしがあなただったら、さっさと退散しますね。二分もしたら、散弾銃に弾をこめる暇もなく、レイにひねりつぶされるでしょうから」

「この、くそアマ」ワイアットはこちらをにらみつけ、慌てて応接間を出ていった。

わたしはドアに鍵をかけ、チャーリーに向き直った。グラスは空になっていた。

チャーリーは目を合わせようとしなかった。「あいつはぼくのためを思っているだけなんだ」ぼそりと言った。

「それで結婚式を邪魔するんですか？」近くにあった足のせ台《オットマン》を引き寄せ、腰をおろしてチャーリーの顔を見た。腕時計には目をやらないよう努め、着替えのことは考えないようにした。「婚約したときから今日まで、ずっとあなたとスローンを見てきました。わたしの目には、あなたが彼女を心から愛しているように見えました。ワイアットに何を言われようが、そんなことで気が変わるとは思えません。本当は別の理由があるんでしょう？　話してもらえませんか」

チャーリーはこちらへ視線を向け、力なく肩をすくめた。「世の中、離婚する夫婦が多いんだから、そもそも結婚したいと考えるほうがばかげていると思ったんだ。確率は五分五分だ。まともなやつなら、そんな賭けはしない」

「それは一般論です。あなたたちにはあてはまりません」チャーリーが困惑した表情を浮かべたのを見て、言葉を続けた。「間違った理由で結婚する人は大勢います。いっときの衝動だとか、孤独への恐怖だとか、思いがけない妊娠だとか、そんな理由です。あなたたちはそれにあてはまりますか？」

「いや」

「そういう理由で結婚した人たちを除けば、確率は五分五分ではなくなります」

チャーリーは震える手で額をこすった。

「この不安がなくなるまで、もう少しスローンに待ってほしいんだ」

「無理です」めまいがしそうになった。「結婚式はあと四五分で始まるんですよ」

「結婚するのをやめようと思っているわけじゃない。延期したいだけだ」

信じられない思いでチャーリーを見た。「そんなことができるわけないでしょう。スローンは何カ月も前から今日のために準備を進め、楽しみにしてきたんです。彼女の家族はすでに大金を投じています。土壇場で結婚式をキャンセルしたりしたら、もうスローンとは一緒になれませんよ」

「ぼくの人生がかかっているんだぞ」チャーリーの声が大きくなった。「後悔はしたくないんだ」

「いいかげんにしてください」声を荒らげた。「スローンは不安じゃないとでも？　それでもあなたを信頼しているから結婚するんです。離婚のリスクを背負うのはスローンだって同じです。ただ、あなたを愛しているから、そのリスクを引き受ける覚悟を決めたまでです。スローンはもうすぐ式場へと向かいます。それなのに、そんな彼女にみんなの前で恥をかかせて、物笑いの種にさせるつもりなんですか？　スローンがどんな気持ちになるか、本当にわかっているんですか？」

「きみにはぼくの気持ちは理解できないよ。結婚したことがないからね」チャーリーはわたしの顔を見て、戸惑ったように尋ねた。「あるのか？」

怒りがいっきにしぼんだ。他人の結婚式を企画したり、準備したりしていると、当人たちはその過程で不安のつのらせるものだということをつい忘れてしまう。今回のような大規模な結婚式の場合はとくに。

眼鏡をはずし、首を横に振った。「いいえ、ありません」トートバッグからティッシュペーパーをとりだし、眼鏡を拭いた。「結婚式の当日に振られましたから。だから、あなたを説得するのにふさわしい相手だとは言えませんよね」

「なんてことだ」チャーリーがつぶやいた。「すまなかった」

また眼鏡をかけ、ティッシュペーパーを握りしめた。

今、チャーリーは人生を台なしにするかもしれない決断をしようとしている。それなのに、食肉処理場へ連れていかれる子ブタほども状況を理解していない。自分がいったい何をしようとしているのか、それをチャーリーに理解させる必要がある。彼のために。何よりスローンのために。

チャーリーが両手で握りしめているグラスを見て、一杯飲めたらいいのにと思った。オットマンに腰かけたまま、前かがみになった。「結婚を延期するのは、たんに今日の式をキャンセルするということではないんです。すべてが変わってしまいます。あなたが思っている以上に、スローンを傷つけることになるんですよ」

チャーリーは眉をひそめ、警戒した目でこちらを見た。

「そりゃあ、がっかりはするだろうけど、でも――」

「がっかりなんてものじゃありません」話をさえぎった。「たとえまだあなたを愛していたとしても、もう信頼できなくなります。約束を破られたわけですから」

「何も約束なんてしていない」

「プロポーズしたんでしょう？　それはつまりスローンが祭壇へ向かうとき、あなたはそこで待っていると約束したのと同じです」

重い沈黙が流れた。人生最悪の日のことを話さなければ、チャーリーには伝わらないだろう。まだ心の傷は癒えていないし、親しい友人でもない相手のために傷口を開くのは本意ではない。でも、それ以外に、彼にはっきりわからせる方法がない。

「あれは三年半前のことでした。ニューヨークでブライダル関係の仕事をしていたころです。婚約者はウォール街で株式調査の仕事をしていました。二年間つきあって、二年間一緒に暮らし、自然な流れでそろそろ結婚しようという話になったんです。こぢんまりとしたすてきな結婚式を考えました。ろくでなしの父まで招待したんですよ。バージンロードを一緒に歩きたかったんです。すべては順調に進んでいるように思えました。でも結婚式当日の朝、彼はわたしが目覚める前に家を出たんです。電話がかかってきて、やっぱり結婚できないと言われました。愛しているのかどうかわからない、愛していたのかもしれないけれど、もうその気持ちはなくなってしまったと」

「ひどい話だな」チャーリーは静かに言った。

「時間が解決してくれると言いますけど、そんなのは嘘です。わたしの心の傷はまだ癒えていません。それを抱えて生きていくしかないんです。あれ以来、誰に愛していると言われても信じられなくなってしまって……」ひと呼吸つき、つらい心情を口にした。「また振られるのが怖くて、こちらから断るようになりました。つきあえたかもしれない人もいたけれど、背を向けたんです。傷つくより、寂しいほうがましだから。好きでそうしているわけではありませんが、それが今のわたしなんです」

チャーリーが気遣いにあふれた優しい目になった。結婚に怖じ気づいている若い男性ではなく、本来の彼に戻ったようだ。

「そんなことがあったのに、よくブライダル業界にとどまったね」

「辞めることも考えました。だけど、まだおとぎ話を信じている自分がいたんです。自分の身に起こるとは考えられないけれど、ほかの人にはそういうこともあるんじゃないかって」

「ぼくとスローンとか？」チャーリーの目に笑みはなかった。

「ええ、もちろん」

チャーリーは空になったグラスをまわした。「八歳のとき、両親が離婚したんだ。それでも両親はずっとぼくたち兄弟を喧嘩の道具にした。嘘はつくし、陰で悪口は言うし、言い争いはするし、大変だった。誕生日だろうが祝日だろうが、おかまいなしだ。だからぼくは、父も母も結婚式に招待しなかった。出席したら、またひと騒動起こすに決まっている。ぼくはまともな夫婦がどういうものか知らない。それなのに、いい夫になんかなれるわけがないだろう？」目をのぞきこんできた。「おとぎ話なんて望んじゃいない。ただ、もし結婚するなら、悪夢にならないことを祈るだけだ」

「絶対に離婚はないとお約束はできません。結婚に保証はありませんから。ですが、お互いに一緒にいたいと思う気持ちがあるうちは大丈夫です。スローンがあなたを信頼したいと思い、あなたがそれを裏切りたくないと思うあいだは」深く息を吸いこんだ。「ひとつ、はっきりさせておきたいことがあります。あなたが二の足を踏む理由はスローンを愛していないからではないんですよね？　彼女を愛していればこそ、結婚生活がうまくいかないことを恐れているんでしょう？」

チャーリーの表情が変わった。「そういうことなんだろうな」驚いた声で言う。「そう考えると、ぼくはばかみたいだな」

「心の整理がついていなかったのかもしれませんね。もうひとつお訊きします。結婚そのものではなくて、スローンに対して不安はありますか？　彼女に何か気に入らないところでも？」

「まさか。なんの文句もないよ。優しくて、賢くて……スローンと結婚できるなんて、ぼくは世界一の幸せ者だと思っている」

チャーリーが自分で答えを見つけるまで、黙って待った。

「世界一の幸せ者か……」チャーリーは考えこんだ。「人生で今がいちばん幸せだっていうのに、それを捨てようとしていたんだな。不安がなんだ。両親なんてくそくらえだ。ぼくは結婚する」

「では、延期はせず、予定どおりでよろしいですね？」慎重に尋ねた。

「もちろんだ」

「本当に？」

「大丈夫」チャーリーが目を見据えてきた。「いろいろ聞かせてくれてありがとう。つらい話だっただろうに」

「お役に立てたならうれしいです」一緒に立ちあがった。脚が震えているのがわかった。

チャーリーは顔をしかめた。「このことは誰にも話さないだろうね？」

「ウエディングプランナーは弁護士や医師と同じです。今の会話は秘密にしますから」

チャーリーはうなずき、ほっとしたようにため息をついた。

「もう行かないと。余計なお世話かもしれませんが、ワイアットはくだらないことばかり言う人だから距離を置いたほうがいいと思いますよ。お友達だということは承知していますけど、正直言ってあんなひどい花婿付添人は見たことがありません」

チャーリーがにやりとした。「反論はしないよ」

ドアまで送ってもらいながら、ふと思った。チャーリーは人生でいちばん不たしかな夫婦という関係を今、結ぼうとしている。どれほど勇気のいることだろう。自分にはまねできない。もう二度と傷つけられるのはごめんだ。安堵と疲労を覚えながら、トートバッグを手にとった。

「では、のちほど」チャーリーに見送られ、応接間を出て階段へ向かった。

自分は結婚する気などさらさらないくせにほかの人を説得するなんて、偽善者だという罪悪感に駆られるかと思ったけれど、そうはならなかった。チャーリーとスローンは幸せになりそうな気がする。うまくいく可能性は充分にあるだろう。

玄関のドアの前でヴァルが待っていた。「どうでした？」心配そうに尋ねる。

「決行よ」

「ああ、よかった！」ヘッドセットを返してきた。「ワイアットがゲストハウスを出ていくのを見て、うまくいったんだろうなと思いました。あの人、玄関先で新婦のお父様に見つかって、ウサギが犬にくわえられるみたいに首根っこをつかまれてましたよ」

「それで?」

「どこかへ連れていかれたままで、どうなったかわかりません」

「ハトを放つ件は?」

「タンクに頼まれて、スティーヴンが樹脂パイプとバーベキューで使う着火ライターを用意して、わたしがヘアスプレーを持っていきました」ヴァルは言葉を切った。「リー=アンはテニスボールを買いに行かされました」

「テニスボール? そんなもの、いったい何に——」

激しい音が聞こえ、耳をつんざく口笛の音がした。びっくりして飛びあがり、目を丸くしてヴァルと顔を見あわせた。また激しい音が聞こえ、ヴァルが耳をふさぐ。遠くから、男ふたりの歓声が聞こえた。

「スティーヴン」マイクに向かって尋ねた。「今のはなんなの? オーバー」

「タカは逃げたって、タンクが言ってます。オーバー」

「さっきの音は何? オーバー」

スティーヴンが楽しそうな口調で答えた。「タンクが手榴弾ロケットみたいなのを作って、テニスボールを爆発させたんです。弾薬筒から火薬をとりだして……まあ、続きはあとで話します。そろそろお客様が席につく時刻ですから。オーバー」

「もうそんな時間?」埃と汗まみれの自分の服を見おろした。

ヴァルに文字どおりゲストハウスから追いだされた。「着替えてきてください。母屋へ急いで。途中で立ちどまったり、誰かとしゃべったりしてたらだめですよ！」

母屋へ走り、裏口から中に入った。キッチンではケータリング業者が忙しく立ち働いている。作業部屋へ行こうとしたとき、うめき声のように消えていく楽器の奇妙な音が聞こえた。大きな木製のテーブルのそばに、ソフィアと、キルトをはいた年配の男性が立っている。ふたりはタータンチェックの袋に管が何本もついた楽器を見おろしていた。

ピンクのAラインのワンピースを着ているソフィアがぎょっとした顔になった。

「まだ着替えてないの？」

「何かあったの？」

「バグパイプが壊れたのよ。でも、大丈夫。式の入場行進は披露パーティのオーケストラから誰かを連れてくればいいから」

「壊れたってどういうことよ」

「留気袋《バッグ》の空気がもれるんです」年配の男性が申し訳なさそうに言った。「そういうことなんで、約束どおり内金は返しますから」

わたしは首を大きく横に振った。スローンの母親はバグパイプによる結婚行進曲の演奏を楽しみにしている。それがなくなれば、さぞがっかりするだろう。「内金なんかどうでもいいから、バグパイプの演奏が欲しいんです。予備のバグパイプは？」

「そんなものはありませんよ。二〇〇〇ドルもする楽器ですから」

テーブルにのったタータンチェックと管の塊を指さした。「だったら、直してください」

「そんなことを言われても、時間も道具もないし……おいおい、何をする気ですか？」

トートバッグからゴアテックスの補修布をつかみだし、バグパイプのバッグに貼りつけた。だが、管からはおかしな音がもれただけだった。トートバッグの中を引っかきまわし、今度はガムテープを見つけると、それをソフィアに投げた。ソフィアがそれを空中でつかんだ。

「直しておいて」短く言い、バグパイプ奏者が慌てて止めようとするのを無視し、作業部屋へ急いだ。クローゼットのドアに黒のトップスと、膝下丈のスカートをつってあったのだが、トップスが汚れた床に落ちていた。それをとりあげて、ぞっとした。前身頃に二箇所、油のしみがついている。

トートバッグからウェットティッシュと布用のクリーニングペンをとりだし、油じみを落とそうと努めた。だが、なんとかしようとすればするほど、油じみはみにくく広がった。

「どうしたの？」ソフィアの声が聞こえた。

「ちょっと来て」口調にいらだちが出た。

ソフィアが作業部屋に入ってきて、信じられないという顔になった。

「これじゃあ着られないわね」

「スカートは大丈夫なの。パンツだけはき替えるわ」

「その服じゃだめよ。暑い中、何時間も着ていて汚れてるし、脇に汗じみができてる」

「どうしたらいいと思う？」

「わたしが着てたブラウスを使って。ずっとエアコンの効いた部屋にいたから、まだきれいよ」

「入らないわ」

「そんなことないって。わたしたちはほとんど同じサイズだし、ラップデザインだもの。ほら、エイヴリー、急いで」

汚れたパンツを大急ぎで脱ぎ、ウェットティッシュで体を拭いた。ソフィアに手伝ってもらい、黒のスカートと、伸縮性のある生地でできたアイボリーのブラウスに着替えた。わたしのほうが胸が大きいため、ソフィアが着ればさほど気にならないVネックの胸元がやけに目立って見える。

「胸の谷間が見えているわ」いらだって、ブラウスの左右を引っ張ってかきあわせた。

「いいじゃない。一〇キロくらい痩せて見えるわよ」ソフィアはわたしの髪から手早くヘアピンを抜いていった。

「ちょっと、やめて」

「ほつれ毛がひどいの。結い直してる暇はないから、髪はおろしておくしかないわ」

「雷に打たれたアルパカみたいじゃない?」カールした髪をなでつけた。「それに、このブラウス、きつすぎるわ」

「ぴったりした服を着慣れてないからそう感じるだけ。大丈夫、すてきよ」

情けない目をソフィアに向け、ヘッドセットを手にとった。

「スティーヴンと連絡はとりあっている？」

「ええ、すべて順調よ。今、スタッフがお客様を席に案内してるし、ハトを放つ準備もできてる。スローンと花嫁付添人の支度もばっちりよ。さあ、行って。連絡をくれたら、バグパイプ奏者を連れていくから」

奇跡のように、結婚式は予定どおりの時刻に始まった。予想以上にすばらしい始まりだった。あずまやの柱のまわりにはバラとアザミと野の花があしらわれ、バグパイプによる結婚行進曲の演奏が荘厳で感動的な雰囲気を醸しだしている。

白いレースのウエディングドレスを身につけ、通路に敷かれた花柄の絨毯の上を歩くスローンの姿はまるでお姫様だ。チャーリーは幸せいっぱいの顔で、そんな花嫁を見つめている。誰が見ても、新妻を心の底から愛しているという表情だ。

花婿付添人だけはふくれっ面をしているが、招待客はそんなことには気づきもしないだろう。

誓いの言葉が交わされたあと、サンゴ色に染まった空に真っ白なハトが放たれ、一瞬にして天高く舞いあがった。その光景はあまりに美しく、会場の人々からいっせいにため息がもれた。

「ハレルヤ」ヘッドセットからソフィアがささやく声が聞こえ、わたしはにっこりした。

披露パーティは滞りなく進み、招待客たちはオーケストラの演奏に合わせてダンスを踊りはじめた。わたしは大テントの片隅に立ち、ヘッドセットを使ってスティーヴンに小声で連絡した。「ひとり、外へご案内したほうがいいかもしれないお客様がいるわ。オーバー」酒を飲みすぎた客がいる場合は、目立たないように会場から連れだすことにしている。問題が生じるのを避けるためには、そういう客をすばやく見つけなくてはならない。

「ぼくも気づいてました」スティーヴンが答えた。「リー＝アンを行かせます。オーバー」

女性が近づいてきたのに気づき、わたしは振り返って笑みを浮かべた。ほっそりとした上品な女性で、ビーズをあしらったパネルスカートのワンピースを着ている。ブロンドの髪をボブにカットし、プラチナ色のきれいなメッシュを入れていた。

「何かお困りでしょうか？」笑顔で尋ねた。

「今日の結婚式はあなたがコーディネートされたの？」

「はい、妹と一緒に。わたしはエイヴリー・クロスリンと申します」

女性はシャンパンをひと口飲んだ。その指には信じられないほど大粒のエメラルドが輝いている。菱形にカットされた指輪をわたしがちらりと見たのに気づき、女性は言った。「四五歳の誕生日に夫がプレゼントしてくれたの。年齢と同じだけのカラット数があるわ」

「すばらしいですね」

「エメラルドを身につけていると、将来を見通せるようになるそうよ」

「お客様も見通せるようになられましたか？」

「そうね。望みはかなうことが多いと言えるかも」女性はまた優雅にシャンパンを口にした。「すてきね」会場を見まわした。「しゃれていて、堅苦しすぎない。それに工夫が凝らされている。今年、わたしが見てきた結婚式なんて、どれも同じようなものだったわ」言葉を切り、しばらくして言う。「みんな、今日の結婚式がいちばんいいと言っているわよ。でも、これは二番目」

「一番は？」

「あなたがわたしの娘のためにコーディネートしてくれる結婚式よ。最高のものにしてちょうだい。元大統領や州知事も出席してくださるわ」女性は唇に笑みを浮かべた。「わたしはホリス・ワーナー。これであなたも一流と言われるようになるわね」

# 4

ホリス・ワーナーがのんびりとした足取りで歩み去ると、ヘッドセットからスティーヴンの声が聞こえた。

「今の女性はデイヴィッド・ワーナーの妻です。デイヴィッド・ワーナーは親からレストラン事業を受け継ぎ、それをカジノのあるリゾートにまで成長させた男です。ヒューストンの基準で言っても、莫大な財産を所有してますよ。オーバー」

「その人たちは——」

「あとにしましょう。お客様がお見えです。オーバー」

目をしばたたいて振り返ると、ジョー・トラヴィスが近づいてくるのが目に入った。その姿を見て、鼓動が集中砲火の勢いで打ちだした。最高級のタキシードを自然に着こなしている。日光を浴びつづけて何重にも日焼けしたような肌の色が、襟の白さと対照的だ。

ジョーが笑いかけてきた。「髪をおろしているほうがすてきだよ」

自意識過剰になり、髪をなでつけた。「カールが強すぎて」

「こらこら」ヘッドセットからスティーヴンの声が聞こえた。「男に褒められたときは否定しちゃだめです。オーバー」

「少し休憩をとらないか？」

「それはちょっと――」そう言いかけたとき、ヘッドセットからスティーヴンとソフィアの声が同時に聞こえた。

「とるべきです！」

「イエスと言うのよ！」

ヘッドセットをはずした。「披露パーティの最中に休憩はとらないことにしているんです。何かお困りのお客様がいらっしゃるといけませんから」

「ぼくは困っている」ジョーが即答した。「ダンスの相手が欲しいんだ」

「花嫁付添人の方々が喜んで踊ってくれますよ。一対一でも、全員まとめてでも」

「赤毛の女性がいなくてね」

「赤毛じゃないといけないんですか？」

「ぼくの好みなんだ」ジョーに手をとられた。「ほら、踊ろう。しばらくきみがいなくたって大丈夫だ」

顔が熱くなり、ためらった。「バッグが……」椅子の下に置いてある、荷物でふくらんだトートバッグへ目をやった。「やっぱり無理です」

「バッグなら、わたしが見張ってるわ」ソフィアがどこからともなく現れ、明るい声で言った。「ほら、楽しんできなさいよ」

「こちら、ミスター・ジョー・トラヴィス。こっちは妹のソフィアです。ソフィアも独身だから、よろしかったら――」

「どうぞ、連れていってくださいな」ソフィアがジョーに言い、いたずらっぽい笑みを交わした。

わたしがしかめっ面をしたのを無視して、ソフィアはヘッドセットのマイクに向かって何かささやいた。

ジョーに手をとられたまま、テーブルや鉢植えの木の脇を通り、会場の反対側にある半ば隔離された空間へ連れていかれた。ジョーはシャンパングラスをのせたトレイを持っているウエイターに合図を送った。

「いろいろと仕切ることもあるし、お客様にも気を配らないといけないんです。何が起こるかわかりませんから。誰かが心臓発作で倒れるとか、テントに火がつくとか……」

ジョーはウエイターからシャンパンをふたつ受けとり、ひとつを差しだした。

「大将軍だってときには休憩するさ。ほら、リラックスして」

「努力してみます」グラスの脚を持った。シャンパンは細かい泡が立っていた。

「きみの美しい瞳に乾杯」ジョーはグラスを掲げた。

顔が赤くなった。「ありがとうございます」グラスを合わせ、シャンパンを口にした。さっぱりとした辛口でおいしく、冷たい泡が舌の上で星くずのように広がった。

オーケストラの楽器や、スピーカーや、観賞用の樹木のせいでダンスフロアはよく見えなかったが、踊っている人々の中にホリス・ワーナーのブロンドのボブが見えた気がした。

「ミセス・ワーナーをご存じですか？」

ジョーはうなずいた。「家族ぐるみのつきあいだ。去年、雑誌の特集記事のために、彼女の邸宅の写真を撮ったよ。どうしてそんなことを訊くんだい？」

「さっき、お会いしたんです。お嬢様の結婚式のコーディネートを頼みたいと言われました」

「存じません」

ジョーが驚いた顔をした。「相手は誰だ？」

「いとこのライアンがつきあってたんだが、最後に会ったときは別れたいと言っていたんだ」

「やっぱり好きだと気づいたとか」

「ライアンの口調からすると、そんな感じではなかったな」

「もしミセス・ワーナーの依頼を受けるとしたら、何かアドバイスはありますか？」

「ニンニクを身につけておいたほうがいい。吸血鬼みたいな人だから」こちらが目を丸くしたのを見て、ジョーはほほえんだ。「でも、うまくやれば上客になる。エクアドルの国家予算くらいは出しそうだ」わたしのグラスを手にとった。「お代わりは？」

「もう結構です」

ジョーは自分のシャンパンを飲み干し、近くを通ったウエイターのトレイに空のグラスを置いた。

「どうして結婚式の撮影はされないんですか？」ジョーが振り返るのを待って尋ねた。

「結婚式は難しいんだよ。戦場の次くらいにね」ジョーが皮肉な笑みを浮かべた。「この仕事を始めるとき、西テキサスで『現代の牧場主』という季刊誌を発行している会社に就職しようかと思ったんだ。気難しい牛にポーズを撮らせるのは楽じゃない。それでも結婚式の撮影をするくらいなら、家畜のほうがまだましだよ」

わたしは声をあげて笑った。「何歳のときに、写真の道に進もうと思われたんです？」

「一〇歳だ。毎週土曜日に写真教室に通ったんだ。だけど母は父に、ぼくがアメフトの練習に行ってると嘘をついていた」

「写真はだめなんですか？」

ジョーがうなずく。「親父には確固たる考えがあってね。息子たちが休みの日にスポーツやボランティアやアルバイトをするのはいい。写真も趣味ならかまわないが、男が目指すような仕事ではないと思っていたんだ」

「でも、結局はお父様に認めていただけたんですね？」

ジョーは悲しそうにほほえんだ。「ちょっと時間がかかったけれどね。二年ほど、口をきかない時期があったよ」言葉を切った。「だけど、しばらく親父と一緒に暮らさなければならないはめになって、そのときに和解したんだ」

「それって……」

ジョーが見おろしてきた。「なんだい？」

「クルーザーの爆発事故に遭われたときですか？」その出来事を知っていることに気まずさを覚えた。「ソフィアがインターネットで調べたんです」

「ああ、その事故のときだ。退院したあと、怪我が癒えるまで誰かの世話になるしかなかった。そのころ親父はヒューストンのリヴァー・オークスにひとりで住んでいたから、自然な流れでしばらく一緒に暮らすことになったんだ」

「事故のことをお訊きしてもいいですか？」

「兄のジャックとメキシコ湾で釣りをしてたんだ。ガルヴェストンのマリーナへ戻る途中、海藻が群生しているところでシイラを釣ろうということになった。兄の釣り竿にシイラがかかって、リールを巻きはじめたので、魚についていこうとエンジンをかけたんだ。次に気づいたときは、炎のあがっている船の残骸に囲まれて海の中だった」

「なんてこと。爆発の原因は？」

「ビルジブロワーと呼ばれる部品が故障して、エンジン付近で発火したんだ」

「大変でしたね」

「あのシイラ、一・五メートルはあったんだ。あれを逃したのが残念でしかたがない」ジョーは言葉を切り、こちらの口元をちらちらと見ながらほほえんだ。

「どんな怪我を……ごめんなさい、立ち入った質問ですね」

「爆風で肺をやられたんだ。しばらくは風船をふくらますこともできなかったよ」

「今はお元気そうだわ」

「一〇〇パーセント、健康体さ」こちらの反応を見ながら、目にいたずらっぽい表情を浮かべた。「同情してくれるのなら、ぜひダンスの相手もお願いしたいな」

首を横に振った。「そこまでは同情していません」申し訳なさそうな笑みを浮かべて説明した。「自分がコーディネートした結婚式では踊らないことにしているんです。それって、ウエイトレスがテーブルについているようなものでしょう？　本当は給仕しなくてはいけないのに」

「二度も手術を受けたんだぞ」ジョーがいかめしい顔で言った。「それに人工呼吸器の管を喉に入れていたから、丸々一週間食べることも話すこともできなかった」期待をこめた顔をした。「どうだい？　同情心がむくむくとわき起こって、ダンスをしてもいいという気になってきたかな？」

また首を横に振った。

「事故が起きたのは、ぼくの誕生日だった」

「嘘に決まっています」

「本当だよ」

「ひどい話だわ……」天を仰ぎ、誘いに応じてしまいたい気持ちを抑えこもうとしたが、言葉が口をついて出た。「わかりました。少しだけなら」

「誕生日の話は効くと思ったんだ」ジョーが満足そうに言った。

「本当に少しだけですよ。目立たないように隅のほうで」

手をとられた。温かい手だ。LEDライトのついた鉢植えの木がちょっとした森のように並べられている脇を通り、オーケストラの背後の、あまり明かりの届かない隅へ連れていかれた。《誰にも奪えぬこの想い》の粋なジャズ・バージョンが流れている。女性歌手の声が甘くてせつない。

ジョーはわたしを自分に向き直らせ、慣れたしぐさで腰を抱いた。ただ左右に揺れるだけではなく、本格的な社交ダンスをするつもりらしい。わたしもためらいながら肩に手をかけた。すぐになめらかなステップへいざなわれた。ジョーのダンスは自信に満ちていた。誰の目にも、ふたりのうちどちらがリードしているのかは明らかだ。わたしはリードされるままに一回転し、足の動きを間違えることなくステップに戻った。ジョーが低い声で笑った。踊りの上手なパートナーでうれしいとでもいうように。

「ダンスと結婚式のコーディネートができることはわかった」耳元でささやいた。「ほかには何が得意なんだい？」

「それくらいです」謙遜しつつも、さらに言った。「バルーンアートで動物を作れます。それから指笛も」

耳元でジョーが笑みを浮かべたのがわかった。

眼鏡がずり落ちたので、一瞬手を離してもとの位置に押しあげた。ヒューストンへ帰ったら眼鏡店で調整してもらうこと、と頭の中にメモした。

「あなたは？　隠れた才能がおありなのでは？」

「バスケットボールをドリブルしている切り絵ができる。それに北大西洋条約機構《NATO》の無線用アルファベットを全部言える」

「aがアルファ、bがブラヴォー、cがチャーリーという、あれですか？」

「そうだ」

「どちらで覚えたんです？」

「ボーイスカウトで」

「無線用アルファベットだと、わたしの名前――エイヴリー《Avery》はどうなるんですか？」

「アルファ・ヴィクター・エコー・ロミオ・ヤンキー」ジョーはまたわたしを一回転させた。

　空気がシャンパンに変わってしまったかのようだ。息をするたびに軽い酔いを覚える。また眼鏡がずり落ちたので直そうとすると、ジョーが優しく言った。

「ダンスが終わるまで、ぼくのポケットに入れておこう」

「踊れなくなります」

「ぼくがリードするから」ジョーはそっと眼鏡をはずして折りたたむと、タキシードの胸ポケットにすべりこませた。部屋の中はぼんやりとした光と影になった。まわりがよく見えず、それなのに自分は見られている気がして、鼓動がハチドリの羽ばたきのように速くなる。

　ジョーがふたたびわたしの腰を抱いた。先ほどと同様に。でも、先ほどよりも近くに抱き寄せられた。脚がからまりそうなほどだ。ジョーはオーケストラが刻むリズムではなく、もっとゆっくりとしたテンポでステップを踏んだ。

太陽にさらされたような香りをかいでいると、その首に唇を押しつけたくなった。

「近視なのか?」

わたしはうなずいた。「今はあなたしか見えません」

ジョーが見おろしてきた。鼻がくっつきそうだ。「それはうれしいな」猫の舌のようにやわらかくて、くすぐったい言葉だ。

息を詰め、顔をそむけた。こんな魔法にかかったような状態では、後悔するはめになることをしでかしてしまいそうだ。

「よし、ディップをするぞ」

慌ててジョーにしがみついた。「だめ、倒れてしまいます」

「大丈夫だ」ジョーが愉快そうに言った。

腰のうしろに手をあてがわれ、体がこわばった。「お願い、ジョー、やめて」

「ぼくを信じてくれ」

「だけど——」

「行くぞ」ジョーはわたしの背中を思いきりそらし、しっかりと体重を支えた。体がのけぞり、枝を飾るLEDライトの点滅する光が目の前に広がる。軽々と引き戻され、息をのんだ。

「力が強いんですね」

「力とは関係ないさ。やり方を心得ていればできる」さらに近くに引き寄せられた。体が触れあっている。弱い電流が流れているような熱を感じた。こんな経験は生まれて初めてだ。何か話さなくてはと思っても、どうしても声が出ない。五感のすべてでジョーの存在を感じている。たくましい体、耳たぶにかかる息……。

ほろ苦い調べとともに曲が終わった。ジョーは放してくれなかった。

「まだだ、もう一曲踊ろう」

「もうだめです」

「頼むよ」

優しい前奏が流れ、次の曲が始まった。《この素晴らしき世界》は結婚式の定番だ。さまざまに解釈されたバージョンを何百回耳にしたかわからないが、そのたびに初めて聴いたときと同じ深い感動を覚える。

ダンスをしながら、その一秒一秒を心の中の金庫に保管した。ちょうど広口のガラス瓶にコインを貯めるみたいに。こうして音楽と暗闇に包まれて夢見心地でいると、この世にふたりきりしかいない気分になる。ジョーはわたしの手をとり、自分の肩に腕をまわさせた。されるがままになっていると、もう一方の手も同じようにされた。

次の曲がなんだったのかは覚えてさえいない。ジョーの肩に両腕をまわし、ただ一緒に揺れていた。首筋をなぞってみた。豊かな髪の感触が指に伝わってくる。これが現実だとは思えず、想像があらぬ方向へ広がった。この人はベッドではどんなふうに呼吸をし、どんなふうに震えるのだろう。

顔を寄せてきたせいで、顎が頬に触れた。ひげを剃った顎の少しちくちくする感触まで喜びとして感じられる。

「もう仕事に戻らないと」なんとか言った。「今……何時ですか？」

ジョーはわたしの背後で腕をあげて時計に目をやったが、暗くて文字盤が見えなかったらしい。「そろそろ日付が変わるころだろう」

「披露パーティのあとの二次会の準備をしなければならないんです」

「場所は？」

「中庭です」

「一緒に行こう」

「だめです。気が散りますから」まだジョーの肩に両腕をまわしていたことに気づき、手をおろした。

「そうかもしれないな」ジョーが手首をとり、内側にキスをしてきた。薄くてやわらかい肌に唇をあてられ、その甘い衝撃に鼓動が速くなった。彼はポケットから眼鏡をとりだして返してくれた。

ジョーの顔から目を離すことができない。顎の左側に三日月形の薄くて白い傷痕がある。左目の外側にも薄く弧を描いたような傷痕が残っている。そんなささやかな不完全さが、彼をさらにセクシーに見せていた。

傷痕に指先で触れてみたい。できるものなら唇でも。だけど、そんなことができるわけがない。ジョーはわたしが気軽に相手にできる人ではないのだから。こういう男性に惹かれると、身を焼くような恋をすることになり、やがては心が灰のごとく燃えつきてしまう。

「二次会の準備が終わったら、また会おう」

「時間がかかります。お待たせしたくありません」

「時間なら、ひと晩中あるさ」優しい声だ。「きみと一緒に過ごしたいんだ」

舞いあがらないようにするのに苦労した。足早に立ち去りながら、地雷原を走っている気分になった。

# 5

「どうだった？」ソフィアがヘッドセットをはずしながら尋ねた。よくそんなにのんびりしていられるものだ。こっちは大変なことになっているというのに、どうして何もかもが普通に見えるのだろう？

「ダンスを踊ったわ」上の空で答えた。「わたしのバッグは？　今、何時？」

「一一時二三分。バッグならそこよ。スティーヴンとヴァルが二次会の支度を始めてる。タンクが手伝って、生バンドのスピーカーや電源コードの設置はもう終わった。リー＝アンはケータリング業者と一緒に、パイやワインやコーヒーなどのビュッフェを用意中よ。披露パーティ会場はそろそろ片づけに入るわ」

「あら、ちゃんと予定どおりに進行しているのね」

「驚くほどのことじゃないわ」ソフィアが笑みを浮かべた。「ジョーは？　ダンスは楽しかった？」

「ええ」ずっしりと重いトートバッグを持ちあげた。

「なんだかそわそわしてるわよ」

「彼にあとで会おうと言われたの」

「今夜ってこと？　すごいじゃない」わたしが黙っているのを見て、ソフィアは尋ねた。

「ジョーのこと、気に入ってるんでしょ？」

「あの人は……なんていうか……」言葉を切り、しばらくしてから言った。「どう解釈すればいいかわからなくて」

「どうって？」

「どうしてわたしに興味があるふりなんてするのかしら」

「なぜ〝ふり〟だなんて思うのよ？」

顔をしかめた。「だって、考えてもみて。わたしが、ジョー・トラヴィスみたいな男性が追いかけたいと思うような女に見える？　おかしいでしょう？」

「いいかげんにして」ソフィアが手で顔を覆った。「大人のセクシーな男性があなたと一緒にいたいと思うのは当然よ。何もおかしくないわ。心配するのはやめなさい」

「結婚式では、はめをはずしてしまう場合もあるから——」

「そうよ。あなたもそうすれば？」

「それって最低のアドバイスね」

「だったら、わたしにアドバイスなんて求めないで」

「求めてなんかいないわ！」

ソフィアが心配そうな顔でこちらを見た。姉妹愛がにじみでた表情だ。「ほら、世間じゃよく言うでしょ？　こちらから探すのをやめれば、いい人は自然に見つかるって」

「ええ」

「あなたは探さないのがうますぎるの。目の前にいい人がいても、なんとかして見ないようにするんだから」わたしの両肩をつかんで体を回転させると、軽く背中を押した。「ほら、行きなさい。過ちかどうかなんて気にすることないわ。たいていの過ちは最後にはうまくいくものよ」

「それも最低のアドバイスだわ」沈んだ声で言い、その場を歩み去った。

ソフィアの言うとおりだ。婚約を解消され、つらい思いをしたせいで、悪い癖が身についてしまっている。男の人の言葉を疑い、相手を避け、孤独を好む癖だ。でも、そのおかげで、痛い思いをせずにすんでいる。それで心の傷がすっかり癒えたわけではないけれど。

プールのある中庭へ行くと、花嫁付添人を務めた女性ふたりがすでにビキニに着替え、笑いながら水をかけあっていた。バスタオルが用意されていないことに気づき、ビーチチェアを用意しているヴァルのところへ行った。「バスタオルは？」

「タンクがタオル掛けを組みたててます」

「そういうことは早めにしておかないと」

「すみません」ヴァルは小さく顔をしかめた。「一〇分もあれば組みたてられるとタンクは言ってます。まさかこんなにすぐにお客様がプールへ来るとは思ってなかったものですから」

「いいわ。とりあえず五、六枚用意して、各ビーチチェアの上に置いておいて」

ヴァルがうなずき、タオルを探しに行こうとした。

「ヴァル」声をかけた。

ヴァルは立ちどまって指示を待つ顔をした。

「これで二次会の支度は完璧ね。どうもありがとう」

ヴァルはうれしそうに笑い、家の中へ入っていった。

長テーブルへ行き、芸術的なまでに美しく並べられたパイとコーヒーを眺めた。その向こう側には、白いジャケットを着た三人のウエイターが控えている。ずらりと並んだワイヤータイプの三段のフレンチ・ケーキスタンドには、こんがりとした焼き色のついた、ありとあらゆる味のパイがのっている。キャラメルアップルパイ、シロップをかけたピーチパイ、濃厚で分厚いバターミルクカスタードパイ、ストロベリーがのったやわらかいクリームチーズパイなどだ。

中庭ではスティーヴンが積みあがった椅子をはずし、クロスをかけたテーブルのまわりに並べていた。そばに近づき、生バンドの演奏の音に負けないように大きな声で尋ねた。「何かわたしにできることはある？」

「何もありません」スティーヴンが笑みを浮かべた。「すべて順調に行ってますから」

「サソリは見なかった？」

スティーヴンは首を横に振った。「中庭の周囲にシトラスオイルを散布しておきました」

じっとこちらを見た。「気分はどうです？」

「いいわよ。どうしてそんなことを訊くの？」

「たまにはデートのひとつもしたほうがいいというアドバイスを聞き入れてくれて、本当によかったと思ってるんです」

顔をしかめた。「デートしたわけじゃないわ。ダンスを踊っただけよ」

「それでも進歩です」スティーヴンは短く言い、また椅子をとりに行った。

二次会の用意が整うと、招待客たちが出てきて、パイの置かれた長テーブルに並んだ。プールの近くのテーブルに、ひとりの男性が座っているのが見えた。ジョーだ。黒のネクタイの結び目をほどいて首にかけ、くつろいでいる。期待に満ちた視線を送ってよこし、誘うようにパイの皿を持ちあげた。

そばに近寄った。「なんのパイですか？」美しくカットされたパイに、たっぷりとメレンゲがのっている。

「レモンアイスボックスだ。フォークを二本持ってきた。一緒に食べないか？」

「中庭の奥のほうで、誰からも――」

「見えないところなら」ジョーが言葉を継ぎ、からかうような目をした。「本当はぼくなんかと一緒にいるところを見られるのが恥ずかしいんだろう？　安っぽい男だから」

つい声をあげて笑った。

「あなたに対していろいろと感想はありますけど、安っぽい人だと思ったことは一度もありません」

いちばん遠く離れたテーブルに向かって歩きだすと、ジョーがパイの皿を手についてきた。

「たとえば、どんな感想だい？」

「褒めてほしいんですか？」

「ちょっとぐらい、その気になる言葉を言ってもらっても胸は痛まないな」皿をテーブルに置き、椅子を引いてくれた。

「デートはしませんから、その気にさせるつもりもありません。でも、あえて言うなら……魅力的な方だと思っています」

フォークを手渡され、パイを口にした。あまりのおいしさに、思わず目を閉じた。ふわふわのメレンゲが舌の上でとろけ、そのあとついもうひと口食べたくなるようなさわやかな酸味が口の中に広がる。

「ふたつのレモンが恋に落ちたような味ですね」

「三つのレモンの奇妙な三角関係かもしれないぞ」わたしが眉をひそめると、ジョーはにやりとした。「いつもは酸味が足りないと感じるんだが、これはほどよく酸っぱくてうまい」

ひと口分のパイが皿に残った。ジョーがこちらのフォークを手にとり、そのひと切れをわたしの口に運んだ。自分でも驚いたことに、自然に口を開けていた。そのなんでもないしぐさが急に親密な行為に思われた。顔が熱くなり、パイをうまくのみこめなかった。

「何か飲み物を……」そう言いかけたとき、誰かがテーブルに近づいてきた。

ソフィアだった。ワイングラスを二客とボルドーの白ワインを手にしている。グラスとボトルをテーブルに置き、明るい声で言った。「スティーヴンに言われて来たの。こっちは大丈夫だから、あなたは仕事をあがってって」

わたしは顔をしかめた。「それを決めるのはスティーヴンじゃなくてわたしよ」

「あなたはわたしたちの誰よりも睡眠不足だもの」

「疲れてなんかいないわ」

「あとは片づけぐらいだから、あなたがいなくても困らないわ。どうぞワインを楽しんで」

こちらの返事を待たず、ソフィアは立ち去った。

その背中を見送りながら、首を振った。「わたしって、そんなに役立たずだと思われているのかしら」椅子の背にもたれた。「だけど、今日はみんな本当によくやってくれたんです。それに後片づけなら、たしかにわたしはいらないかも」見あげると、星空に天の川が白く流れていた。「きれい。街では見られない星空ですね」

ジョーがグラスで天の川を指した。「天の川の真ん中に、黒い線が見えるかい？」

わたしは首を横に振った。

ジョーは椅子を近づけ、もう一方の手で指さした。

「ほら、黒いペンで落書きしたみたいな線が見えないか？」

指の動きをたどると、線が見えてきた。

「あれは分子の塵でできた巨大な雲で、暗黒星雲と呼ばれてる。あそこで新しい星が生まれるんだ」

不思議に思いながら空を眺めた。「どうして今まで見えなかったのかしら?」

「時と場所によるのさ」

顔を見あわせて笑みを浮かべた。星明かりのせいで、小さな三日月形の傷痕が銀色に見える。その傷痕に指先で触れ、男らしい頬をてのひらでなでてみたくなった。

ワイングラスを手にした。「これを飲み終わったら、もう寝ます」ひと口飲んだ。「疲れていますから」

「この牧場に泊まるのかい?　それとも街のホテル?」

「ここです。裏の牧場へ続く道添いに小さなロッジがあるんです。狩猟小屋と呼ばれています」顔をしかめた。「暖炉の上に剝製のアライグマが置いてあって。それが怖いんですよ。枕カバーをかけちゃいました」

ジョーはほほえんだ。「送っていくよ」

ためらいながら答えた。「ありがとうございます」

残りのワインを飲むあいだ、だんだん会話が減っていった。言葉に出さなくても、気持ちは通じあっているかのように。

空になったボトルとグラスをテーブルに残し、ようやく立ちあがった。

ロッジへ向かう、舗装された道を歩きながら、ジョーが言った。「エイヴリー、また会えるかな？」

「お気持ちはうれしいけど……ごめんなさい」

「どうして？」

「ご一緒できて楽しかったです。このまま終わらせましょう」

ジョーは無口になった。わたしはゆっくりした足取りで歩きながら、どうすれば彼を遠ざけられるかということばかり考えた。

そうしているうちにロッジに到着し、トートバッグに入っている鍵を探していると、ジョーが静かに言った。「強引に進めるつもりはないんだ。相手にその気がなければ、ぼくにだってわかる」言葉を切った。「でも、今回は違う気がしてるんだ」

体が震えた。「誤解させるようなことを言ったのならごめんなさい」

「ぼくの思い違いなのか？」穏やかな口調だ。

「そうじゃなくて……今はそんな気になれないんです」

ジョーは黙っていた。納得できないのだろう。当然だ。彼は、こんなにすてきな人なのだから。黒い目にしわのついたタキシードがセクシーで、月明かりに照らされて立っている姿は夢の中から出てきたのかと思うほどだ。

「もうちょっと話せないか？」

ジョーの言葉にしかたなくうなずき、玄関のドアを開けた。

丸太造りのしゃれたワンルームのロッジは、中に革張りのソファと手織りのラグがあり、天井にはシカの角を何本も組みあわせたような形のクリスタルの照明がついている。部屋の隅の壁にある小さな照明をつけ、トートバッグを置いた。振り返ると、ジョーが戸口にもたれかかっていた。何か言おうと口を開きかけたが、思いとどまったらしい。

「なんですか？」わたしは小さな声で尋ねた。

「こういうのは無理強いするものじゃないし、引き際が肝心だということもわかっている」ジョーは口元に寂しそうな笑みを浮かべた。「だけど、そんなのはくそくらえだ。今朝会ったときから、ずっときみのことが気になってしかたがなかった。きれいで、どこか惹かれたんだ。また、会ってくれないか」口調が和らいだ。「いいだろう？」わたしが迷っているのを見て、ささやく。「日時と場所はきみが決めればいい。後悔はさせないよ」

戸口を押しやるようにして肩を離し、ゆっくりと近づいてきた。胸が高鳴り、緊張で体が熱くなったり冷たくなったりした。もう何年も、寝室で男性とふたりきりになったことはない。

じっと見つめられ、片方の頬を手で包みこまれた。

「帰ったほうがいいかい？」ジョーが手を引っこめようとした。

「いいえ」自制心が働くより先に、彼の手首に手を添えていた。ついさっきまではどうやって追い返そうかと考えていたのに、今は引きとめたくてしかたがない。骨太で筋張っている手首だ。鼓動の音が力強い。

この人に抱かれたい。全身でそう感じた。みんなから遠く離れ、ここにいるのはジョーとわたしのふたりだけ。きっとすばらしい夜になる。

二七年間、平凡な生活を送ってきた女がこんなすてきな人と巡りあえたのだから、一夜の関係を結ぶくらい許されるだろう。

ジョーの手を自分の腰にまわさせて爪先立ちになり、たくましくて温かい胸にしなだれかかった。きつく抱きしめられ、ゆっくりと熱いキスをされた。まるで世界がもうすぐ終わりを迎えようとしているかのように。これが最後の一日の、最後の一時間の、最後の一分だとでもいうように。会話のような、あるいはセックスのようなキスだった。ジョーの唇や舌は、こちらの求めているものを感じとり、それを与えてくれる。誰とのどんな関係よりも官能的なキスだ。

ジョーは顔をあげると、わたしの頭を肩にうずめさせた。そうやって互いに熱い息を吐きながらしばらく抱きあっていた。くずおれてしまいそうで、何も考えることができない。ただジョーのそばにいたい。その肌に触れたい。タキシードの襟をつかんで前を開いた。ジョーはすぐさまジャケットを脱いで床に落とし、こちらの顔をあげさせて激しく唇をむさぼった。これほどのご馳走はないとばかりに。キスをしながらわたしの腰を引き寄せ、情熱がはちきれそうになっているものを押しあてた。死ぬほどジョーが欲しい。こんな感情は初めてだ。こんな気持ちになることはきっと、二度とない。

朝まで彼に抱かれていたい。

「ベッドへ連れていって」そうささやいた。

ジョーがそうしたい気持ちとためらう気持ちのあいだで葛藤しているような、短く荒い息をもらした。

「いいの、本心よ。そばにいて」

「ぼくに気を遣っているのなら——」

「違うわ。わたしがそうしてほしいの」気持ちを抑えきれず、またキスをした。「お願い」唇を重ねたままささやいた。

ジョーは自分を止められないとでもいうように、いっそう強く抱きしめてきた。わたしの服を脱がせ、自分も服を脱いだ。ベッドにたどりつくまでのあいだに、床に点々と服が散らばった。壁の照明を消した。暗闇の中、窓のブラインドの隙間から星明かりだけが差しこんでいる。

上掛けをめくり、マットレスに横たわった。頭から爪先まで震えている。ジョーが覆いかぶさってきた。手足のからまる感触に感情が高ぶる。喉元に熱い息を感じた。

「やっぱりやめると言ってもいいんだぞ」かすれた声だ。「きみがいやがるなら、ぼくはいつでも——」

「大丈夫」

「ちゃんと言っておきたいんだ」

「わかっているわ」ジョーを抱き寄せた。

この静かな部屋で起きていることが現実だとは思えなかった。激しい欲求にのみこまれ、わたしたちは愛しあった。口に含まれた胸の先が硬くなり、舌先で愛撫されて下腹部にまで快感が走った。ジョーの肩に腕をまわし、たくましい背中をなでた。

ジョーの手が下へとすべりおり、腿のあいだに入りこんだ。親指がやわらかいところに触れ、思わず声をもらして腰を浮かせた。すでに潤っている部分に指が分け入り、体の奥が痙攣した。悦びを逃すまいと体がこわばる。

腿を押し広げられ、息も絶え絶えになって言った。「お願い、避妊して……」ジョーはかすれた声でわかっていると答え、ナイトテーブルにある自分の財布へ手を伸ばした。ビニール袋を破く音がした。ぼんやりとした頭で思った。彼はいつのまにそこへ財布を置いたのだろう。

だが円を描くように敏感な部分を刺激されて、そんな物思いは吹き飛んだ。彼がゆっくりと押し入ってくるのを感じた。熱くて、甘くて、正気を失いそうなほどの快感がこみあげ、悲鳴にも似た声がもれる。

耳元でしいっという声が聞こえた。腰を持ちあげられ、胸毛に胸の頂をくすぐられ、リズミカルな動きに合わせて濃密な悦びが全身を駆け巡る。これほど急激に快感を得たのは人生で初めてだ。呼吸をするたびに、鼓動が止まりそうなほどの生々しい感覚に突きあげられた。何も見えず、声も出ない。クライマックスに襲われ、体がこわばったあと、震えがさざ波のように広がっていった。ジョーはわたしの腰をつかんだまま息を荒らげ、自分もまたクライマックスに達した。首筋や肩にキスをされた。ジョーの手が腹部をなぞり、まだつながったままのところへすべりおりて、痛いほどに感じている部分のまわりをなぞった。息をのんで、ふたたびこみあげる悦びに浸る。何も考えられない。過去も、未来もない。ただ、身をよじる絶頂感に身を任せることしかできなかった。

翌朝、ひとりで目覚めた。彼とひとつになった名残の感覚と、何度もキスをされたときに無精ひげがこすれた肌のかすかな痛みと、腿の内側にこわばりがあるだけだ。

昨夜のことをどう考えればいいのかわからなかった。

ジョーは帰るとき、ほとんど何も話さず、義務のように電話すると言っただけだった。だが、本当に電話がかかってくるとは思えない。

誰かと関係を持つのはわたしの自由だと自分に言い聞かせた。たとえ相手が初対面の人でも。そこにはいいも悪いもない。だから罪悪感を覚える必要はない。

でも……何かを持っていかれてしまった気がする。どうすればそれをとり戻せるのかがわからない。もう以前の自分には戻れないかもしれない。

震えながらため息をついた。涙がこみあげそうになり、シーツで目を強く押さえた。

「わたしは大丈夫」声に出して言った。「なんともないわ」

枕に頭を戻して体を丸めた。小学生のころ、理科の実験で蝶の勉強をしたことがある。蝶の羽を顕微鏡で観察したのだが、その表面は、雨に濡れないように水を弾くための、鱗粉《りんぷん》と呼ばれるうろこ状のもので覆われていた。

蝶に触ると鱗粉がとれてしまい、もとには戻らないのだと教師は説明した。実際に、ところどころ鱗粉のない部分があるのを顕微鏡で確かめることもできた。だが、それでも蝶は飛べるのだという。

なんの問題もなく。

# 6

ソフィアと一緒に家に帰るまでの長いドライブのあいだ、今回の結婚式について細かく反省点を話しあった。わたしは精いっぱい明るく振る舞い、ときには声をあげて笑いもした。ジョー・トラヴィスと何かなかったのかと訊かれたときは、こう答えた。「何もないわ。だけど電話番号を渡したから、もしかすると連絡をくれるかもしれない」ソフィアが探るような目でちらりと見た。信じていないのだろう。

ソフィアが携帯電話をカーオーディオに接続し、陽気なテキサス・ソングを聴きはじめたので、昨晩の出来事について考えた。どうしてこんなに罪悪感を覚え、不安になるのだろう。一夜限りの関係を持つなんて自分らしくないから？　でも、持ってしまった。

だから、これが新しい自分だ。

動揺がこみあげそうになり、慌ててそれを押さえこんだ。

ブライアンとつきあいはじめたときは、体の関係を持つまでに、少なくとも二カ月はかかった。母のように次々と男性を渡り歩きたくなかったから、性的関係については慎重だった。自分が納得できる間柄にならないと、ベッドをともにはできなかった。ブライアンは辛抱強く、こちらがその気になるまで待ってくれた。

ブライアンとはメトロポリタン美術館で行われたカクテルパーティで、共通の友人に紹介されて知りあった。すぐに意気投合したので、本当は知りあいだったんじゃないのかと友人にからかわれたほどだ。ともに二一歳で、野心とエネルギーに満ちあふれていた。わたしはダラスから、ブライアンはボストンから、ニューヨークに移り住んだばかりだった。

ニューヨークで暮らしはじめた最初の一年は、人生最良のときだった。ニューヨークは何かすばらしいことか、あるいは少なくともおもしろそうなことが、すぐそこで待っている気にさせてくれる街だ。テキサスの暑さで活力を奪われ、のんびりしたペースに慣れていた身には、マンハッタンの涼しい秋はこのうえなく刺激的だった。カナリア色のタクシーが鳴らすクラクションや、建設機器が出す活気に満ちた騒音や、ストリート・ミュージシャンの歌声や、バーや地下鉄の音は、どれも〝きみはこの街の人間だよ〟と言ってくれているように聞こえた。常に何かが起きている街の人間だと。

友達はすぐにできた。時間に余裕があれば、ボランティアをしたり、どこかのクラブに所属するかレッスンを受けるかして、外国語やダンスやテニスを学んだりしているような女性たちだ。ニューヨークっ子の自己啓発への情熱は伝染する。わたしもすぐにそういう活動に参加し、一日を可能な限り有効に使うようになった。

今にして思えば、ニューヨークに恋していたからこそ、ブライアンとの関係も続いたのだ。もしほかの街で出会っていたら、あんなに長くはもたなかっただろう。ブライアンは優しい恋人だったし、ベッドでも思いやりのある人だった。だけど、彼がしていたウォール街の仕事は一日一六時間のハードワークだ。しかも常に非農業部門雇用者数の推移を追いかけたり、夜中の一時に金融情報を気にしたりしなければならない。ブライアンはいつも疲れていて、心ここにあらずだった。ストレスを解消するために酒を飲み、それがベッドでの関係にもいい影響は及ぼさなかった。ただそもそもブライアンとは、昨夜のような燃えあがる経験はしたことがない。

昨夜、ジョーと一緒にいるときのわたしはまるで別人だった。でも、まだ自分を変える心の準備はできていない。結婚式の当日に捨てられた事実が頭を離れないからだ。もしそれを忘れてしまったらどうなるのだろうと考えるだけで怖くなる。もう二度とあんなつらい思いはしたくない。自分を守れるのは自分だけだ。

その夜、ベッドで読書をしていると、ナイトテーブルに置いた携帯電話が鳴りだした。携帯電話の画面にジョーの名前が表示されているのを見て、息が止まりそうになった。まさか本当に電話をかけてくるなんて……。

心臓が百万本もの輪ゴムをかけられたみたいに苦しくなった。きつく目をつぶり、手で顔を覆う。呼び出し音は鳴りつづけているけれど、電話には出なかった。何を話せばいいのかわからない。一夜をともにしたものの、ジョーのことは何も知らないも同然だ。

すてきな夜ではあったものの、それで終わりにしたい。理由なんかどうでもいいし、ジョーに説明する義理はない。自分を納得させる必要さえないと思っている。

呼び出し音がやんだ。音声メッセージが残されていることが画面に表示された。

無視するのよ。そう自分に言い聞かせた。読みかけの本を手にとり、ぼんやりとページに目をやった。しばらくして、同じページを三度も読んでいることに気づいた。しかも、一語も頭に入っていない。

じれったくなり、本を脇に置いて、携帯電話をつかんだ。

音声メッセージを聞くときは、緊張で爪先が丸まった。のんびりしたジョーの声が聞こえ、それが体の中で甘く溶けた。「ジョーだ。ヒューストンまでの帰り道はどうだった？」言葉が途切れた。「一日中、きみのことを考えていた。その気になったら電話をくれ。あとで、ぼくからもかけ直すよ」また間が空いた。「じゃあ、また」

頰が痛いほどに熱くなった。携帯電話をナイトテーブルに戻した。

いい大人なのだから、ちゃんと電話を返し、冷静に愛想よく、もう会えないと伝えるべきだ。〝あなたとは性格が合いそうにない〟くらいは言ってもいいかもしれない。

でも、そうするつもりはなかった。ジョーがあきらめてくれるまで無視しつづけるだけだ。電話で話すことを想像しただけで、緊張で汗が出てくる。

また呼び出し音が鳴り、携帯電話を凝視した。まさかまたジョーだろうか。こんなことが続いたら、神経がどうにかなってしまう。だが画面に表示されたのは、ニューヨーク時代の親友で、よき相談相手でもあるジャスミンの名前だった。年齢は四〇歳。有名な女性誌のフアッションディレクターをしている。有能で、自説を主張することを恐れず、だいたいにおいて彼女の意見は正しい。

ジャスミンにとって、ファッションは人生そのものだ。インターネットのブログや掲示板や世間のトレンドなどから、現在はどんなファッションがはやりで、次は何が流行するのか、鋭く見抜く才能を持っている。ファッション以外で、もうひとつ大切にしているのは友人だ。自分も惜しみなく友に尽くすが、相手にもそれを求める。わたしがニューヨークを離れるときも引きとめようとした。自分のコネを使って、地元のショービジネスを専門に取材する仕事を紹介すると言った。あるいは手ごろな価格帯のウエディングドレスを作りたいと考えているデザイナーたちを知っているから、それを販売するビジネスを立ちあげられるように手を貸すとまで言ってくれた。

その気持ちには感謝したが、申し出は断った。ファッション関係の仕事には限界を感じ、疲れていたので、いったんそこから離れたかったのだ。それ以上に、姉妹としてソフィアと一緒に暮らしたいという気持ちが強かった。人生に血縁関係というものが欲しかったし、ソフィアが尊敬の念を抱いてくれているのもうれしかった。ジャスミンは必ずしも理解してくれたわけではないが、こちらの気持ちを尊重してくれた。それでも、いつかまたニューヨークに誘いだすからと言った。

「ジャスミン！　久しぶり！」

「こんばんは。今、話す時間ある？」

「ええ、どうせ本を——」

「よかった。これからパーティへ急いで行かなきゃならないんだけど、一刻も早くあなたに伝えたいことがあって。ねえ、トレヴァー・スターンズを知ってる？」

「もちろん」

デザイン学校へ通っていたころから、トレヴァー・スターンズは憧れの人だった。誰もが知る伝説的なウエディングプランナーで、ウエディングドレスのデザイナーとしても、書籍の著者としても、ケーブルテレビで放映されている『結婚式をあなたに』というドキュメンタリー番組のホストとしても大成功をおさめている。『結婚式をあなたに』は、どんな結婚式を挙げればいいのかわからないカップルや、予算があまりないカップルのために、トレヴァー・スターンズとそのチームが夢の結婚式をコーディネートするという番組だ。ロサンゼルスを拠点とし、ファッションあり、ドラマあり、涙ありの感動的な内容になっている。

「トレヴァーとプロデューサーが、今度はニューヨークを拠点としたスピンオフ・シリーズを作りたいと言ってるの」

「そんなに次々と結婚式ものの番組を作っていたら、飽きられるんじゃないの？　それほど見たいと思う人がいるのかしら？」

「まだまだいけるという判断なんでしょうね。だってトレヴァーの番組はしょっちゅう再放送されてるのに、それでも高視聴率をとっているもの。そこで今度は、トレヴァーが新人を育てる企画を考えたの。できれば女性。つまり、彼が次のスターを創りだすということよ。

トレヴァーに認められれば、ニューヨーク版『結婚式をあなたに』のホストになれる。もちろん、番組が軌道にのるまではトレヴァーがゲスト出演するわ」言葉を切った。「エイヴリー、わたしが何を言わんとしてるのかわかる？」

「わたしにやってみろっていうの？」目を丸くした。

「あなたならぴったりじゃない。『ブライダル特集ウィーク』のインタビューは今でも覚えているわ。カメラ映りはすばらしかったし、個性も引きたっていたし――」

「ありがとう。でも、ジャスミン……わたし程度の経験じゃ無理だと思うわ。それに――」

「決めつけちゃだめよ。相手がどういう人材を求めてるかなんてわからないじゃないの。向こうだって、まだはっきりとは決めてないかもしれないし。とにかく、こっちであなたの映像をまとめるから、履歴書と顔写真を送って。トレヴァー・スターンズとプロデューサーたちに必ず目を通させるわ。気に入られれば、ニューヨークへ呼ばれて面接よ。たとえ採用されなくても、ただでわたしに会いに来られるわ」

笑みがこぼれた。「わかった。そのためにならやってみるわ」

「よかった。さあ、手短に教えて。そっちは変わりない？　妹さんはお元気？」

「ええ、ソフィアは――」

「あら、車が来ちゃった。またあとで電話するわ」

「わかった、ジャスミン。じゃあ――」

通話が切れた。矢継ぎ早の会話に呆然としながら、携帯電話を眺めた。

「ジョーは、わたしのことを早口だって言ってたのに」

それからの一〇日間で、ジョーからはさらに二件の電話と何通かのEメールが来た。初めのうちは穏やかな口調だったが、やがて戸惑いといらだちがにじみでるようになった。避けられているのはわかっているだろうに、決してあきらめようとはしなかった。会社にまで電話をかけてきて、伝言を残した。そのせいで、みんなから不思議そうな顔で見られるはめになった。ソフィアが気を遣って、わたしがジョー・トラヴィスとデートしようがどうしようが関係ないと明るい声でちゃかしてくれた。だけど仕事が終わると、キッチンに来て言った。

「いったいどうしたの？　ケンドリック家の結婚式以来、ちょっとおかしいわよ。大丈夫？」

「もちろん、大丈夫に決まっているじゃない」慌てて答えた。

「だったら、どうしてそんな強迫性障害みたいなことをしてるの？」

「ただの整理整頓よ。いけない？」

「テイクアウトのメニューをカラーフォルダーにひとつひとつ収納して、雑誌を発行日順に並べるのが？　たとえあなたでもやりすぎよ」

「何がどこにあるか、すぐにわかるようにしたいだけ」落ち着かなくなり、手近な引き出しを開けると、キッチン用品を整理しはじめた。ゴムベラや穴あきスプーンを選り分けるのを、ソフィアは黙って見ていた。「だから……」計量スプーンをもてあそびながら、早口で打ち明けた。「結婚式の夜、ジョーと関係を持ったの。そうしたらデートに誘われたんだけど、わたしはもう会いたくない。でも、そう言えないから、彼があきらめてくれるのを願って避けているの」

「どうしてあきらめてほしいのよ」ソフィアが心配そうな顔をした。「何かいやなことでもあった？」

「まさか」打ち明けてしまえたことにほっとした。「脳みそが溶けてしまうかと思うくらい、すてきな夜だったわ。でも、あんなことはしなければよかったと思っている。後悔する必要なんかないと頭ではわかっているんだけど、心がついていかないの。どうしてあんなに簡単に体を許してしまったんだろうと思うと恥ずかしくなるわ」

「ジョー・トラヴィスは恥ずかしいなんて思っちゃいないわよ」ソフィアが指摘した。「だから、あなただって恥ずかしいと思う必要はないの」

気が重くなった。

「彼は男だもの。男と女は違うなんて認めたくはないけど、現実はそうよ」

「この状況でそんなふうに考えるのは、あなただけだと思うわ」ソフィアは優しく言い、引き出しを閉めてこちらの顔をのぞきこんだ。「今夜ジョーに電話をかけて、デートするかしないか、ちゃんと伝えなさい。今のままじゃ、あなたも彼もつらいだけよ」

唾をのみこみ、うなずいた。「Eメールを送るわ」

「話したほうがいいって」

「Eメールなら余計なことに気を遣わなくてすむもの」

「余計なことって？」

「口調だとか、間をとるとかとらないとか、早口で話すかゆっくりしゃべるかとか、そういうことよ」

「本心が伝わってしまうから？」

「そう」

「正直になればいいじゃない」

「いいえ、Eメールにするわ」

寝る前に意を決して携帯電話を開き、ジョーから最後に来たメッセージを読んだ。

『どうして電話にも出なければ、Eメールに返信もくれないんだ？』

携帯電話を握りしめ、自分に言い聞かせた。いいかげんばかなまねはやめて、ちゃんとけりをつけるのよ。

『忙しかったのよ。』

驚くほど即座に返信があった。『話をしよう。』

『話したくない。』今度はなかなかEメールの通知音が鳴らなかった。どう返事をしようか迷っているのだろう。『もう会いたくないの。』

『なぜだ？』

『あの夜は最高だったわ。後悔はしていない。だけど、それ以上の関係は望んでいないの。』

数分が過ぎた。もう返事は来ないだろう。

なかなか寝つけず、悶々としながら夜を過ごした。

枕が低すぎるのよ。それに、上掛けが暑いわ。ハーブティーでも飲もうかしら。それともワイン？　本を読んだら眠くなるかも……ゆっくり呼吸するのよ……テレビでも見ようかしら……考えるのをやめなさい。頭を空っぽにするの。午前三時では、まだ起きるには早いわ……せめて四時まで待とう……。

ようやくうとうとしかけたとき、目覚まし時計のアラームが鳴り、うめきながらベッドを出た。長々とシャワーを浴び、ゆったりとしたニットチュニックとレギンスを身につけて、階下のキッチンへおりた。

この家はヒューストンのモントローズ地区にある葉巻製造工場だった建物を、一部リフォームしたものだ。近くにはアートギャラリーや、高級ブティックや、風変わりなレストランがいくつもあり、その個性的な街並みをわたしもソフィアも気に入っている。建物はかなり状態が悪かったため、破格の安値で買いとることができた。一階はむきだしの煉瓦の壁と格子状の窓をそのまま利用し、広いワンルームのまま会社の事務所として使っている。奥にはカウンターが御影石のオープンキッチンがあり、真ん中にはメタルブルーのユニット式ソファを置き、手前に執務スペースを作った。執務スペースには思いついたことを書いたり貼ったりできる壁とデスクがいくつかあり、そこには本や、デザイン用の布地見本や、縁取り用の飾りや、その他さまざまなサンプルが山ほど積まれている。二階はわたしの部屋、三階はソフィアの部屋だ。

「おはよう」ソフィアの明るい声が聞こえ、その元気のよさにびくっとした。

「お願い、ちょっと控えめにして」

「何を？　明かり？」ソフィアは照明のスイッチに手を伸ばした。

「違うわ、声の大きさよ」

ソフィアはコーヒーをカップに注ぎ、心配そうな顔で手渡してきた。

「よく眠れなかったの？」

「ええ」低カロリーの甘味料とミルクを入れてかきまぜた。「ゆうべ、ジョーにEメールを送ったの」

「それで？」

「きつい言い方をしちゃった。もう会いたくないって書いたの。返信はなかったわ」肩をすくめ、ため息をついた。「だけど、ほっとした。もっと早くにEメールを送っておけばよかったわ。これで気に病まずにすむもの」

「本当にそれでよかったの？」

「もちろんよ。そりゃあデートをすれば、もうひと晩くらい楽しい夜を過ごせるかもしれないけど、だからといってお金持ちの手軽な遊び相手になるのはごめんだわ」

「どこで会うかもしれないのよ」ソフィアは言った。「誰かの結婚式とか、何かのイベントとか――」

「そうね。でも、そのときはきっと吹っきれているわ。あの人も次の彼女ができているだろうし。お互いに大人らしく振る舞うまでよ」

「本当は不安だって口調よ」ソフィアは言った。「何かわたしにしてほしいことはない？」

ソフィアがそばにいてくれて本当によかったと思った。少し体を傾け、軽くソフィアの手に触れた。「もしわたしが逮捕されたら、一度だけ電話をかけてもいいという相手にあなたを選ぶから、保釈金を払って。頼んだわよ」

「あなたが逮捕されるときは……」ソフィアが言った。「きっとわたしも共犯者として留置場の中よ」

見習いのヴァルがいつもどおり午前九時に出社した。わたしの様子がいつもと違うのに気づいたようだが、余計なことは言わず、留守番電話に残されたメッセージやEメールの対応を始めた。だが、その数分後に出社したスティーヴンは、そんな気遣いは見せなかった。

「何かあったんですか？」眉をひそめ、ソフィアと一緒にソファに座っているわたしを見た。

「別に何も」そっけなく答えた。

「だったら、どうしてそんなボーイスカウトのテントみたいな服を着てるんです？」

ソフィアが鋭く言った。「エイヴリーの服装を批判しないで」

スティーヴンは辛辣な口調で訊き返した。「これでいいとでも？」

「そんなことは思っちゃいないわ」ソフィアは答えた。「でも、わたしが何も言わないんだから、あなたも黙っていて」

「ありがとう、ソフィア」わたしは淡々と言い、スティーヴンに目で警告した。「ゆうべはいろいろあったの。今日のわたしは触らぬ神にたたりなしよ」

「エイヴリー！」執務スペースでデスクについていたヴァルが緊張した声で言った。「ホリス・ワーナーの秘書からEメールが来てます。今週の土曜日にワーナー家で開かれる非公開のパーティに招待したいそうです。ドレスコードは準正装。毎年開かれている資金集めのパーティで、現代アートの大規模なオークションがあって、ディナーも用意されるとのことです」

ソフィアが興奮した声をあげた。

急に事務所の空気が薄くなった気がして酸素をとりこもうと必死に息をしてから、努めて落ち着いた声で尋ねた。「同伴者を連れてきてもいいとは書かれていない？」

「そのことには触れられてません」ヴァルは答えた。「訊いてみましょうか？」

「だめよ」ソフィアがさえぎった。「厚かましいことはしないほうがいいわ。ホリスには何か考えがあって、エイヴリーひとりを招待したのかもしれないし」

「きっとそうでしょうね」スティーヴンが言った。「でも、そんなことは気にしなくてもかまわない」

「どうして？」ソフィアとヴァルとわたしは声をそろえて尋ねた。

「どのみち、ワーナー家の仕事を受注するのは無理ですから。ケンドリック家の結婚式より豪華なものにしたいとホリスは言ってるんでしょう？　それに対応できるほどの業者をうちは押さえてません。ヒューストンやダラスにある大きな業者や広い会場は、大手の企画会社と独占契約を結んでますからね。うちはまだまだ新規参入の段階なんです」

「ワーナー家の仕事をとれば、いっきに大手の仲間入りができるわ」

「それは悪魔と契約するようなものですよ。こんな新しい会社にワーナー家の結婚式を任せる見返りに、ホリスは手数料をぎりぎりまで減額しようとするでしょう。あまりうまい話だとは言えません。うちにはまだ無理なんですよ。もうしばらくは手に負える規模の結婚式を地道にこなすことで事業を徐々に拡大していくべきです」

「搾取されるつもりはないけど、パーティには行くわ。ワーナー家の結婚式を引き受けるかどうかは別として、人脈を作るいい機会なのは間違いないもの」

　スティーヴンは目に皮肉な色を浮かべた。

「準正装なんですよ。何を着ていくつもりです？」

「正装用のドレスなら持っているわ」

「病院の資金集めのパーティで着たやつですか？　片方の肩に大きな飾りがついた黒のドレス？　ワーナー家のパーティに、あんなのを着ていっちゃだめですよ」スティーヴンは立ちあがり、鍵束と財布を手にとった。

「何をしているの？」

「あなたをデパートへ連れていくんです。ニーマン・マーカスがいい。上品な既製品を買って、金曜日までに仕立て直しましょう」

「そんなものにお金を使う気はないわ。ちゃんとしたドレスがあるんだから」

「いいですか。普段はテーマパークのパレードのダンサーみたいなドレスを着ようがどうしようが、あなたの勝手です。だけど仕事で富裕層と人脈を作るときは、服装が会社の利益に関わります。あなたの服の趣味は遺伝子の欠陥のようなものだ」

むっとしてスティーヴンをにらみ、応援してとソフィアとヴァルに視線を送った。だが腹の立つことに、ソフィアは急に携帯電話のEメールを確認しはじめ、ヴァルはコーヒーテーブルにのった雑誌の角を熱心にそろえだした。

「わかったわよ」ぶつぶつと言った。「ドレスを買うわ」

「髪も切りましょう。今のままじゃひどすぎる」

「わたしもそう思うわ」ソフィアが勇敢にも口を挟んだ。「いつもアップにまとめるだけだもの」

「カットに行くたびに、ダース・ベイダーのヘルメットみたいな髪型にされるせいよ」

こちらの抵抗を無視して、スティーヴンはソフィアに言った。「サロン・ワンに電話を入れて、今日の予約をねじこんでください。無理だと言われたら、ひとつ貸しがあることをうまく利用すればいい。オーナーの結婚式のとき、土壇場になってケータリング業者を調達してやりましたからね。それからいつもの検眼士に連絡して、コンタクトレンズを作りたいと伝えておいてください」

「いやよ」わたしは言った。「目に指を入れるなんてできない」

「そんなささいなことで駄々をこねないで。さあ、行きますよ」

「待って」ソフィアは引き出しから何かとりだすと、スティーヴンのそばへ駆け寄って手渡した。「いざというときには使って」

「それ、会社のクレジットカードじゃない」わたしは憤然として言った。「非常事態のときのためのカードよ」

スティーヴンが値踏みするような目でこちらを見た。「まさに非常事態だ」

わたしはバッグを手にとり、スティーヴンにせかされて玄関へ向かった。ソフィアが背後から大声で言った。「エイヴリー、スティーヴンを試着室へ入れちゃだめよ。彼はゲイじゃないんだから！」


試着は大嫌いだ。こんなにいやなことはないくらいに。

デパートの試着室に入るとぞっとする。三面にある鏡には贅肉が容赦なく映しだされるし、蛍光灯のせいで顔色は悪く見えるし、袖を通すのに苦労して拘束衣を着たみたいな状況になっているときに限って、店員がいかがですかと尋ねてくる。

だが、ニーマン・マーカスの試着室がどこよりもすばらしいことは認めざるをえない。だからといって、ぜひとも試着をしたいという気分にはなれないけれど。

ニーマン・マーカスの試着室は広々としており、おしゃれな造りになっている。全身を映しだす三枚の鏡の両脇には蛍光灯が縦につけられ、天井の照明は明るさを調節できる。

「やめてください」スティーヴンが自分で選んだ有名デザイナーのドレスを五、六着持って、試着室に入ってきた。

「何を？」スティーヴンの反対を押しきって選んだ黒いドレスを二着フックにかけた。

「その顔です。動物虐待防止協会のコマーシャルに出てくる、檻に入った子犬みたいだ」

「だって、どうしようもないんだもの。試着室の鏡を見ると恐怖を覚えるわ。まだ試着もしていないのに」

スティーヴンは店員からさらに数着の服を受けとり、試着室のドアを閉め、ドレスをすべてフックにつるした。「鏡に映っているのは敵じゃないんです」

「わかっているわ。わたしの敵はあなたよ」

スティーヴンがにやりとした。「着てみてください」わたしが選んだ黒いドレスを手にとって試着室を出ようとした。

「ちょっと、何するのよ」

「ワーナー家のパーティに黒のドレスはだめです」

「黒は細く見えるの。魔法の色よ」

「ニューヨークではそうかもしれませんが、ヒューストンでは違います。黒以外の色がいい」スティーヴンは試着室を出ていき、ドアを閉めた。

店員がビスチェとハイヒールを試着室に入れ、またドアを閉めた。できるだけ鏡から離れてビスチェのホックを留め、背中にまわっていたカップを胸のほうへ持ってきた。カップはワイヤー入りで、乳房が恥ずかしいほど強調された。

ドレスを一着、ハンガーからはずした。伸縮性のある生地でできたタイトな黄色のドレスで、上半身にはビーズの飾りがついている。「スティーヴン、黄色ならいい？」

「髪や目の色と合うなら、黄色はいけますよ」ドア越しにスティーヴンが答えた。

身をよじりながらドレスに体を押し入れ、背中のファスナーをあげようとした。だが、ファスナーはびくともしなかった。「ちょっとファスナーを閉めてくれる？」

スティーヴンは試着室に入ると、全身に目を走らせた。「悪くない」背後に立ち、苦労しながらファスナーを引きあげた。

胸が締めつけられ、浅い息をしながら、よろよろと鏡の前に立った。「きつすぎるわ」縫い目が引っ張られているのを見て、暗澹《あんたん》たる気持ちになった。「もうひとつ大きいサイズをとってきて」

スティーヴンは袖にぶらさがっているタグを見て、眉根を寄せた。

「これがいちばん大きなサイズですね」

「わたし、もう帰る」

スティーヴンはファスナーをおろし、きっぱりと言った。「だめです」

「家にあるドレスを着るからいいわ」

「もうありません」

「どういう意味よ」

「さっきソフィアにEメールを送って、あのドレスを処分するよう頼みました。もう後戻りはできませんよ」

盛大に顔をしかめた。

「このピンヒールの片方であなたを殺して、もう一方でソフィアを殺したい気分よ」

「次のドレスを試着してください」

ふくれっ面をしているわたしを残し、スティーヴンは試着室を出ていった。しかたがなく、アクアマリン色のシルクのロングドレスに手を伸ばした。ノースリーブのVネックで、スカート部分にはシルバーのビーズをあしらったオーガンザのオーバーレイがついている。ほっとしたことに、今度は難なくヒップが入った。

「ずっと訊いてみたいと思っていたんだけど……ソフィアは本当にあなたの前で試着したの？」

「そうですよ」ドア越しにスティーヴンが答えた。「でも、素っ裸になったわけじゃない。ちゃんと下着はつけてました」いったん言葉が途切れたあと、物思いにふけっているような声が聞こえた。「上下ペアの黒のレースだったな」

「ソフィアのことが好きなの？」袖に腕を通し、ドレスを肩まで引きあげた。スティーヴンの返事はなかった。「いいわ、気にしないで。わかっているから」言葉を切った。「片思いじゃないわよ」

スティーヴンの口調が真面目になった。「それはあなたの見立てですか？　それとも事実？」

「わたしの見立て」

「たとえ彼女のことが好きだとしても、公私混同したりはしませんから」

「でも、本当に好きなら――」

「その話はもうやめましょう。着替え終わりましたか？」

「あと少しよ。サイズもちょうどいいかも」背中のファスナーをあげた。「入って」

スティーヴンが満足そうに全身を眺めた。「いいですね」

幾何学模様にあしらわれたビーズの重みで体の線がきれいに見えるし、胸の下の切り替えが特徴のエンパイアラインはわたしの体型に合っている。フレアスカートなので、胸の大きさとのバランスがいいのだ。

「スカートは膝丈にしてもらいましょう」スティーヴンがこれに決めたとばかりに言った。

「その脚は見せないともったいない」

「すてきなドレスだとは思うけど、色が明るすぎる。髪の色に合わないわ」

「そんなことはありませんよ」

「それに、わたしじゃないみたい」申し訳なさそうにスティーヴンを見た。「こういうドレスを着ていると落ち着かないの」

「セクシーで自信ありげに見えるから？　人目を引くから？　エイヴリー……たまには安全地帯から出ないと、胸躍る出来事は起きませんよ」

「安全地帯を出てみたことならあるから自信を持って言えるけど、いいことなんか何もないわ」

「たとえそうだとしても……ときには自分を変えないと欲しいものは手に入りません。それに、今はそんなたいそうなことをしようとしてるわけじゃない。たかがドレスだ」

「だったらそっちこそ、どうしてそんなにこだわるのよ」

「あなたが海賊の子守女みたいな格好をしてるのを見たくないんです。みんな、同じことを思ってますよ。隠さなければならないような体型じゃないんだから。ドレスが決まったら、ジーンズやトップスも選びましょう。それにジャケットと……」

　スティーヴンは間髪を容れずにふたりの店員を呼び、さまざまな色の服を次々に持ってこさせた。わたしがこれまで買ってきた服はサイズが大きすぎるし体型に合っていないと、三人は口をそろえて言った。結局、アクアマリン色のドレス、プリント柄のブラウス、シルク混紡のTシャツを二枚、デザイナージーンズ、細身の黒のパンツ、シルクのスカート、プラム色の革のジャケット、桃色のオープンカーディガン、淡い黄色のスカートスーツ、それに靴四足を購入した。どれもシンプルだけど、しゃれたデザインだ。

　自宅を購入したときの頭金を除けば、いっぺんにこれほどの大金を使ったのは初めてだ。

「いい服がそろいましたね」ふたりで両手に大荷物をさげながらニーマン・マーカスを出たとき、スティーヴンが言った。

「クレジットカードの支払いが大変だわ」

スティーヴンは携帯電話のEメールを確認した。「次は検眼士です。それから美容院」

「ねえ、ちょっと訊いてみるだけなんだけど……わたしの顔でいいところはある？」

「眉の形は悪くない。それに歯がきれいです」検眼士のところへ向かう車の中で、スティーヴンがさりげなく尋ねた。「ケンドリック家の結婚式の日、ジョー・トラヴィスと何があったのか、そのうち話してくれる気はあるんですか？」

「何もなかったわ」

「それが本当なら、もっと早くにそう言ってたはずです。でも、この一〇日ほど、あなたは何もしゃべらなかった。つまり、何かあったってことですよ」

「ああ、もう。ええ、そのとおりよ。だけど、そのことは話したくないの」

「ぼくはかまいませんよ」スティーヴンはラジオでソフトロック専門の局を選び、音量を調節した。

ほんの二分で、こちらが我慢しきれなくなった。「関係を持ったの」

「避妊は？」

「したわ」

「楽しかったですか？」

しばらくためらったあと、正直に答えた。「ええ」

スティーヴンは片方の手をハンドルから離し、ハイタッチしようと掲げた。

「あら」ハイタッチに応じた。「一夜の関係なのに、お小言はなし？」

「もちろん。子供ができないようにさえすれば、そういう関係になんの問題もありません。だからといって、いわゆるセックスフレンドを作るのはすすめませんけどね。そのうちに情が移って相手にいろいろなことを求めるようになって、結局どちらかが傷つく結果になる。一夜の関係はそれで終わらせるのがいちばんです」

「相手がまた会いたいと言ってきたら？」

「ぼくはタロットカードじゃありませんよ」

「あなたのほうがこういうことについては経験がありそうだもの。一夜の関係がその後、真剣な交際に発展することはあると思う？」

スティーヴンが横目でちらりと見た。「一夜の関係を持つということは、その時点ですでにどちらも真剣な交際をする気はない場合が多いんですよね」


スティーヴンに車で自宅まで送ってもらったときには、すでに夜の九時になっていた。サロン・ワンでは三時間も、あれこれ手をかけてもらった。髪に還元剤やクリームや美容液をつけ、その合間に洗ったり、乾かしたり、熱を加えたりされた。結局、二〇センチほどカットし、肩までの長さの緩やかにカールしたつややかなボブになった。そのあとブラウンがかった淡いグレーのマニキュアとペディキュアを施され、それが乾くまでにあいだにメイクの仕方を教わった。一カ月分の車のローンに相当する金額をかけて、小さなバッグいっぱいの化粧品も買った。

だが、美容院に投じたお金はそれだけの価値があった。最後の一時間ほど顔の手入れをしてもらっていたスティーヴンは、メイクしたわたしを見て、うれしい反応を示してくれた。口をぽかんと開けたあと、信じられないという表情で大笑いしたのだ。

「まるで別人だ」

思わず顔が赤くなり、天を仰いだ。スティーヴンはわたしの周囲をひとまわりしたあと、珍しくわたしを抱きしめた。

「すてきですよ。自分でもそう思うでしょう？」

大荷物を抱えて自宅へ戻ると、ソフィアが三階の自室からおりてきた。すでにパジャマに着替え、もこもこのスリッパをはき、髪をポニーテールにしている。ソフィアはまじまじとこちらを眺め、わが目を疑うという顔で首を振った。

「会社が倒産するかも」にんまりしてみせた。「服と髪に全部、お金を使ってきたから」

驚いたことにソフィアは目に涙を浮かべ、早口のスペイン語で何か言ったあと、息ができないほどきつくわたしを抱きしめた。

「似合わない？」

ソフィアは泣きながら笑いだした。「いいえ、とってもきれいよ」

ひとしきりわたしを抱きしめたり大喜びしたりしたあと、スティーヴンの頬にキスをした。その自然なキスに、一瞬スティーヴンは体をこわばらせ、狼狽した顔になったあと、すぐにいつもの淡々とした表情に戻った。ソフィアは気づかなかったようだ。

スティーヴンがソフィアに対してなんらかの感情を抱いているのは間違いない。きっとタロットカードにも、こんなお告げが出るだろう。

〝それはイエスということでしょう〟

# 7

ワーナー家でパーティが開かれる夜は蒸し暑く、あたりはヤマモモとランタナの香りがした。すでに高級車がたくさん停まっている駐車場の端に、駐車係が立っていた。そのそばに車を停め、制服姿の係員に手をとられて車を降りた。膝丈に直したアクアマリン色のドレスのスカートが優雅に揺れる。ソフィアが手伝ってくれたおかげで、髪型もメイクもきれいに仕上がった。

どこからかジャズの生演奏が流れてくる中、ワーナー家の屋敷に入った。ワーナー家はヒューストンのリヴァー・オークスに八〇〇〇平方メートルほどの敷地を所有しており、この地区が開発された一九〇〇年代初頭に建てられた南部コロニアル様式の屋敷に住んでいる。ホリス・ワーナーはこの歴史的な建築物の後方に現代的なガラス張りの建物を増築し、屋敷をおよそ二倍の大きさに広げた。増築した部分はやや目障りなほど目立っている。屋根の向こう側に大きな白いテントが見えた。

アンティークな寄せ木細工の床板が張られた広い玄関ホールに入ると、ひんやりとした空気に包まれた。屋敷の中には多くの客がおり、今夜オークションにかける現代アート作品のカタログが配られていた。「ディナーとオークションはテント会場で行われます」パンフレットを手渡してくれた女性が言った。「作品はこの屋敷内に展示されていますので、どうぞ自由にご覧ください。カタログに、オークションの作品のリストと展示場所が載っています」

「エイヴリー！」ピンクのドレスを着たホリスが声をかけてきた。スカートは淡いピンクのダチョウの羽根に覆われている。夫のデイヴィッド・ワーナーも一緒だ。デイヴィッドは引きしまった体つきの男性で、髪は白いものがまじっている。ホリスは唇をつけずにわたしの頬にキスをし、興奮した口調で言った。「楽しい夜になるわよ。今夜の姿ときたら、なんてすてきなの」夫を見あげて促した。「あなた、彼女を見てなんと言ったか話したら？」

デイヴィッドがためらうことなく答えた。「〝あの赤毛でアクアマリンの色のドレスを着た女性を見ると、神は男だったことがわかるな〟と言ったのさ」

わたしはほほえんだ。

「ご招待いただいてありがとうございます。すばらしいお屋敷ですね」

「増築部分を案内するわ」ホリスが言った。「ガラスと御影石の建物よ。完成までこぎつけるのは本当に大変だったけど、夫がいろいろと助けてくれたの」デイヴィッドの腕をなで、にっこりした。

「ホリスは客人を喜ばせるのが大好きでね」デイヴィッドが続けた。「さまざまな慈善事業の資金集めをしているんだ。そんな妻だからこそ、望むような住まいにしてやりたかったんだよ」

「あなた」ホリスが言った。「ケンドリック家の結婚式をコーディネートしたのはこのエイヴリーなの。これからライアンに紹介するつもりよ。ベサニーとの結婚を推し進めてくれると思うわ」

デイヴィッドの顔に新たな興味の色が浮かんだ。「それは頼もしい。ケンドリック家の結婚式はすばらしかったよ。なかなか楽しませてもらった。ベサニーのときも、ぜひよろしく頼む」

〝結婚式〟ではなく、〝結婚を推し進めてくれる〟という表現が気になった。

「もしかして、正式なプロポーズはまだなんですか？」

「そうなのよ。ライアンったら特別なプロポーズにしたいらしくて、今考えているところなの。あなたが力になってくれるはずだと彼に言っておいたから」

「できる限り力にならせていただきます」

「ベサニーにはぴったりのいい人なの」ホリスは言った。「建築家で、頭がいいわ。トラヴィス家の近い親戚よ。かわいそうに、お母様は早くに亡くなったんだけど、子供たちがちゃんと教育を受けられるように、おじ様のチャーチル・トラヴィスが面倒を見たの。財産分与までしてくださったのよ」意味ありげにこちらを見た。「信託財産の利息だけで、一生働かなくても暮らしていける金額らしいわ」いくつもはめた華やかな指輪をかたかたいわせながら、わたしの手首をつかんだ。「デイヴィッド、エイヴリーに家の中を案内してくるわ。しばらくわたしがいなくても大丈夫かしら？」

「頑張るよ」そう答える夫にホリスはウインクし、わたしを引っ張った。

経験豊富なパーティの主催者らしく、ホリスは楽しい会話をしながら、ときおりオークションにかける絵画の前で立ちどまりつつ、わたしを増築部分へと案内した。それぞれの絵画には番号が振られ、画家の紹介文がつけられている。ホリスは途中でライアンにEメールを送り、天空の間と呼ばれる部屋で落ちあおうと伝えた。

「今、ライアンはベサニーと一緒にいるんだけど、なんとかうまい言い訳をしてひとりで来るそうよ。ベサニーには内緒であなたと相談したいんだわ。プロポーズのことはサプライズにしたいから」

「モントローズにある事務所に来ていただければ、そこで打ち合わせすることもできますけど。それなら誰にも聞かれずに――」

「いいえ、今夜決めてしまうほうがいいわ」ホリスは言った。「そうでないと、ライアンがなかなかそちらへうかがわないかもしれないもの。ほら、男の人ってそういうところがあるでしょう？」

わたしは曖昧にうなずいた。ホリスがライアンに無理やりプロポーズさせようとしているのでなければいいけれどと思いながら。「おふたりはどれくらいおつきあいされているんですか？」そう尋ね、ガラス張りのエレベーターに乗った。

「二、三カ月よ。運命の人に出会ったときは、そうだとわかるものなの。わたしなんて二、三週間でプロポーズされたわ。でも、二五年経っても仲のいい夫婦よ」

　エレベーターが三階へ着く直前、裏庭に設営されたテント会場の全容が見えた。屋敷とのあいだには、渦巻き模様の絨毯に見えるように花びらが敷きつめられている。

「ここが天空の間よ」ホリスはエレベーターを降りると、廊下を通ってギャラリーへ向かい、誇らしそうに言った。そこは壁や天井が鋼鉄で縁取りされたガラスでできている壮観な部屋だった。至るところに作品が飾られているが、その台座は透明なアクリル樹脂だ。床もまた一面ガラス張りだった。床の下は屋外になっており、タイル敷きのプールに張られた水がきらきらと輝いているのが真下に見える。「なかなかすてきでしょう？　どうぞ、入って。わたしのお気に入りの作品を見せるわ」

　ガラスの床を見て、足がすくんだ。高所恐怖症ではないが、ガラスの床には不安を覚えた。とてもこの体重を支えてくれるとは思えない。

「安全だから心配しないで」こちらの表情に気づき、ホリスが言った。「すぐに慣れるわ」カクテルの氷を思わせるヒールの音をたてながら、ギャラリーに入っていった。「空中を歩いている気分を味わえるわよ」

　そう言われても、そんな経験をしてみたいとは少しも思えなかった。一歩踏みだしたとたんに爪先が丸まった。これ以上進んだら突然の不名誉な死が待っていると、体中の細胞が警告している。

　真下のプールに目をやらないように努めながら、すべりやすそうな床をおそるおそる進んだ。

「いい気分でしょう?」ホリスの尋ねる声が聞こえた。

「ええ」なんとか答えたものの、全身がぞくぞくした。興奮しているからではなく、恐ろしいからだ。ブラジャーの中がじっとりと汗ばんだ。

「この作品が大好きなの」ホリスが言った。「一万ドルならお買い得だわ」

ポリウレタンでできた頭がふたつに割れ、その両方に割れた皿や、プラスティックのボールや、携帯電話のケースなどが突き刺さっている。見てもなんの感想も浮かんでこなかった。

「ポストモダニズムはどう解釈すればいいのかわからなくて……」

「この作家はどこにでもあるありふれたものを違った視点で――」ホリスの携帯電話が振動した。「ちょっとごめんなさい」Eメールを読み、いらだった様子でため息をついた。「もう……一〇分も放っておいてくれないんだから。誰かが用事で呼びだすの。その面倒を省くために秘書を雇ったんだけど、あまり役に立たなくて」

「どうぞ、行ってください」これで天空の間から逃げだせると思うと、内心ほっとした。

「わたしのことはお気になさらずに」

ホリスがわたしの腕をぽんぽんと叩いた。指にはめた指輪がカスタネットよろしく鳴った。

「誰か紹介するわ。ひとりにするのは申し訳ないもの」

「本当に大丈夫ですから」

ホリスに引っ張られ、さらにガラスの床を進んだ。談笑している女性三人と中年夫婦のそばを通り過ぎ、高齢の夫婦のスナップ写真を撮っている男性に近づいた。「そこのカメラおたくのあなた」ホリスが楽しそうに声をかけた。「紹介したい人がいるの」

「ホリス」弱々しく抵抗した。

その男性がカメラをおろす前に誰だかわかり、全身が緊張した。毎晩、恋い焦がれてきた目をのぞきこまなくても、その存在感はひしひしと伝わってきた。相手は厳しい目をしていた。

「ハイ、ジョー」声がかすれた。

# 8

「ウェブサイトに載せる写真を撮ってくれているの」ホリスが言った。

ジョー・トラヴィスは作品のそばにカメラを置き、じっとこちらを見た。標本箱でピンに刺された昆虫の気分だ。「エイヴリー、久しぶり」

「もうすぐあなたのいとこのライアンがここへ来るわ。それまでエイヴリーをもてなしてもらえる？」ホリスが言った。

「喜んで」ジョーは答えた。

「そんな気を遣っていただかなくても……」気まずくてしかたがない。だが、ホリスはスカートを覆うダチョウの羽根を揺らしながら、さっさとエレベーターに向かった。

沈黙が流れた。

ジョーと再会するのがこんなにつらいとは思わなかった。あの夜の記憶がまざまざとよみがえる。なかなか言葉が出なかった。「あなたが来ているなんて想像もしなかった」深く息を吸いこみ、ゆっくりと吐いた。「今、ちょっとつらくて……」

ジョーは表情を変えなかった。「なるほど」

「悪かったと思っているけど……」視線をさげるという間違いを犯してしまった。ガラスの床に目をやったせいで、天空の間がぐらりと揺れた気がした。

「ぼくに会いたくないのはかまわない。きみの気持ちは尊重する。でも、せめて理由くらい——」

「あ……」天空の間はぐらぐらと揺れつづけた。よろめいて倒れそうになり、思わずジョーの腕をつかんだ。クラッチバッグを落としてしまい、それを拾おうとしてうつむき、またよろめいた。

ジョーがとっさに支えてくれた。「大丈夫か？」

「ええ……いいえ、やっぱりだめ」ジョーの手首をつかんだ。

「飲みすぎたのか？」

大しけの中、船の甲板に立っている気分だ。「違うの。この床のせいでめまいが……」

「こっちを見ろ」手首ともう一方の腕をつかまれた。最初はジョーの顔がぼやけて見えたが、しだいに焦点が合ってきた。倒れずにすんでいるのは、ひとえにしっかりとつかまれているからにすぎない。「ぼくが支える」

吐き気がこみあげ、血の気が失せ、冷たい汗が額を流れた。

「この床を歩いて気分が悪くなった人は大勢いる。あのプールの水のせいで平衡感覚が失われるんだ。深く息をしろ」

「この部屋には入りたくなかったの。だけど、ホリスに言われてしかたがなく……なんとしても仕事をとりたかったから……」こんなに汗をかいたらメイクが崩れてしまう。雨に洗われたチョークが溶けるみたいに、今にもくずおれてしまいそうだ。

「この床は強化ガラスでできてるし、少なくとも五センチの厚みがある。それを知ったら、少しは気が楽になったかい?」

「いいえ」弱々しく答えた。

ジョーは唇の片端で笑い、優しい表情を浮かべた。こちらの片腕をつかんだまま、もう一方の手を握った。「目をつぶるんだ。ぼくが連れていくから」

ジョーの手を強く握りしめ、一緒に歩こうと努めた。二、三歩進んだところで、またよろめき、パニックに襲われそうになった。体に腕をまわされて強く抱き寄せられたが、それでも震えが止まらなかった。

「だめ……」めまいに耐えながら、みじめな気分で答えた。「歩けないわ。倒れそう……」

「ちゃんと支えているから大丈夫だ」

「気分が悪い……」

「気を楽にしろ。目を閉じて、しばらくじっとしてるんだ」ジョーがタキシードの内ポケットからハンカチをとりだすのを見て、言われたとおりに目を閉じた。汗ばんだ額や頬にやわらかい布地がそっと押しあてられた。「ちょっとだけ頑張れ」ささやく声が聞こえた。「血圧がさがれば楽になる。ゆっくり呼吸するんだ」顔にかかった髪をかきあげられた。まだしっかりと支えられている。「大丈夫、ぼくに任せろ」穏やかな声に慰められた。

体にまわされた腕のたくましさを感じているうちに、少しずつ気分が落ち着いてきた。ジョーの胸にあてた手に、規則正しい呼吸が伝わってくる。

「そのドレス、とてもよく似合っているよ」ささやき声が聞こえた。緩やかにカールした髪に指が通された。「髪型もすてきだ」

目をつぶったまま、あの夜のことを思いだした。髪に両手を差し入れられ、首筋にキスをされて……。

ジョーの腕が動き、誰かに向かって手を振ったのがわかった。

「どうしたの？」弱々しく尋ねた。

「兄夫婦がエレベーターから出てきたんだ」

「呼ばないで。お願い」

「エラは同情してくれるぞ。妊娠中にここへ来たとき、足がすくんで動けなくなって、ジャックに抱えられて連れだされたことがあったんだ」

愛想のいい声が聞こえた。「やあ、ジョー。どうした？」

「友達がめまいを起こしたんだ」

そっと目を開けると、ジョーと同じくいかにもトラヴィス家の血を引いているとわかる風貌の男性が立っていた。髪は黒く、カリスマ性があり、いたずらっぽい笑みを浮かべている。

「はじめまして。ジャック・トラヴィスだ」

握手をするために体の向きを変えようとすると、ジョーの腕に力が入った。

「動かないほうがいい」ジョーがジャックに向かって言った。「彼女は平衡感覚をとり戻そうとしてるところなんだ」

「このガラスの床のせいか」ジャックがいまいましそうに言った。「スマートガラスにしたほうがいいとホリスに忠告したんだ。そうすればスイッチひとつで透明にも半透明にもできる。それなのに、ぼくの話なんか聞いちゃいない」

「あら、わたしはあなたの話をちゃんと聞くわよ」女性が小刻みな足取りでそろそろと近づいてきた。

「そうだな。でも、それはぼくと言いあいができるからだろう？」ジャックが女性にほほえみかけ、肩に腕をまわした。ほっそりとしてかわいらしく、髪は顎までの長さのブロンド、目はデニムブルーでキャッツアイフレームの眼鏡をかけている。「そんなおっかなびっくりの歩き方で、わざわざ何をしに来たんだ？」優しく叱るような口調だ。「また動けなくなるぞ」

「もう妊娠していないから大丈夫よ。ジョーのお友達に会いに来たの」女性がこちらを向いてほほえんだ。「エラ・トラヴィスよ」

「彼女はエイヴリー」ジョーが言った。「お互いの紹介はあとにしてくれ。このガラスの床のせいでめまいを起こしてるんだ」

エラが同情の色を浮かべた。「わたしも最初にここへ来たときはそうなったの。透明な床なんておかしいわ。プールにいる人にスカートの中を見られてしまうじゃないの」

プールに誰かいるかどうかが気になり、ついそちらを見てしまった。また部屋がぐらりと揺れる。

「ほらほら」ジョーに体を支えられた。「エイヴリー、うつむくんじゃない。エラ――」

「ごめんなさい。黙っておくわ」

ジャックが声をあげて笑った。「何かぼくにできることはないか？」

「あそこの壁にかかっているラグをとって、ここから廊下に向けて敷いてくれないか。少しは歩きやすくなるだろう」

「長さが足りないぞ」ジャックは言った。

「ないよりはましだ」ジョーが答えた。

どんなラグだろうと思い、そちらへ目を向けた。それはアンティークのペルシャ絨毯で、さまざまな色のダクトテープが貼られ、その模様が絨毯と一体化している。

「だめよ、オークションに出される作品でしょう」

「でも、ラグだ」ジョーは答えた。「ラグっていうのは床に敷くものだ」

「もともとはラグだったかもしれないけど、今は作品よ」

「わたし、あのラグを買おうかと思ってるの」エラが言った。「絨毯とダクトテープという素材が、過去と未来の融合を表現してるのよ」

ジャックが妻を見てにやりとした。「カタログを真面目に読むやつなんてきみだけだぞ。絨毯にダクトテープを貼るなんて、ぼくだってあれくらい作れる」

「そうね。だけど、あなたの作品じゃ、なんの価値もないわ」

ジャックは眉をひそめた。「どうしてだ？」

エラが楽しそうにタキシードの襟に指をはわせた。

「それはね、ジャック・トラヴィス、あなたには芸術家の心がないからよ」

ジャックは鼻と鼻がつきそうなほど顔をさげ、甘い声でささやいた。

「きみが結婚したいと思う体があってよかった」

ジョーがいらだった表情を見せた。

「いいかげんにしろ、ふたりとも。ジャック、さっさとあのラグをとってきてくれ」

「待って、歩いてみるわ。お願い、やらせて」

ジョーは疑わしそうな顔をした。「歩けるのか？」

さっきよりめまいはおさまっているし、鼓動も正常に戻った。

「下を見なければ大丈夫だと思う」

ジョーは確かめるような目でこちらを見たあと、体を近づけて両手で腰を支えた。

「靴は脱いだほうがいい」

顔が熱くなるのがわかった。ジョーにしがみつき、パンプスを脱いだ。

「ぼくが持っていよう」ジャックが靴を拾いあげ、クラッチバッグを受けとった。

「目を閉じて」ジョーが背中に腕をまわしてきた。「ぼくを信じて。ゆっくりと呼吸をするんだ」

目をつぶり、背中を押された方向へ歩きはじめた。

「どうしてライアンと会うんだ？」

気を紛らわせようとしてくれることに感謝した。

「どういうふうにプロポーズするか、相談にのってあげてとホリスに頼まれたの」

「プロポーズに相談なんか必要ないだろう。結婚してくれと言って、指輪を渡すだけだ」

「最近はプロポーズもひとつのイベントなのよ」足の裏が汗で湿った。ガラスの床にまぬけな足跡を残していませんようにと願った。「熱気球に乗って空中でとか、スキューバダイビングをして水中でとか、フラッシュモブを雇って、踊ったり歌ったりする中でとか」

「ばかばかしい」

「ロマンティックにプロポーズすることが？」

「いいや。ふたりだけの個人的な瞬間なのに、それをブロードウェイのミュージカルみたいにしてしまうことがだ」ジョーは足を止めた。「もう目を開けていいぞ」

「もう廊下？」

「そうだ」

目を開けて床が御影石であることを確かめ、安堵のため息をついた。まだジョーの手首をきつく握りしめていることに気づき、手を離した。「ありがとう」

ジョーがじっとこちらを見た。あとで話をしようと言われているのだと悟り、身をよじりたくなった。

「カメラをとってくる」ジョーはガラスの床のほうへ戻った。

「どうぞ」ジャックがパンプスとクラッチバッグを手渡してくれた。

「ありがとうございます」パンプスを床に置き、足を入れた。「こんなふうに神経がおかしくなったのは初めてで」悔しさがこみあげた。

「ちょっとぐらい平気さ。誰に迷惑をかけるわけでもない」ジャックが慰めるように言った。

「ぼくなんか、しょっちゅう母親の神経をおかしくしてた」

「わたしも二、三回やられたわ」エラが言う。

「トラヴィス家の男と結婚すればそうなることはわかっていただろう？」

「まあね」エラは手を伸ばしてジャックのネクタイを直し、明るい声で言った。「めまいを起こしたんだもの、しばらく休んだほうがいいわ。どこかに座って、一杯やりましょうよ」

「ぜひと言いたいところですが、これからジョーのいとこのライアンに会わなければならなくて」

「知りあいなの？」

「いいえ、顔も知らないんです」

「じゃあ、来たら教えるわね」エラは言った。「いとこだから、トラヴィス家の男たちとよく似ているわよ。背が高くて、髪が豊かで、態度がでかいの」

ジャックは妻の唇に軽くキスをした。

「そういうところが好きなんだろう？　シャンパンでもとってこようか？」

「ええ、お願い」

ジャックがこちらを見た。「エイヴリー、きみもどうだい？」

一杯飲めたらどれほどいいだろうとは思ったが、我慢して首を横に振った。

「ありがとうございます。でも、できるだけ頭をすっきりさせておきたいんです」

夫がシャンパンをとりに行くと、エラは親しげな目でこちらを見た。

「ジョーとは長いお友達なの？」

「友達だとさえ言えませんわ」慌てて否定した。「その……数日前、わたしがコーディネートした結婚式でお会いしただけです。だから……」

「彼はあなたに気があるみたいよ。そういう目で見ていたもの」

「忙しくて、デートをする暇もなくて……」

エラが同情するような表情を浮かべた。「エイヴリー、わたしは人生相談のコラムニストなの。恋愛相談はしょっちゅうよ。忙しくても恋はできるわ。ミュージシャンのケイティ・ペリーなんて、あんなに忙しいのにデートしてるでしょう？　プロ野球選手のアレックス・ロドリゲスだって、毎月のように相手を替えているわ。わたしが思うに、あなたは恋愛でひどく傷ついた経験があるのね。だから、男性不信になっているんでしょう？」

にこやかに断言され、思わず苦笑した。「まあ、だいたいそんな感じですね」

「だったら、あなたがすべきことは……」ジョーがカメラを手に戻ってきたので、エラは口を閉じた。

ろを見た」

「もうすぐライアンが来るぞ」ジョーが言った。「さっき、エレベーターから出てくるところを見た」

身なりのいい長身の男性が近づいてきた。ブラックチョコレート色の濃い髪を保守的なほど短く刈りこんでいる。目は氷のような淡いブルーで、頬骨が高く、かなりのハンサムだ。トラヴィス兄弟より上品で、いかめしい雰囲気がある。ジョーやジャックは気さくで、ユーモアも巧みに使えるところが魅力的だが、ライアンには一分の隙もない硬さが感じられる。よほどのことがなければ胸の内を見せないタイプなのだろう。

「やあ、エラ」近づいてきて、エラの頬にキスをした。「ジョー、元気か？」

「ああ。そっちはどうだ」ふたりは握手した。

「まあまあだ」ライアンがこちらを向き、礼儀正しい表情になった。「きみがウエディングコーディネーター？」

「はい、エイヴリー・クロスリンです」

差しだした手を握りしめてきたが、ビジネスライクな握手だった。

「手短にお願いしたい。すぐにベサニーがぼくを捜しに来るだろうから」

「わかりました。どこか人のいないところへ移動しますか？　ただ、このお屋敷は初めてなので――」

「その必要はない。ジョーとエラは家族も同然だ」冷静な目で言う。「ホリスからはどういう説明を受けている？」

「特別なプロポーズをしたいらしいから、相談にのってあげてほしいと」

「相談は不要だ」ライアンは淡々と答えた。「ホリスはぼくが結婚を申しこまないのではないかと心配して、圧力をかけようとしているだけなんだ」

「どういう意味だ？」ジョーが尋ねた。

ライアンはしばらく答えるのをためらった。「妊娠させてしまったんだ」望んだことでも、喜ばしいことでもないという口調だ。

重苦しい沈黙が流れた。

「ベサニーは産みたいと言った」ライアンは話を続けた。「もちろん、ぼくは了承した」

「ライアン」エラが声をかけた。「こういう状況になったとき、あなたが昔ながらの考え方をするのはわかってる。だけど、それだけがベサニーにプロポーズする理由だったら、そういう結婚はうまくいかないかもしれないわ」

「なんとかするさ」

「ご結婚されなくても、お子さんに対して責任をとる方法はありますよ」静かに伝えた。

「結婚すべきかどうかについて相談に来たわけじゃない。もう腹はくくった。ただ、どんな結婚式にしてほしいかを伝えに来ただけだ」

「計画段階から積極的に参加されたいということですか？」

「違う。普通の結婚式を計画してほしいんだ。ホリスに任せておくと、ゴールドの鎖かたびらをつけたゾウにのって披露パーティに登場すると言いだしかねない。もっとひどい事態になるかもしれないし」

新郎が乗り気でない結婚式を計画するのは困難を伴うだろう。そもそもふたりが無事に祭壇の前に立てるかどうかも怪しいものだが、たとえ当日を迎えられたとしてもそれまでの過程は関係者全員にとって苦痛でしかない。「ライアン、ヒューストンにはわが社よりも経験豊富で定評のある企画会社がいくつもあります。そこならきっとすばらしい――」

「そういう会社は、どこもワーナー家が使ったコーディネーターはだめだとね。ホリスにははっきりと伝えてある。過去にワーナー家が使ったコーディネーターはだめだとね。ホリスの息がかかっていないところがいい。きみが優秀かどうかとか、どんな花を選ぶかとか、そんなのはどうでもいい。ぼくが知りたいのは、ホリスがしゃしゃりでようとしたとき、きみがそれを押しとどめられるかどうかだ」

「それなら大丈夫です。わたしは病的なまでの仕切りたがり屋ですから。それに仕事には自信があります。ただこれ以上話を進める前に、一度弊社へ足を運んでいただいて――」

「きみのところに決めた」

その唐突さに驚き、思わず笑ってしまった。

「お相手に相談されなくていいんですか？」

ライアンはうなずいた。「婚約するときに、結婚式はきみの会社に任せることを条件に出す。ベサニーはいやだとは言わないよ」

「通常はまず事務所に来ていただいて、資料を見ながら説明させていただく――」

「必要以上に時間をとりたくないんだ。これで決まりだ」

ジョーが愉快そうな目で会話に割って入った。「ライアン、おまえが依頼するかどうかの問題じゃないんだよ。エイヴリーは引き受けるかどうか迷ってるんだと思う」

「何か断る理由でも？」ライアンが困惑した顔でこちらを見た。

どう答えたら婉曲表現になるか考えているところへ、ジャックが妻のシャンパンを持って戻ってきた。「やあ、ライアン」会話の最後のほうが聞こえていたのだろう。「エイヴリーに何を依頼するんだ？」

「結婚式の計画だ」ライアンが答えた。「ベサニーが妊娠した」

ジャックが啞然とした。

「何をやってるんだ、おまえ。避妊する方法はいくらでもあるだろう」

ライアンは眉根を寄せた。「一〇〇パーセントの方法なんてないさ。禁欲する以外はね。エラ、こいつに禁欲という言葉の意味を教えてやってくれ。どうせ知らないに決まっている」

ジャックがにやりとした。「エラは余計なことは言わないほうがいいと知ってるよ」

ライアンが高圧的な態度をとる気持ちはわかる気がした。こういう状況に陥った男性は不安を覚え、いらだちがつのり、何かひとつくらいは自分の思いどおりにしたいと考えるものだ。「ライアン様、すぐにでも決めてしまいたいお気持ちはわかりますが、こんなふうにウエディングコーディネーターを選ぶのはよくありません。弊社にご興味がおありなら、近いうちにどうぞモントローズまでおいでください。改めてお話ししましょう」クラッチバッグから名刺をとりだし、ライアンに手渡した。

ライアンは顔をしかめ、名刺をポケットに突っこんだ。

「あさっての月曜日、午前中でどうだろう」

「結構です」

「エイヴリー」エラが言った。「わたしにも名刺をいただける？　お願いしたいことがあって」

ジャックがいぶかしそうに妻を見た。「おいおい、ぼくたちはもう結婚しているぞ」

「そうじゃなくて、ヘイヴンの出産前パーティ《ベビーシャワー》よ」エラは名刺を受けとり、懇願の目でこちらを見た。「わたしの計画を途中から引きとって、なんとかまともなものにできないかしら？　義理の妹のベビーシャワーを仕切らないといけないの。義理の姉がいるんだけど、自分の美容院を開く準備で忙しいから、放置状態になっているのよ。ヘイヴンは昔ながらの女性だけのパーティじゃなくて、家族ぐるみで楽しめるものにしたいと言ってるの。だけど、まだ半分ほどしか計画できていないし、それもひどいものなのよ」

「パーティはいつですか？」

「来週末」エラは決まり悪そうに答えた。

「ええ、それなら力にならせていただくわ。奇跡は起こせないけど、でも――」

「ああ、よかった！　ありがとう。できる範囲で充分よ。もし、よければ――」

「ちょっと待ってくれ」ライアンが口を挟んだ。「どうしてエラはこの場で仕事を頼めて、ぼくはだめなんだ？」

「エラのほうが助けを必要としているからさ」ジョーが無表情のまま言った。「彼女のパーティに出たことはないのか？」

エラは楽しそうな顔でジョーをにらんだ。「口に気をつけなさい」

ジョーはにやりとし、ライアンに顔を向けた。

「明日はアメフトの試合でも見に行くか」

「いいね」ライアンは言葉を切り、かすかに笑みを浮かべた。「ジャックも誘う気じゃないだろうな？」

「誘ったほうがいいぞ」ジャックが言った。「いつもビール代を出すのはぼくじゃないか」

ジョーがさりげなくわたしの肘に手を添えた。「じゃあ、ぼくたちはこれで失礼するよ。買おうかどうか迷ってる作品があってね。ちょっとエイヴリーの意見を聞いてくる」

ジョーに連れていかれるわたしに、エラがウインクをよこした。

「ライアン氏は本当に結婚すると思う？」低い声で尋ねた。「しばらくしたら気が変わるんじゃないかと――」

「それはない」ジョーは答えた。「あいつは一〇歳で父親を亡くしてる。だから、絶対に自分の子を同じ境遇には置かせない」

エレベーターに乗りこんだ。「さまざまな選択肢を考えたふうには見えないの」

「選択肢なんかないさ。ぼくがあいつの立場でも同じことをする」

「たまたま相手が妊娠してしまったというだけで、愛してもいない女性に結婚を申しこむの？」

「もちろんだ。どうしてそんなに驚いた顔をするんだ？」

「だって……ちょっと古い考え方だなと思って」

「正しい考え方だ」

「必ずしもそうだとは言いきれないわ。そういう結婚は離婚する確率が高いもの」

「トラヴィス家の男たちは、女性を妊娠させてしまったらきちんと責任をとるんだ」

「相手がそれを望んでいないとしたら？」

「ベサニーは金持ちの男と結婚したいだけさ」ジョーは顔をそむけ、険しい表情でガラス張りのエレベーターから外を眺めた。「ライアンはずっと真面目に勉強してきた。それなのにやっと少し遊ぼうかという気になったとき、ベサニー・ワーナーなんかに引っかかってしまった。パーティにしか興味のない暇を持て余したお嬢様さ。男なら誰だって気をつける相手だ。ライアンはいったい何を考えていたんだろうな」

エレベーターのドアが開き、一階に降りたった。ジョーはわたしの手をとり、人ごみのあいだを縫って進んだ。

「どこへ行くの？」

「話ができる場所だ」

なんの話をしようとしているのかはわかっている。顔から血の気が失せた。

「今、ここで？　誰かに聞かれるかもしれないじゃない」

ジョーが皮肉な口調で言った。「きみが電話に出てくれれば、誰にも聞かれずに話せたんだけれどね」

客でこみあっている部屋を次々と抜けていった。途中で声をかけられ、短い会話を交わすこともあった。これだけ金持ちや大物が集まっているパーティでも、ジョー・トラヴィスは特別な存在らしい。家柄、財産、容貌と三拍子そろっていれば、人々の興味を引くのだろう。だがジョーはその興味を巧みにかわし、上手に相手を持ちあげた。

ようやく誰もいない部屋を見つけた。濃い色の壁に本棚が並び、格間《ごうま》天井は低く、床には分厚いペルシャ絨毯が敷かれている。ジョーがドアを閉めると、部屋の外から聞こえる会話や笑い声や音楽がくぐもった。ジョーの顔から社交的で礼儀正しい表情が消えた。それを目にして、鼓動がいっきに速まった。

「どうしてぼくにはもう会いたくないんだ？」

「わかるでしょう？」

ジョーが鋭い目をした。「男はそういう言い方をされても理解できない」

どういうふうに話そうが、自己憐憫か感傷にしか聞こえないことはわかっていた。わたしはきっと傷つく結果になる。それが怖いの。あなたが求めているのはベッドの相手と楽しいひとときで、わたしに飽きれば次の相手を探すでしょう。だけど、わたしにはそれができない。前の恋人とのことで傷ついた心が、今度は粉々に砕け散ってしまうから。

「ジョー……わたしは最初から一夜だけのつもりだったの。すてきな夜だったわ。でも……わたしが求めているのはもっと違うものなのよ」言葉を切り、どう説明しようかと考えた。

ジョーがはっと目を見開き、わたしの名前をささやいて近寄ってきた。態度が急に変わったことに驚き、思わずあとずさった。腰に腕がまわされ、頬に手があてられた。「エイヴリー」彼の声は低くかすれていた。「きみが求めているものをぼくが与えてあげられなかったのなら……きみを満足させることができなかったのなら、そう言ってくれればよかったのに」

## 9

ジョーが誤解していることに気づき、慌てて訂正しようとした。

「違うの、そうじゃなくて――」

「埋めあわせをさせてくれ」頰を親指でなでられ、優しく唇をふさがれた。「もうひと晩、一緒に過ごしたい。どうしてほしいのか言ってくれさえすれば、いくらでもきみを悦ばせる。もう一度、チャンスをくれないか」

頭がくらくらした。そういうことではないと言おうとしたが、そのたびに唇をふさがれ、甘い言葉をささやかれた。ジョーがとても後悔していて、なんとしてもやり直したいと思っている気持ちが伝わってくる。体の大きな男性が、わたしが欲しくてたまらず、キスをしながら何度も謝ってくるという状況に心が熱くなった。だんだん、勘違いを正すことなどどうでもよくなってきた。情熱的な唇の感触に体の力が抜けていく。ただ体が反応しているだけかもしれないけれど、それが心地よいという程度にとどまらず、離れがたいものになっていった。ジョーがいなくては息もできない。彼に触れていなければ体の働きが止まってしまうとでもいうように。

腰を抑えられ、下腹部を押しあてられた。硬くなっているものが、うずくところに触れる。体が震え、何度も長く息を吐いた。ジョーとひとつになったときのことを思いだすと、無性に体が熱くなり、今すぐこの場で絨毯の上に横たわりたくなる。唇を開いて、舌を受け入れた。ジョーの手が胸に伸びてきた。

このままでは抑えがきかなくなると、頭のどこかでぼんやりと気づき、もがいてジョーを押しのけた。肩で息をしながら、もう一度近づいてこようとするジョーを手で制した。「待って……お願い」ふたりとも徒競走を終えたばかりのように息が荒かった。布をかぶせた大きな椅子のところへ行き、肘掛けに腰をのせた。脚に力が入らず、体はまだジョーを求めている。「離れていないと話もできないから……お願いだから……そこにいて。言っておかなきゃならないことがあるの」

ジョーは両手をポケットに突っこみ、わかったというようにうなずくと、部屋の中をゆっくりと行ったり来たりしはじめた。

「あの夜はとてもよかった。本当よ」顔がほてってった。「多くの女性に言われていることだろうけど、ベッドでのあなたはすてきだった。でも、わたしは普通の人がいいの。安心してつきあえるような相手。あなたは……そういう人じゃない」

ジョーが足を止め、困惑した表情を浮かべた。

動悸をこらえながら乾いた唇をなめ、次の言葉を探した。「子供のころ、母が誕生日プレゼントにシャネルのバッグを欲しがったの。雑誌の写真を切り抜き、それを冷蔵庫に貼りつけて、そのことばかり話していたわ。それで、当時の結婚相手がそれを母にプレゼントしたの。だけど母は買ったときについてきたカバーをかけたまま、バッグを棚にしまいこんで一度も使わなかった。二年ほど経ったころ、不思議に思って訊いてみたの。せっかくのシャネルのバッグなのに、どうして使わないのかって。そうしたら、すてきすぎて日常では使えないって。汚れないかとか、なくさないかとか、そんな心配をするのはわずらわしいし、何よりバッグに合う服がないって」言葉を切った。「わたしが言わんとしていることがわかる？」

ジョーはいらだちの色を浮かべながら首を横に振った。

「あなたはシャネルのバッグなの」

ジョーは顔をしかめた。「比喩で話すのはよしてくれ、エイヴリー。ぼくは棚にしまっておくものだと言われても困る」

「そうね。でも、なんとなくはわかって――」

「本当の理由が知りたいんだ。どうしてもう会いたくないのか、ぼくに理解できる言葉で説明してくれ。体臭がいやだとか、ぼくがろくでなしだからとか」

椅子にかけられた布に目をやり、その模様を指先でなぞった。「あなたの香りは大好きよ。それに、あなたがろくでなしだなんて少しも思っていない。だけど……遊び慣れているとは感じたわ」

「ぼくが？」

相手がそれほど戸惑うとは思わず、驚いて顔をあげた。

「どうしてそう感じたんだ？」

「あなたがどんなふうに女性を誘うのかをこの目で見たもの。会話もダンスも上手だし、相手を和ませるすべも心得ている。ベッドに入れば、ことを中断しなくてもいいように、ちゃんとナイトテーブルにコンドームを用意しておく。どういうふうに進めるのか、最初からちゃんとわかっている感じがしたわ」

ジョーがむっとした目をこちらへ向け、日に焼けた顔を赤くした。「ぼくがコンドームを持っていたから怒っているのか？　そんなものはなかったほうがいいとでも？」

「違う！　そうじゃなくて……すべてがうまくいきすぎるのよ。だから遊び慣れているなと思ったの。経験豊富なんだなって」

ジョーは声こそ荒らげなかったものの、痛烈な口調で答えた。「経験があるのと遊び慣れているのは別物だ。しょっちゅうそんなことをしているわけじゃない。まして女性を食いものにしたりしない。ナイトテーブルに財布を置いたからといって、女たらしだということにはならないぞ」

「でも、多くの女性と関係を持ってきたんでしょう？」

「何人だったら多いということになるんだ？　ここまでならいいという数でもあるのか？」

その軽蔑した口調に驚いた。

「わたし以前に、出会ったその日にベッドをともにした相手はいる？」

「ひとりだけ。大学生のころだ。お互いに承知のうえだった。それがどうしたというんだ」

「わたしとあなたとではセックスの意味合いが違うと言いたいの。出会ったばかりの相手と関係を持つなんて、わたしには初めてのことだった。それどころか、ブライアンと別れてからは誰かと関係を持ったことさえないわ。あなたとわたしはまだデートもしていないのよ。あなたは自分を遊び慣れているとは思わないかもしれないけど——」

「ブライアン？」ジョーがけげんな顔になった。

口がすべったことを後悔した。「婚約者だった人よ。結婚の約束をしていたのに、だめになったの。そんなことはどうでもいいのよ。わたしが言いたいのは——」

「それはいつの話だ？」

「あなたに関係ないでしょう」ジョーが近づいてきたのを見て、体がこわばった。

「いつだ？」

「ちょっと前よ」椅子から立ちあがり、一歩うしろにさがった。「だめ、こっちへ来ないで」

「そいつと最後に関係を持ったのはいつだ？　そいつじゃなくてもいい。ほかの男とは？」

両腕をつかまれてたじろいだ。本棚に背中がぶつかるまで追いつめられた。

「放して」ジョーの目を見るまいとして、視線が泳いだ。「お願い」

ジョーは容赦なかった。「一年前か？」答えを待っているらしい。「それとも二年前？」返事をせずにいると、両腕をなでられた。「もっと前なのか？」優しい声だ。

弱さを露呈したことに悔しささえ覚えた。過去をさらすはめになり、世慣れていない自分がつくづくいやになった。わたしがもっと精神的に安定していたら、ジョーのことを違う目で見られたのかもしれない。

その場から逃げだしたくて、ドアに目をやった。「パーティに戻らなきゃ……」

引き寄せられ、身をよじって抵抗したものの、あっさりと抱きしめられてしまった。「やっとわかったよ」ジョーが言った。何をわかったと思っているのか尋ねたかったが、ただじっとしていることしかできなかった。一分、そしてまた一分と時が過ぎていく。何か言おうとすると、しいっと言って止められた。ぬくもりに包まれながら、ジョーの胸が規則的に上下するのを感じているうちに、気持ちがおさまってきた。

こんなふうに抱きしめられるのもこれが最後かと思うと、ほろ苦い気分になった。これからはお互いあの夜のことは忘れ、何もなかったかのように振る舞うだけだ。だけど、この瞬間だけはずっと覚えていたい。これほど安心できて、温かい気持ちになれたことはない。

「ぼくたちは関係を持つのが早すぎたんだ」ジョーがようやく口を開いた。「ぼくのせいだな」

「そんなことはないわ」

「いや。きみがそれほど慣れていないことは、あのときも感じていた。でも、きみがそうすることを望んだし……自分を抑えられなかった。一夜の遊びのつもりじゃなかったんだ。ただ——」

「わたしを抱いたことを謝るのはよして！」

「落ち着いて」髪をなでられた。「後悔しているわけじゃない。ただ時期が早すぎて、きみを不安にさせてしまったと思っているだけだ」耳のうしろにキスをされ、体が震えた。「軽い気持ちじゃなかった。少なくとも、ぼくは。だけど、きみを怯えさせるとわかっていたら、あんなことはしなかった」

「怯えてなんかいないわ」身をすくませているバージンみたいな口調になったことに、われながら腹が立った。

「そうかな」首筋を軽くもまれ、その心地よさに甘い声がもれそうになった。

もっと怒ることができれば、ジョーを突き放せるかもしれない。「わたしが慣れてないってどういう意味よ。わたしが何か変なことでもした？　ベッドでのわたしにがっかりしたの？　それとも――」

「どうしていいかわからないほど戸惑ったよ。きみがあまりによかったから。きみを追いかけるようになってからは落ちこむことばかりだ」ジョーが逃がすまいとするように、わたしの体の両脇で本棚をつかんだ。

「もう終わりにしましょう。あの夜のことはいっときの気の迷い――」首筋にキスをされ、言葉とは裏腹な声がもれた。

「まだ始まってもいないのに、終わりにすることなんかできない」ジョーは首筋に唇をつけたまま言った。「こういうのはどうだい、ブラウンの目のお嬢さん。ぼくが電話をかけたら、きみはちゃんと出る。デートに誘ったら、それに応じる。そして、もっと話をしよう。知らないことが多すぎる」ジョーの唇が激しく脈打つ血管を探しあて、それをなぞった。「お互いをゆっくりと理解していこう。そのあとどうするかは、きみが決めればいい」

「手遅れよ」息が震えた。「先に関係を持ってしまったんだもの。そのあとでお互いを理解するなんて無理だわ」

「無理じゃない。少しばかり難しくなっただけだ」

ジョーとつきあうのは、みずから身の破滅を招くようなものだ。

「うまくいくとは思えない」

「まだ答えを出すには早すぎる」ジョーが顔をあげた。「あとでまた話そう」一歩さがり、こちらの手をとった。「さあ、パーティに戻ろうか。きみがそばにいても、ちゃんと行儀よく振る舞えることを証明させてくれ」熱い視線をさまよわせた。「でも、エイヴリー……それはかなり難しいかもしれないな」


ピアノとバイオリンの二重奏が流れる中、繊細な料理が六皿続く豪華なディナーが始まった。テント会場は白と黒を基調に装飾され、中央にはみごとなコチョウランが飾られている。現代アートのオークションにはぴったりだ。わたしはジョーと一緒に一〇人掛けのテーブルについた。同じテーブルにはジャックとエラもいる。

ジョーはくつろいだ様子で、ときおりわたしの椅子の背に腕をもたせかけた。同じテーブルについた招待客たちは誰もがこういう場に慣れているらしく、あたり障りのない話題で談笑している。ジャックとジョーは冗談を言ったり、お互いをからかったりした。仲がいい兄弟なのだろう。

ジョーは仕事で行った撮影旅行の話をした。テキサス州で発行されている雑誌で、〝テキサスっ子なら絶対に行っておきたい観光地〟という特集を組んだらしい。フォートワースにあるウェスタンバーのビリー・ボブズでツーステップを踊ることや、サンアントニオの庶民的な店でチキンフライドステーキ（ビーフにフライドチキンのような衣をつけて揚げたステーキ）を食べることや、ラボックでバディ・ホリー（アメリカのロック界に大きな影響を与えた歌手。一九三六―一九五九）の墓参りをすることなどが含まれているそうだ。エラはチキンフライドステーキにグレイビーソースをかけるのは嫌いだと告白した。それを聞いたジャックは片方の手で顔を覆い、神への冒瀆だと言わんばかりの口調で打ち明けた。「そうなんだ。エラはぱさぱさのままチキンフライドステーキを食べるんだよ」

「ぱさぱさじゃないわ」エラが言い返した。「揚げてあるもの。それにわたしに言わせれば、揚げたビーフステーキにグレイビーソースをかけるなんて、最悪の――」

ジャックが妻の口をそっと指でふさいだ。「みなまで言うな」エラがにっこりすると、ジャックは指を離し、その唇に軽くキスをした。

「そういえば、朝食にチキンフライドステーキを食べたことがあるな」ジョーが言った。「目玉焼きをふたつ添えた」

ジャックが感心した顔で弟を眺め、妻に言った。「これでこそ男ってものだ」

エラは反論した。「それが心筋梗塞のもとってものよ」ジャックは笑った。

ディナーが終わると、エラと一緒に化粧室へ行った。

「わたしたちのテーブルは男性ホルモンに満ちあふれていたわね」

エラが笑みを浮かべる。「トラヴィス家の兄弟たちは、そういうふうに育てられているの。長男のゲイジも同じような感じよ。だけど、心配しないで。男ぶって偉そうにはしているけれど、男女平等についてはわかっているから」笑顔に残念そうな表情がまじった。「テキサスの水準で考えればってことだけど」

「ジャックは家事や育児を手伝ってくれるの？」

「ええ、よくやってくれるわ。でも、〝男たるもの〟みたいなところは変わらないわね。ドアを開けてくれたりとか、椅子を引いてくれたりとか。ジョーはあなたに気があるようだから言っておくけど、デートを割り勘にする必要なんかないわよ。そんなことをしたら、彼、ステーキナイフで切腹しかねないから」

「デートはしないかもしれない。そのほうがいいと思うの」

「行けばいいのに。すてきな人よ」

テント会場をあとにし、花びらの敷かれた庭を通って屋敷に入った。

「彼って女性関係は多いほうだと思う？　泣かせた人もいるのかしら」

「そういうわけじゃないけれど……」エラはしばらく考えたあと、正直に答えてくれた。

「女性はみんなジョーのことが好きなのよ。そして、ジョーも女性が好き。だから……過去にひとりやふたりは相手の望みにジョーが応えられなかったことはあるわ。ありていに言うなら、トラヴィスという家名だけで、女性たちは彼をつかまえようとするから」

「わたしは違うわ」

「だからジョーはあなたが好きなんだと思うの」庭に置かれた鋼鉄製の彫刻の前で足を止めた。五メートル近くある何枚もの分厚い板でできており、先端が自然なカーブを描いている。エラは声を落とした。「トラヴィス家の人たちは常識を大事にしているわ。一般人と同じ社会生活を送りたいのよ。あれくらい裕福になるとそれは不可能なんだけど、普通の人と同じように扱われたいという願望があるの」

「それは無理よ。いくらチキンフライドステーキを食べたところで、普通の人にはなれない。あれだけの財産と家名と容姿だもの。本人がそのふりをしても、やっぱり違う」

「ふりをしているわけじゃないのよね」エラは言葉を選んだ。「なんというか……人生の価値観なのよ。一般人とのあいだの距離をなくしたいと思っている。うぬぼれないように自分を戒めて、いつも正直であろうとしているわ」肩をすくめてほほえんだ。「せめてその努力は認めてあげなきゃと思わない？」

# 10

月曜日の午前九時に、ライアンが〈クロスリン・イベント企画〉を訪ねてきた。問題を解決して先へ進むためなら、どんなことでもするという決意に満ちている様子だ。本来、結婚式は解決すべき問題ではなく、人生をともに歩もうと決意したふたりが結ばれる、喜びにあふれたものであるべきだ。

だが、これまでの経験から、世の中がおとぎ話のような結婚ばかりでないことは学んでいる。だから今回は、婚姻を義務だと見なしている新郎にとってどんな結婚式が適切か、そのために何ができるかということを見きわめるのが目標となる。

ライアンを事務所に招き入れ、ソフィアに紹介した。この打ち合わせに参加するのはソフィアとわたしだけだ。スティーヴンを含むほかのみんなには、午後から出社するようにと伝えてある。建築家であるライアンに事務所の中を案内すると、工場時代の窓をそのまま使用したリフォーム方法を見て、うれしそうな顔をした。

「これはいいな。どうせ事務所はピンク一色なんだろうと思っていたよ」

ソフィアとわたしは声をあげて笑った。

「ここは住居でもあるので、あまり派手にしたくなかったんです。それに結婚式以外の企画もしていますから」

「工場のものを残しているのがまたいい」ライアンは天井を走るむきだしのパイプを眺めた。「古い裁判所や劇場や美術館などを改修する仕事も数多く請け負ってきたが、個性のある建物は好きだね」

メタルブルーのソファをすすめた。ビデオモニターには、わが社で手がけた結婚式のフォトストリームが流れている。慎重に話を切りだした。「ライアン様、今の状況でどうするのがあなたにとっていちばんいいかと考えました。結婚式を計画するのは、どんな場合でもそれなりのストレスがあるものです。でも、あなたがお相手の妊娠をどう思っているかや、ホリスがいろいろと騒ぐであろうことが加わると、今回の結婚式を推し進めるのは……」

「悪夢だと？」ライアンが言葉を続けた。

「能力が試されると言うつもりでした」顔をしかめた。「ベサニー様を説得して、ふたりだけで結婚式を挙げる気はありませんか？　シンプルだけどロマンティックな結婚式をご用意できますし、そのほうがあなたにとって負担が少ないのではと思うんです」

ソフィアが驚いた顔でこちらを見た。自社にとって大きなチャンスをなぜみすみす逃そうとするのか不思議に思ったのだろう。だが、ふたりだけの結婚式という形もあることをライアンに提案しておかないと良心が痛む。

ライアンは首を横に振った。「ベサニーが承知するわけがない。子供のころから豪華な結婚式を挙げるのが夢だったと言っていたからね」ライアンの目に温かい表情が浮かび、さっきよりも少しくつろいだように見えた。「だけど、その選択肢も考えてくれたことに礼を言うよ。ぼくの心境に配慮してくれて感謝する」自分を憐れんでいる様子はみじんもなく、ただ淡々と愛想よく言った。

「あなたのお気持ちは大事です。あなたの意見も。結婚式の計画にはどれほど関わりたいとお考えですか？　世の中には何を決めるにも意見を言いたいという男性もいらっしゃいますし――」

「ぼくは違う」ライアンはきっぱり答えた。「すべてベサニーとホリスに任せるよ。どうせぼくには決定権はない。ただ、ぼくが避けたいのは、結婚式がその……なんというか……」言葉を探した。

「ウナ・パレタダ・オルテラ」ソフィアが言った。わたしとライアンがきょとんとした顔をしたのを見て、説明を加えた。「英語にぴったりの言いまわしはないんですけど……翻訳すれば〝シャベルいっぱいの悪趣味〟ということです」

ライアンは声をあげて笑った。ソフィアの優しいユーモアが、ライアンの気持ちを和ませたらしい。「まさにそれだよ、ぼくが言いたかったのは」

「わかりました。では、あなたには何がどう決まったのかだけお知らせします。気に入らない点があればお知らせください。変更するよう努力します。妥協をお願いしなければならないこともふたつ三つ出てくるかもしれませんが、全体としては上品な結婚式にするよう心がけます。〝ホリス・ワーナー・ショー〟にはしませんから」

「ありがとう」心のこもった感謝の言葉だった。ライアンが腕時計に目をやった。「もういいかな？」

「もうひとつ。プロポーズはどうなさるおつもりです？」

ライアンはかすかに眉をひそめた。「たぶん今週末になると思う」

「プロポーズの方法は決めましたか？」

「指輪を買って、ベサニーを食事に誘うつもりだ」こちらの表情を見て、今度は明らかにそれとわかるほどに眉をひそめた。「それじゃあだめかな？」

「だめではありません。でも、もっと工夫を凝らすこともできますよ。簡単だけど粋なプロポーズの方法を何かご提案できるかもしれません」

「粋に決めるのはぼくの得意分野じゃない」

「ベサニーをパドリー・アイランドへ誘ってはいかがですか？」ソフィアが言った。「ビーチ沿いにある貸別荘に一泊して、翌朝、浜辺を散歩しているときに……」

「手紙の入ったボトルを見つけたことにするとか？」わたしも意見を出した。

「いいえ」ソフィアが言った。「ボトルじゃなくて、砂の城はどう？　プロの砂像彫刻家を雇って……」

「城のスケッチはライアンに描いてもらったらどうかしら？　建築家だもの。ベサニーのための特別な城にするの」

「完璧だわ」ソフィアがうれしそうな声をあげた。わたしたちはハイタッチをした。

ライアンはテニスの試合でも観戦するように、わたしたちの顔を交互に見比べた。

「その城の前でひざまずいて――」わたしは続けた。

「ひざまずかなきゃならないのか？」ライアンが尋ねた。

「絶対にというわけではありませんけど、それが伝統的なプロポーズです」

ライアンはその提案が気に入らないらしく、手で顎をこすった。

「昔、男性はナイト爵を授かるときにひざまずいたんですよ」ソフィアが言った。

「首をはねられるときにもね」ライアンはむっつりと答えた。

「ひざまずいたほうが写真の構図としてはいいと思います」わたしは言った。

「写真？」ライアンは眉をあげた。「大勢のカメラマンがいる前でプロポーズしろというのか？」

「ひとりだけです」わたしは慌てて説明した。「隠し撮りにしますから」

ライアンは顔をしかめ、短くカットした髪を手ですいた。

わたしはソフィアに顔を向けた。「今のは忘れて。プロポーズの写真を撮るのは、〝シャベルいっぱいの悪趣味〟のような気がしてきたわ」

ライアンはうつむいた。だが、その直前に苦笑が浮かんだのをわたしは見逃さなかった。

「まいったな」ライアンが言った。

「どうしたんです？」

「きみをぼくに紹介してくれたのはホリスだ。初めてホリスにいいことをしてもらったよ。礼を言うはめになりそうだ」

「電話に出たね」その夜、ジョーが少し驚いた声で言った。

わたしは枕にもたれかかりながら携帯電話を耳にあて、笑みを浮かべた。

「あなたがそうしろと言ったから」

「今、どこにいるんだ?」

「ベッドよ」

「またかけ直そうか?」

「大丈夫。寝ようとしていたわけじゃないわ。いつも眠る前に本を読むの」

「どんな本だい?」

ナイトテーブルに積まれたさまざまな色の小説に目をやり、ジョーの反応を想像して愉快になった。「ロマンス小説よ。ハッピーエンドで終わるやつ」

「結末がわかってる小説を読むのは退屈じゃないのか?」

「いいえ、そこがいいのよ。こんな仕事をしていても、実生活ではハッピーエンドなんてなかなかお目にかかれないわ。だけど、ロマンス小説は期待を裏切らない」

「すばらしい結婚生活を送っている夫婦もいるぞ」

「いつまでもそれが続くとは限らないでしょう? 結婚なんて恋愛のハッピーエンドとして

始まり、あとは夫婦問題に変わるだけよ」

「ハッピーエンドを信じていないくせに、どうしてウエディングコーディネーターになったんだ？」

そのいきさつを説明した。デザイン学校を卒業したあと、ニューヨークにあるウエディングドレス専門のオートクチュールに勤めるデザイナーに師事し、サンプル展示室の管理をしたり、営業報告書の分析の仕方を学んだり、バイヤーとの関係を築いたりした。自分でも何点かデザインし、新人デザイナーとして賞をもらった経験もある。そこで自分のブランドを立ちあげたのだが、それがうまくいかなかった。力になってくれる人を見つけることもできなかった。

「正直なところ、ショックだったわ。デザインの評判はよかったし、人脈もあったの。だから、何がいけないのかわからなかったのよ。それでジャスミンに電話をかけたら――」

「それは誰だい？」

「そういえば、彼女のことはまだ話していなかったわよね。ニューヨークにいたころの親友で、よき相談相手でもあるわ。『グリマー』という雑誌のファッションディレクターをしているの。ファッションに関しては本当に詳しくて、何が流行して何が流行しないかがわかる人なのよ」言葉を切った。「こんな話は退屈？」

「全然。それで、ジャスミンはなんと言ったんだい？」

「デザインにはなんの問題もないと言われたわ。なかなかよくできているし、すべての点において趣味がいいって」

「だったら、どうしてだめだったんだ？」

「すべての点においていいというところよ。自分のアイディアを強く押しだして、リスクを冒そうとしなかったの。つまり、個性がないということね。ビジネス面での力はあると言われたわ。人脈を作ったり、セールス・プロモーションをしたりするのは得意だったから。ファッション業界では、彼女が知っている誰よりも優秀だって。だけど、そんなのはどうでもよかったの。当時の夢は有名デザイナーになることだったから。でも、たしかにデザインすることよりも、ビジネスのほうがおもしろかったのよね」

「それでかまわないじゃないか」

「ええ、今ならわかる。だけど、あのころは必死に努力してきたことをなかなかあきらめられなくて。そんなとき、父が脳卒中を起こして倒れたの。父のお見舞いに行ったとき、ソフィアと出会ったのよ。それから人生が変わったわ」

「婚約が破綻したのは、そのあとか？」その質問に、はっとした。「いつごろだ？」

動揺がこみあげ、体がこわばった。「それについては話したくないわ」

「別に話さなくてもいいさ」ジョーの優しい声に、胸につかえていたものがすっと楽になった。枕に深く沈みこんだ。「ニューヨークが恋しいかい？」

「少しはね」言葉を切り、今度は本音を打ち明けた。「いいえ、とてもよ。でも、最近はあまり思いださない日もあるわ」

「いちばん恋しいのはなんだい？」

「友人よ。それに……うまく言えないんだけど、ニューヨークへ行って初めて、自分が望む生き方ができたの。エネルギッシュになれたし、大きな夢も持てた。すばらしい街よね。今でも、いつかは戻りたいと思っているわ」

「だったら、どうしてニューヨークを離れたんだ？」

「婚約がだめになって父が亡くなったあと、自分を見失ったのよ。だから変化が欲しかった。それに、何よりソフィアと一緒に暮らしたかったの。やっと出会えた妹だから。ここへ戻ってくるのがいちばんいい選択だと思ったわ。それでもいつかソフィアが今の仕事を引き継いでくれたら、ニューヨークへ戻ってもう一度挑戦してみたい」

「きみならどこへ行っても大丈夫だと思う。それまでのあいだ、ときどき遊びに行けばいいじゃないか」

「そうね。この三年間は忙しくて、そんな時間もなかったの。でも、近いうちに訪ねてみようと思っているわ。友達に会って、お芝居をいくつか見て、お気に入りだったレストランへ行って、五ドルでパシュミナストールが買えるストリート・フェアを見つけて、おいしいピザを食べて、五番街のビルの屋上にあるバーからエンパイア・ステート・ビルディングが見えるすばらしい景色を眺めて……」

「そのバーなら知っている」

「本当？」

「庭があるところだろう？」

「そうよ！　あなたも行ったことがあるなんて嘘みたい」

ジョーは楽しそうに言った。「ぼくだってテキサスの外に出たことはある。そんなふうには見えないだろうけどね」

ジョーは自分がニューヨークを二度ばかり訪れたときの話をした。そのあとは旅行の話題に花が咲いた。これまで行った中でもう一度行きたいところやもう二度と行きたくないところ、ひとり旅は自由があるけれど寂しさも感じることなど、話はいつまでも尽きなかった。

ようやくもう遅い時刻だと気づき、二時間以上もしゃべっていたと知って驚いた。今夜はもう終わりにしようということになったが、本当は電話を切りたくなかった。いつまででも話していられる気がした。

「楽しかった」心が温かくなり、めまいがしそうだった。「また、こんなふうに話したいわ」

だが、沈黙が流れた。両目を手で押さえ、余計なことを口走ってしまったと後悔した。

ジョーのほほえんでいる声が聞こえた。

「これからも電話するよ。きみが出てくれるならね」

# 11

その週は毎晩ジョーから電話がかかってきた。一度など、ブラウンウッドでの仕事のあと、帰りの車中からかけてきたこともあった。決選投票で当選したばかりの若い下院議員を撮影したらしい。その下院議員は撮影しづらい相手で、威張り屋でやぼったく、いかにも政治家然とした気取ったポーズをとるため、どうしてもリラックスしている写真が撮影できなかったと言った。自慢ばかりして、自分の知人であるかのように有名人の名前をひけらかすと愚痴もこぼした。トラヴィス家の男でも耐えがたい人物だったようだ。

ブラウンウッドからヒューストンまでの道のりは長いため、今度はこちらがエラに依頼されたベビーシャワーの件を話した。ベビーシャワーはリヴァー・オークスにあるトラヴィス邸で行われることになった。ジョーの父親であるチャーチルが他界してからは誰も住んでいない。トラヴィス兄弟にしてみれば自分たちが育った家なので売るつもりはないものの、だからといって住む気にもなれないらしい。屋敷が広すぎるし、亡くなった両親の思い出があふれているからだ。だが、プールと中庭はパーティを開くにはもってこいだった。

「今日、リヴァー・オークスへ行ってきたわ。エラが案内してくれたの」

「感想は？」

「圧倒されたのひと言ね」広大な敷地にフランスの城を思わせる堂々たる石造りの屋敷が立ち、手入れの行き届いた広い芝地と、きれいに刈りこまれた生け垣と、丹念に手入れされた花壇がそれをとり囲んでいる。だが壁にはトスカナ式の塗装が施され、窓にはドレープカーテンがかかっているのを見て、この八〇年代の趣味はなんとかするべきだというエラの意見をもっともだと感じた。「エラが言ってたんだけど、ここに住みたいかとジャックに訊かれたそうよ」

「エラはなんて答えたんだい？」

「四人家族には広すぎると言ったらしいわ。そうしたらジャックが、どうせいずれは住まなければならなくなるんだから、せっせと子供を作ろうと言ったんですって」

ジョーは声をあげて笑った。「ジャックもご愁傷様だ。どれだけたくさん子供を作ろうが、エラはイエスと言わないだろうな。あの屋敷は彼女の好みじゃない。それをいうなら、ジャックの好みでもないけれどね」

「ゲイジとリバティは？」

「タングルウッドに家を建てた。ヘイヴンとハーディもリヴァー・オークスには興味ないだろう。ぼくもそうだ」

「お父様はあの屋敷を子供たちの誰かに受け継いでほしいと考えていたの？」

「親父は何も言わなかったよ」ジョーは言葉を切った。「でも、誇らしく思っていたのは確かだ。成功の証だったからね」

チャーチル・トラヴィスについてはジョーから話を聞いている。一代で巨額の財を築いたつわものだったらしい。子供時代の貧しさが原動力となって成功への道をひた走り、大人になってもそれを忘れることはなかった。最初の妻はゲイジを産んですぐに亡くなった。数年後、チャーチルは美しくて優雅で教養のある女性と再婚し、大きな影響を受けた。二番目の妻はチャーチルの荒々しい気性をいくらかなりとも和らげ、心の機微と気遣いを教えた。そしてジャックとジョーというふたりの息子と、小柄で黒髪のヘイヴンという娘を産んだ。

チャーチルは息子たちが責任感と義務感の強い人間に育つことを強く求めた。男はそうあるべきだと考えていたし、自分もそういう人間だと思っていたからだ。白黒をはっきりさせないと気がすまないたちで、ものごとをすべて善か悪か、正しいか間違っているかで判断した。裕福な家の子供たちが往々にして甘やかされ、軟弱に育つのを見て、自分の息子たちには特権階級の意識を持たせまいとした。学校では優秀な成績をとることを求め、とりわけ数学を重要視した。長男のゲイジは数学に秀でていて、次男のジャックも人並みより優れていたが、三男のジョーはその科目に関しては落ちこぼれも同然だった。ジョーの才能は読み書きで発揮された。だが、チャーチルはそれを男らしいとは考えなかった。妻が読み書きを好んだからだ。

ジョーは父親の未公開株式投資と財務管理コンサルティングのビジネスに興味を示さなかった。それが、あるときついに大爆発を引き起こすことになる。ジョーが一八歳になったとき、ゲイジやジャックと同じく、父親は息子を持ち株会社の取締役につけようとした。常日ごろから、息子を三人とも取締役会に入れたいと考えていたからだ。だが、ジョーは全力でそれを拒否した。名目だけの取締役になることも断った。爆発のキノコ雲ははるか遠くからでも見えるほどだった。母親は二年前に癌で亡くなっていたため、仲裁に入ってくれる人もいなかった。それ以来二年ほど、ジョーと父親の関係は氷のように冷えきった。ようやく和解できたのは、クルーザーの爆発事故のあと、ジョーがしばらく父親のもとで暮らすようになったときだった。

「まずは我慢することから覚えなければならなかったよ」以前、ジョーはそう言った。「肺をやられて呼吸が苦しくて、親父と口論することもできなかったからね」

「どうやって仲直りしたの？」

「一緒にゴルフをしたのさ。それまではゴルフなんか大嫌いだった。年寄りのスポーツだと思っていたんだ。でも無理やりゴルフ練習場へ連れていかれて、クラブの振り方から教わった。そのあと、二度ばかりコースでプレイしたんだ」ジョーはにやりとした。「親父は年をとっていたし、ぼくは体力が落ちていたから、どっちも一八ホールで一三〇を切ることさえできなかったよ」

「だけど、いいひとときを過ごせたのね」

「そういうことだ。それがきっかけで、普通の関係に戻った」

「でも……肝心なことは話しあっていないんでしょう」

「それが男のいいところだ。その件はくだらないたわ言だったことにして無視できる」

「それじゃあ、問題解決にはならないわ」

「それがなるんだよ。南北戦争時代の野戦病院と同じだ。怪我をした手足は切断して、先へ進めってね」ジョーは少しためらった。「女性を相手にそうするのは難しいけれどね」

「難しいどころじゃないわ」そっけなく言った。「女はちゃんと問題と向きあって、どこまでなら歩み寄れるか考えるの」

「それならゴルフのほうが簡単だ」


ジョーの妹であるヘイヴンのために開かれるベビーシャワーの企画と準備は順調に進んでいた。今回のテーマは古典的なボードウォークだ。ボードウォークとは板張りの遊歩道のことで、その道添いにはさまざまな店が並んでいる。そんなボードウォークにあるゲームセンターに似せたデザートコーナーの組みたてと塗装のために、タンクは地元の劇場でセットの製作を行っているスタッフを駆りだした。スティーヴンは、トラヴィス邸の庭にパターゴルフ場を作るため、造園業者を手配した。わたしとソフィアはケータリング業者と打ち合わせを行い、パーティのメニューにグルメバーガーや、エビのケバブや、ロブスターロールなど、アウトドアらしいものを選んだ。

天気予報によれば、パーティ当日は気温が三二度まであがり、蒸し暑くなるという。スタッフは午前一〇時にトラヴィス邸へ入った。プール脇には一面だけが開くテントが並べられた。スティーヴンはそれを手伝ったあと、キッチンへやってきた。キッチンではほかのスタッフが飾りつけ用品を箱からとりだしているところだった。

「タンク」スティーヴンが言った。「ボードウォークの設営を始めてくれ。それが終わったら……」ソフィアに気づいて言葉を切り、眉をひそめて脚を眺めた。「なんて格好だ」ソフィアが半裸であるかのような口調だ。

ソフィアは漂白した大きなヒトデを持ったまま、きょとんとした。「どういう意味？」

「服装ですよ」スティーヴンは顔をしかめ、こちらを見た。「こんな格好を許しておくんですか？」

わけがわからなかった。ソフィアは赤地に白い水玉模様のショートパンツとホルタートップを着ている。一九四〇年代のピンナップガールのようだ。たしかに豊かな体のラインは目立っているが、常識はずれというほどではない。どうしてスティーヴンが怒るのか理解できなかった。

「どこがいけないの？」わたしは尋ねた。

「露出しすぎです」

「外は三二度もあるのよ」ソフィアが言い返した。「その中で一日中立ち働かないといけないんだから。それとも何、エイヴリーみたいな格好をしろっていうの？」

わたしはソフィアをにらんだ。

朝、服を選ぶとき、先日購入したものを着ようかとも考えた。そのほとんどはまだ袖も通さず、クローゼットにしまってある。だが、習慣を変えるのはなかなか難しい。結局、色鮮やかなシルクの服ではなく、いつものゆったりとしたノースリーブの白いコットンチュニックと、足首がすぼまったギャザーパンツを選んだ。体のラインを引きたてるデザインではない。でも着心地はいいし、こういう格好をしていると落ち着ける。

スティーヴンはソフィアをにらんだ。「もちろん、そんなことは言ってません。だけど、エイヴリーの服装のほうがまだましだ。そんなストリッパーみたいな格好をするくらいなら」

「スティーヴン、いいかげんにして」わたしは厳しい口調で止めた。

「セクシャルハラスメントであなたを解雇してやるわ!」ソフィアが言った。

「あなたには解雇できませんよ」スティーヴンが答えた。「ぼくの雇い主はエイヴリーですから」

「じゃあ、エイヴリーがそんな手間をかけなくてもいいように、わたしがあなたを殺してやる!」ソフィアはヒトデを武器のように振りあげ、スティーヴンに飛びかかろうとした。

「やめて!」わたしはソフィアを背後からつかんだ。「落ち着きなさい! そんなものはおろして。ふたりとも、頭がどうかしたの?」

「そういう人もいるみたいですね」スティーヴンが言った。「ソフィアを億万長者を釣りあげる餌にでもするつもりですか?」

忍耐が限界を超えた。妹を侮辱することは許さない。「タンク!」殺気に満ちた声で叫んだ。「スティーヴンをここから引っ張りだして、プールに放りこんで。頭を冷やしてやったほうがいいわ」

「本当にいいのかい？」タンクが尋ねた。

「ええ」

「やめてくれ」スティーヴンはタンクにヘッドロックをかけられ、くぐもった声で叫んだ。「リネンのショートパンツなんだ」

ありがたいことに、タンクはいつも余計なことはいっさい訊かず、指示に従ってくれる。今もクマのように荒々しく歩きながら、スティーヴンを引きずっていった。こうなるとスティーヴンがいくらもがこうがののしろうが、タンクを止めることはできない。

「わたしが手を離しても……」抵抗しているソフィアに言った。「スティーヴンを追いかけたりしないと約束する？」

「プールに放りこまれるところをこの目で見届けてやりたいわ」

「気持ちはわかる。わたしもよ。でも今は仕事中で、しないといけないことがたくさんあるわ。スティーヴンが意味不明なことを言っても放っておきなさい」ソフィアが力を抜いたので、体に巻きつけていた腕を離した。

ソフィアはこちらを向き、怒りながらもしょんぼりした。

「彼はわたしが嫌いなのよ。どうしてだかわからないけど」

「そんなことはないいわ」

「だったらどうして——」

「ソフィア、あなたは悪くない。また、あとで話しましょう。今は仕事に戻って」

二時間後、スティーヴンの様子を見に行くと、服はほとんど乾いていた。スティーヴンはパターゴルフ場の仕上げをしているところだった。アンティークの潜水用ヘルメットをコースに置いて顔の部分の窓を開け、そこに小道具の坂道を引っかけた。潜水用ヘルメットがホールの代わりだ。

わたしが近づくと、坂道の置き方を調整しながら不機嫌に言った。「これ、ドルチェ＆ガッバーナのショートパンツなんです。ドライクリーニングしないとだめなのに。三〇〇ドル払ってください」

「それより、わたしに謝って。プロにあるまじき行動をとるなんて、あなたらしくないわ」

「すみません」

「ソフィアにもよ」

スティーヴンは反抗するように黙りこんだ。

「どうしてあんなことを言ったのか、説明してくれる気はある？」

「さっき言いましたよ。あんな格好はよくありません」

「セクシーでかわいいから？　誰もそれを見ていやだとは思わないわ。どうしてあなたはそんなに気にするの？」

スティーヴンはまた黙りこくった。

「ケータリング業者が来たわ。バンドは一時入りの予定よ。家の中の飾りつけはほとんど終わったから、ヴァルとソフィアには中庭にあるテーブルの準備を頼むつもり」

「テントの支度の手伝いにリー＝アンをよこしてください」

「わかった」言葉を切った。「もうひとつ言っておきたいことがあるの。これからはソフィアにもちゃんと敬意を払って。たしかに採用責任者はわたしだけど、ソフィアは共同経営者よ。彼女があなたを辞めさせたいと思うなら、わたしはその意志を尊重する。わかった？」

「わかりました」スティーヴンはぼそりと答えた。

屋敷へ戻るとき、タンクとすれ違った。デザートコーナーの装飾に使う、ヘリウムガスが入った風船の束を両手に持っている。「スティーヴンの件だけど、さっきはありがとう」

「プールに放りこんだことかい？　あんなのはたいしたことじゃない。言ってくれりゃ、またいつでもやるよ」

「助かるわ」少しばかり残忍な喜びを覚えた。「でも、またあんなことを言いだしたら、今度はわたしが自分の手でプールに放りこんでやる」

キッチンへ戻ると、リー＝アンがケータリング業者と一緒に、屋内の食事エリアで使う食器とグラスをケースから出しているところだった。

「ソフィアは？」

「トラヴィス家の方々にご挨拶に行っています。さっき、到着されたんです」

「それが終わったら、スティーヴンの手伝いに行ってもらえる？　テントの支度にかかるそうだから」

「わかりました」

リビングルームへ行くと、トラヴィス家の人々がソフィアと一緒に、いくつも並んだ縦長の窓から外を眺めていた。プールと中庭に目をやり、興奮気味に笑いながら話している。黒髪の男の子が飛び跳ね、ジャックのシャツをつかんだ。

「パパ、お外へ連れてって！　もっと見たいよ！　パパ、パパ！」

「もうちょっと待て」ジャックが男の子の頭をなでた。「あそこの人たちはまだ用意をしているところなんだ」

「エイヴリー！」エラがこちらに気づいた。「すばらしいわ。まるでディズニーランドだって、ちょうど今ソフィアに言っていたところなの」

「喜んでもらえてうれしいわ」

「もうあなたたちの手を借りずにパーティを開くなんて考えられない。顧問弁護士みたいに、顧問パーティプランナーになってもらえないかしら？」

「喜んで」ソフィアが即答した。

わたしは笑いながら、エラが抱いている赤ちゃんに顔を向けた。ピンクのほっぺた、ブルーの目、頭のてっぺんで結んだカールした髪。ぽっちゃりして、かわいらしい赤ちゃんだ。

「この子は？」

「妹のミアだよ」男の子が先に答えた。「ぼくはルーク。パーティに行きたいんだ」

「もうすぐよ。用意ができたら、いちばん先にお外へ行ってね」

親族を紹介するのは自分の務めだと思ったらしく、ルークがそばにいた夫婦を指さした。

「ヘイヴンおばさんだよ。おなかが大きいのは、赤ちゃんが入ってるからなんだ」

「ルーク――」エラが止めようとしたが、ルークは一生懸命だった。

「ヘイヴンおばさんは、ハーディおじさんよりたくさん食べるんだ。ハーディおじさんは恐竜だって食べてしまいそうなのに」

エラは手で額を押さえた。「ルーク」

「ああ、一度、食ったことがあるぞ」ハーディ・ケイツがルークのそばにしゃがんだ。大柄なたくましい男性で、なかなかハンサムなうえに、これまでにお目にかかったことがないほど深いブルーの目をしている。「子供のときに、パイニーウッズの森でキャンプをしたんだ。友達と一緒に、水の干あがった川でアルマジロを追いかけてたら、森の中で大きなものががさごそ動いて……」

ハーディが恐竜を追いかけて投げ縄でつかまえ、バーベキューにした話を、ルークはわくわくした顔で聞いていた。

トラヴィス家のひとりの娘と結婚させてくれと言うのは勇気がいっただろうが、ハーディ・ケイツは怖じ気づくという能力に欠けているタイプに見えた。もともとは掘削リグで溶接工として働いていたのだが、やがて石油増進回収《エンハンスト・オイル・リカバリー》の会社を立ちあげ、大手の石油会社が一次採掘し終えた廃油田を二次採掘する事業を始めた。エラによれば、ハーディは勤勉で策略家らしい。人一倍野心を抱いているのに、のん気そうに見える魅力でそれを覆い隠している。気さくで愛想がいいため、誰もが彼をよく知っていると思いこんでしまうのだ。それでもトラヴィス家の人々は、ハーディに関してある一点で意見が一致していた。それは彼がヘイヴンを心から愛していることだ。ヘイヴンのためなら命さえ惜しまないだろう。ジャックは冗談まじりに言っているらしい。「ハーディに同情するよ。ヘイヴンにすっかり手玉にとられてる」

手を差しだし、ヘイヴンと握手をした。きれいな形の眉をした、繊細な美人だ。トラヴィス家の兄弟たちとよく似ているが、小柄でほっそりしているため、長身の兄たちと比べると半分のサイズに見える。妊娠しているせいで足首がむくみ、かわいそうになるほどおなかが重そうだ。

「エイヴリー」ヘイヴンが言った。「会えてうれしいわ。いろいろと準備してくれてありがとう」

「こちらこそ楽しませてもらっています。何かできることがあったらなんでも言ってくださいね。レモネードか冷たい水でも持ってきましょうか？」

「いいえ、大丈夫よ」

「こまめに何か飲んだほうがいいらしい」ハーディがそばに来た。「むくんでいるのに脱水気味なんだ」

「そんなことがあるんですか？」

ヘイヴンは困惑した顔になった。「ええ、あるらしいわ。なんだか変でしょう？　さっき定期健診に行ってそう言われたの」夫にもたれかかり、にっこりした。「女の子ですって」

ルークがショックを受け、盛大に嘆いた。「ええーっ！」

みんなが口々におめでとうと言っているとき、聞き慣れた低い声がした。「そりゃあよかった。トラヴィス家にはもっと女の子が必要だ」ジョーが部屋に入ってきたのを見て、鼓動が速まった。ボードショーツにブルーのTシャツという姿で、服の上からでもアスリートのように引きしまった体つきをしているのがわかる。

ジョーはまっすぐヘイヴンのもとへ行き、ふくらんだおなかに気をつけながら抱きしめた。そして妹のそばに立ったまま、ハーディと握手をした。

「生まれてくる赤ん坊が母親似であることを祈るよ」

ハーディがくっくっと笑った。「おれがいちばんそれを願っているさ」ふたりは長い時間握手していた。いい友人同士なのだろう。

ジョーは妹へ優しい目を向けた。「体調はどうだ？」

ヘイヴンは悔しそうな顔をした。「食べたくてしかたがないか、吐いているかのどっちかよ。体中が痛いし、気分にむらはあるし、髪は抜けるし。今週なんてハーディに五回もチキンナゲットを買いに行ってもらったわ。それを除けば元気よ」

「チキンナゲットを買いに走るのはかまわないんだが」ハーディが言った。「きみがそれにグレープジャムを塗って食べているのを見るのは苦痛だ」

ジョーは顔をしかめながら、声をあげて笑った。

エラがヘイヴンたちと定期健診について話しはじめると、ジョーはわたしのそばへ来て、額にキスをした。軽く唇が触れただけなのに、背筋を興奮が駆けおりた。あれほど電話でたくさんしゃべったのだから一緒にいるのがもっと楽になりそうなものなのに、どういうわけか緊張した。

「今日は忙しかったのかい？」

わたしはうなずいた。「朝の六時からね」

ジョーが指をからめてきた。「何か手伝おうか？」

それに答えようとしたとき、トラヴィス家の長男一家がリビングルームに入ってきた。ゲイジもほかの兄弟と同じく、背が高くてアスリートのような体型をしていた。だが、陽気なジャックやジョーに比べると、物静かで落ち着いている。瞳は驚くほど淡いグレーで、外側がいくらか色が濃い。

妻のリバティは笑顔の温かい、ブルネットの魅力的な女性だ。そのリバティが、五、六歳くらいに見える息子のマシューと、ティーンエイジャーになったばかりとおぼしき妹のキャリントンを紹介してくれた。リビングルームでは複数の会話が同時進行し、それぞれが楽しそうに笑いながら話をしている。

トラヴィス家の人々についてなんの知識もなかったとしても、彼らが強い絆で結ばれているのはひと目でわかっただろう。談笑している様子を見ていると、互いの趣味や予定まで知っているのではないかと思うほどの親しさが感じられる。愛情に満ちあふれているのは間違いない。この間柄はあたり前に得られるものではないし、簡単に無視できるものでもない。そういう人間関係を知らない身にとってはうらやましくもあるけれど、疑問に思うところもあった。これだけ強いつながりの中にいたら、それ以外のことなどどうでもよくなってしまうのではないだろうか。

爪先立ちになって、ジョーの耳元でささやいた。「パターゴルフ場へ運ばなければならないものがあるの」

「一緒に行くよ」

手を離そうとしたのに、さらに強く握りしめられた。

「見られたってかまわないさ」

それでも無理やり手を引き抜こうとした。トラヴィス家の人々の前であからさまな振る舞いをするのは気が進まなかった。

「ジョーおじさん」ルークが言った。「エイヴリーはガールフレンドなの?」

顔が真っ赤になるのがわかった。誰かが笑いをかみ殺した。

「まだ違う」ジョーは軽く答え、フレンチドアを開けてくれた。「すてきな人をガールフレンドにするには、こっちも頑張らないといけないんだ」ジョーは中庭までついてきて、パターが入ったゴルフバッグと、ボールが入ったバケツを手にとった。「ぼくが運ぶから、案内してくれ」

中庭を横切ってプール脇に並んだテントの前を通るとき、トラヴィス家の人たちに誤解されるようなまねをするのはごめんだと伝えるべきか迷った。ジョーとのあいだに友情以上の感情があると思われたくはない。だが、今この場で言うことでもないと思い、黙っていた。

「みごとなものだな」ジョーはボードウォークにあるデザートコーナーや、屋敷のそばで楽器の用意をしているバンドを眺めた。

「準備期間が短かったことを考えると、悪くはないと思うわ」

「みんなが感謝しているよ」

「お役に立てて光栄だわ」言葉を切った。「家族みんなが本当に仲がいいのね。お互いがいればそれで充分というくらいに」

ジョーはしばらく考え、首を横に振った。「そんなことはないと思う。みんな、外に友達がいるし、それぞれが興味を持っていることもある」芝生に入った。「たしかに親父が亡くなってからはよく会うようになったけどね。きょうだい四人が評議員になって、チャリティー基金を設立しようとしてるんだ。立ちあげるまでにはいろいろと相談することもある」

「子供のころ、喧嘩したり、張りあったりしたことはないの?」

ジョーは昔を懐かしむように笑みを浮かべた。「ないわけがないだろう。ジャックとは二度ばかり互いを殺しかけたことがあるよ。そんなときはいつもゲイジが来て、ぼくたちが仲直りするまで説教するんだ。ヘイヴンにちょっかいを出すと、こっちがゲイジに殺されかける。人形を盗んだり、ヘイヴンを泣かせたり、クモを突きつけて怖がらせたりすると、怒れる神みたいな顔で追いかけてきたもんだ」

「そういうとき、ご両親はどうしていらしたの？」

ジョーは肩をすくめた。「家にはいないことが多かった。母は慈善事業の会合だとか友人とのつきあいだとかでしょっちゅう出かけてたし、親父もテレビの番組出演や海外出張で家を空けていたんだ」

「寂しかったでしょう」

「それが違うんだ。大変だったのは、親父が日ごろ留守にしていることの埋めあわせをしようとしたときさ。親父は息子たちが軟弱な男に育つんじゃないかと心配していてね」ジョーがゴルフバッグを突きだした。「ほら、あそこに石塀が見えるだろう？　ある年の夏、親父がトラックで三トンもの石を運んできて、裏庭におろしたんだ。そして、ぼくたち三人に石塀を作れと命じた。労働の大切さを教えようと思ったらしい」

思わず目をしばたたいた。石壁は高さがおよそ一メートル、幅が六メートルほどもある。

「たった三人で？」

ジョーはうなずいた。「気温が三八度ぐらいある中、のみと金づちを使って石を削り、ひとつひとつ人力で積みあげていったんだ」

「いくつだったの？」

「一〇歳」

「よくお母様が反対しなかったわね」

「心配はしていたと思う。でも、親父は言いだしたら聞かない。あとになって、かわいそうなことをしたと胸ぐらいは痛んだろうが、その場で引きさがったりはしない。考えを変えるのは心が弱い証拠だと思っていたんだ」

ジョーはゴルフバッグを芝生の上に置き、塗装した木箱にボールを入れた。石塀を眺めたあと、太陽を見あげて目を細めた。

「完成までに三カ月かかったよ。だけど、できあがったときには兄弟の結束が固くなっていた。力を合わせて作ったんだ。それからは殴りあいの喧嘩をすることはなくなった。どんなときもだ。それに、親父と兄弟の誰かが対立したときは、いつも兄弟の味方につくようになった」

これほど裕福な家庭に育てば、人生に有利なことはいくつもあっただろうに、トラヴィス家の兄弟たちは周囲の期待から逃げようとはせず、義務を果たしていたらしい。どうりで兄弟仲がいいわけだ。そんな人生は兄弟同士でしか理解しあえない。

そんなことを考えながら、一番ホールへ向かった。潜水用ヘルメットに引っかけた坂道がまっすぐでない気がして、少し手直しした。ボールを手にとって転がしてみると、潜水用ヘルメットの窓の縁にあたった。それを見て、顔をしかめる。

「このコース、大丈夫かしら？」

ジョーはゴルフバッグからパターを抜き、グリーンにボールを落として打った。ボールはグリーンを転がり、坂道をのぼり、潜水用ヘルメットに入った。「大丈夫そうだ」パターを手渡された。「やってみるかい？」

意を決してボールをグリーンに置き、パターを振った。ボールは勢いよく坂道をのぼり、潜水用ヘルメットにあたって、こちらに戻ってきた。

「ゴルフ経験はないいな」

「どうしてわかるのよ」そっけなく尋ねた。

「ハエ叩きを持つみたいにパターを握っているからさ」

「スポーツは嫌いなの。子供のころからそうだったわ。体育の授業は理由をつけてはさぼっていたし。捻挫をしたとか、おなかが痛いとか嘘をついてね。インコが死んだことにしたときも三回くらいある」

ジョーは眉をあげた。「そんな理由で休めたのかい？」

「かわいがっていたインコが死んだら、つらくて体育なんかできるわけがないじゃない」

「本当に飼っていたのか？」

「心の中でね」

ジョーの目に愉快そうな色が浮かんだ。「ほら、握り方を教えてあげるよ」背後に立ち、わたしの体を包みこむように腕を前にまわす。「グリップに手をあてて……違う、左手だ。親指を下に向けて握る……うまいぞ。右手は左手の下でグリップを握る」手を添えて、握り方を直した。たくましい胸が上下するのが伝わってきた。耳元に唇がある。「脚を開いて膝を少し曲げて、前かがみになる」わたしから離れた。「力を抜いて、まっすぐ振るといい」

言われたとおりにすると、ボールは坂道をのぼり、コトンという小気味よい音とともに潜水用ヘルメットの中に落ちた。「できたわ！」思わず振り返った。

ジョーがほほえみ、わたしの腰に手を置いた。その顔を見あげたまま、時間が止まった。体に電流が流れたかのように手足が動かず、相手の存在感にただ圧倒された。

ジョーが顔を傾け、唇にキスをした。

何度もこのキスを想像し、夢にまで見た。でも、本当のキスはまったく違う。そっと押しあてられた、やわらかくて温かい唇。先を急ごうとしない優しさに、大きな安心感を覚えた。

息をあえがせて顔を離した。「ジョー……そういう気分にはなれないの。それに、ここにはあなたの親族もうちのスタッフもいるわ。誤解されるかもしれない」

「どういう誤解だ？」

「わたしたちのあいだに何かあるんじゃないかって」

ジョーの顔に戸惑いといらだちが浮かんだ。「誤解なのか？」

「そう、わたしたちはただの友達よ。もうこんなことはしないで。今日も、これからも……もう行くわ、仕事があるから」

ジョーに背中を向け、パニックに陥りそうな気持ちを必死にこらえながら、屋敷に向かって歩いた。ジョーとの距離が空くほどに安堵は深まった。

# 12

生バンドの軽快な音楽が流れる中、招待客たちが次々に到着した。屋敷と中庭はすぐに人であふれ返った。人々は屋敷内でビュッフェ形式の料理が並ぶテーブルに群がったあと、ボードウォークのデザートコーナーへ向かった。プールのそばにある草ぶき屋根の小屋でバーテンダーがトロピカルドリンクを振る舞い、ウエイターが氷水やアルコールの入っていないパンチをトレイにのせ、招待客たちのあいだを歩きまわった。

「パターゴルフは大人気よ」すれ違ったとき、ソフィアが言った。「それにデザートコーナーも。どれもうまくいってるわ」

「あれからスティーヴンとは何もない？」

ソフィアがうなずいた。「彼に何か言ったの？」

「はっきりさせておいたの。あなたに敬意を示さないならクビよって」

「スティーヴンの代わりになれる人は見つからないわ」

「それでもクビにする」きっぱりと言った。「あなたにあんなことを言うなんて許せないもの」

ソフィアはほほえんだ。「ありがとう」

それからはジョーと鉢合わせしないように気をつけながら、忙しく立ち働いた。二度ばかり近くを通るはめになり、相手がこちらの視線をとらえようとしているのがわかったが、会話に引きずりこまれないように無視した。気持ちが顔に出たり、余計なことを言ったりするのが怖かったからだ。

電話で声だけ聞きながら友人として楽しく話すのとは違い、顔を合わせると、わたしを求めていることを隠そうともしない生身の男性と向きあわなくてはならなくなる。プラトニックな関係でいたいと思う気持ちは通じない。ジョーはそれでは満足しないし、わたしを放っておいてもくれない。どうすればジョーをかわせるだろうということばかり考えた。

ビュッフェの料理をさげ、ケータリング業者が皿を洗っているころ、キッチンのドアの外でアイスティーを飲んでいるソフィアとリー＝アンを見つけた。ふたりはプールのほうに気をとられ、こちらにはちらりとも視線をくれなかった。

「ふたりとも、何を見ているの？」

ソフィアが手で静かにしてというしぐさをした。

ふたりの視線の先をたどると、ジョーが上半身裸で水をしたたらせながらプールからあがってくるのが見えた。日に焼けた筋肉質の肌が濡れて光っている姿に目を奪われた。ジョーは犬のように首を振り、水をまき散らした。

「あんなすてきな人、見たことがないわ」リー＝アンがあがめるように言った。

「いい男《パピ・チュロ》ねえ」ソフィアも同意した。

ジョーがプール脇に腰をおろすと、甥のルークがオレンジ色のアームヘルパーを持って近づいた。子供が腕につけるタイプの浮き輪だ。ジョーは空気栓を開け、アームヘルパーに息を吹きこんだ。脇から背中にかけて、肋骨に沿って手術痕があるのが見えた。皮膚よりほんの少し色が濃い程度だが、光のあたり具合によっては少し盛りあがっているのがわかる。ジョーはルークの向きを変えさせると、もうひとつのアームヘルパーもふくらませた。

「わたしの浮き輪もお願いできないかしら」リー＝アンがうっとりと言った。

「エイヴリー、わたしたち、一〇分間の休憩をとってるところなの」ソフィアが言い訳をした。

ジョーが立ちあがった。ボードショーツが水の重みでいくらかさがっている。リー＝アンがたまらないとばかりに首を振った。「うーん、見てくださいよ、あのヒップ」

わたしは顔をしかめた。「男の人をそういう目で見るのはよくないわよ。わたしたち女だって、そんなふうに見られたらいやな気分になるんだから」

「別に変な目で見ているわけじゃありません。ただ、ヒップがすてきだと言ってるだけです」

ソフィアが割って入った。「リー＝アン、そろそろ休憩は終わりよ」笑いをかみ殺しているのがわかった。

三人でキッチンへ入り、手がつけられていない料理をケータリング業者が箱に入れるのを手伝った。帰り道に、ＤＶ被害者を保護するウーマンズ・シェルターへ届けるらしい。グラスと皿とテーブルアクセサリーは洗って拭いた。テーブルクロスは洗濯物袋に入れ、捨てるものはゴミ袋に詰めた。キッチンは一点の曇りもなくなるまで磨きあげた。

最後の客がトラヴィス家の人々と話をするために屋敷へ入ると、スティーヴンとタンクはテントとデザートコーナーを解体するようスタッフに指示を出し、残った者でプールと中庭の掃除をした。ケータリング業者と掃除スタッフが帰ったあと、わたしは庭を歩きまわり、すべてがきちんともとどおりになっているか確認した。

「エイヴリー」ソフィアが満足そうながら疲れた顔で中庭に出てきた。「今、屋敷の中を見まわってきたところ。掃除は完璧よ。トラヴィス家の人たちはリビングルームでくつろいでるわ。わたしはリー＝アンに車で送ってもらってもいいし、あなたともうしばらく残ってもいいんだけど」

「ひとりで大丈夫？」

「リー＝アンと一緒に帰って。わたしはエラに、ほかに用事がないか訊いてくるから」

「平気よ」

ソフィアは笑みを浮かべた。

「あなたが帰ってきたとき、たぶんわたしは家にいないわ。ジムに行こうと思ってるから」

「今夜？」信じられない思いで尋ねた。

「スピンバイクとコアトレーニングを組みあわせた新しいクラスがあるのよ」

いたずらっぽい目でソフィアを見た。「その人の名前は？」

ソフィアははにかんだ。「まだ知らないの。いつも二二番のスピンバイクを使う人よ。前回のクラスのとき、競争しようと言われたわ」

「どっちが勝ったの？」

「彼よ。すてきなヒップに気をとられて負けちゃった」

わたしは声をあげて笑った。「せいぜい楽しんできて」

ソフィアが帰ったあと、プールを見まわった。日暮れまでにはまだ二時間ほどあるが、すでに太陽は傾き、空は赤く染まっている。気温はまだ高く、体はじっとりと汗ばみ、一日中歩きまわっていたせいで足が痛かった。ため息をつき、サンダルを脱いで足の指と土踏まずの筋肉をほぐした。ふとプールを見ると、小さくて明るい色のものが底に沈んでいるのが見えた。子供のおもちゃだろう。掃除スタッフは帰ってしまい、残っているのはわたしひとりだけだ。プールの掃除用具をしまってある物置へ行くと、長い柄のついた網が壁にかかっているのを見つけた。プールの水に落ちたゴミをすくいあげる網だ。柄を最大限に伸ばし、プールの端にしゃがみこんで、網をできるだけ深くまで水に入れた。残念ながらプールの底には届かなかった。

中庭へ続くドアが開き、また閉まる音が聞こえた。声を聞かなくても、ジョーが来たのだとわかった。ジョーは軽い口調で尋ねた。「手伝おうか？」

話をしに来たのだろうかと思い、不安で身が縮こまりそうになった。

「プールの底に何か落ちているのよ。子供のおもちゃじゃないかと思うの」立ちあがり、網をジョーに手渡した。「やってみてくれる?」

「これじゃあ届かない。水深が四メートル以上あるからね。昔は飛び板をつけていたんだ」Tシャツを脱ぎ、日光で温まったタイルに落とした。

「そこまでしてくれなくても……」そう言いかけたが、間に合わなかった。ジョーはきれいなフォームで水に飛びこみ、力強い泳ぎでまっすぐにプールの底へ向かった。

水から顔を出し、赤色と黄色に塗装されたおもちゃの車を見せた。「ルークのだ」それをプールサイドに置いた。「あとで持っていっとくよ」

「ありがとう」

ジョーはまだプールからあがる気はなさそうだった。濡れた髪をうしろになでつけ、組んだ腕をプールサイドにのせた。このまま立ち去るのは失礼な気がしたので、そばにしゃがみこんだ。目の高さが同じになった。

「ヘイヴンはパーティを楽しんでくれたかしら」

ジョーはうなずいた。「ああ、いい一日だったみたいだよ。ぼくたちみんなにとってそうだ。帰りがたくて、中華料理でもとろうかと話している」次の言葉を言おうかどうかためらっているふうに見えた。「きみも一緒に食べていかないか?」

「いいえ、帰るわ。疲れているし、汗で体がべたべたしているもの。愛想よく振る舞えないかもしれないわ」

「別に愛想よくする必要はないさ。それが家族ってものだ。そんなことは気にしない」

わたしはほほえんだ。「あなたは家族だけれど、わたしは違う。みなさんに悪いわ」

「ぼくが望めば、家族はきみを受け入れるよ」

マネシツグミの甲高い鳴き声を聞きながら、遠くの川沿いに茂る木々に目をやった。別のマネシツグミがそれに応えた。二羽のマネシツグミは交互に鳴いた。

「喧嘩しているの？」

「縄張り争いの可能性もあるが、この季節ならまだ求愛しているのかもしれないな」

「じゃあ、これは愛の歌？」マネシツグミがいっそう甲高い声で鳴いた。金属の薄板を引き裂くような響きだ。「ロマンティックすぎるわ」

「合唱するようになると、もっとロマンティックになるぞ」

声をあげて笑った拍子に、うっかりジョーの目を見てしまった。距離が近すぎた。肌の香りまでわかる。日光と塩と塩素のにおいだ。濡れて乱れている髪をなでつけたかった。

「きみもプールに入らないか？」ジョーが穏やかな声で誘った。

その目を見ているうちに、顔が熱くなってきた。「水着なんて持ってきていないわ」

「そのまま飛びこめばいいじゃないか。服なんてどうせ乾く」

首を振り、困惑を笑いでごまかした。「そんなことができるわけがないじゃない」

「じゃあ、服を脱いで下着で泳げば？」口調は淡々としているが、目にはいたずらっぽい色が浮かんでいる。

「あなた、頭がどうかしちゃったんじゃないの？」

「おいで。気持ちいいよ」

「気持ちがいいからって、あなたと一緒にばかなまねはしないわ」一瞬、間を置き、不本意ながらつけ加えた。「もう二度とね」

ジョーは低くかすれた声で笑った。「ほら」こちらの手首を軽くつかんだ。

「だめよ、そんなばかなまねができるわけ……やめて」手首に力を感じ、目を見開いた。

「落としたりしたら承知しないから――」

軽く引っ張られただけでバランスを失って、小さな悲鳴をあげて水の中に落ち、ジョーの広げた腕に抱きとめられた。

「ばか！」ジョーの顔に水をかけた。「信じられない！ 笑うのはやめて！ ちっともおかしくないわ！」

ジョーはくっくっと笑い、髪や首筋や耳に何度もキスをしてきた。怒りに任せて抵抗したが、彼の腕の力は強く、それにいろいろなところをつかんできた。タコと格闘しているかのようだ。

「かわいいな。水に落ちた猫みたいだ。水中でぼくを蹴ろうとしても疲れるだけだぞ」

ジョーは戯れているうちに、わたしはもがいているうちに、だんだん深いほうへとすべっていった。プールの底に足がつかなくなり、本能的にジョーにしがみついた。

「ここは深すぎるわ」

「ぼくがつかまえておくから大丈夫だ」ジョーはまだ足が届いている。わたしの腰を抱いたまま、急に心配そうな声で尋ねた。「泳げるのか?」

「わたしをプールに落とす前に訊いてくれたらうれしかったわ」つっけんどんに答えた。

「ええ、泳げるわよ。でも、上手じゃない。だから深いところはいや」

「心配するな」ジョーに抱き寄せられた。「きみを溺れさせたりはしないから。どうせ濡れてしまったんだから、もう少し遊んでいったらどうだい? 気持ちがいいだろう?」

たしかに、いい気分だ。だが、そのことをジョーに教えて満足させるつもりはなかった。濡れたせいで衣服が透け、珍しい魚のひれのように、コットンの布地が大きく波打った。ジョーの胸の脇にある手術痕に手が触れ、そのかすかなふくらみをそっとなぞった。

「クルーザーの事故のときの傷?」

「そうだ。肺の手術を受けた。そのときに血栓もとり除いた」

ジョーの手がチュニックの中にすべりこみ、肌に触れた。

「あの事故から、ぼくがどういう教訓を学んだと思う?」穏やかな声だ。

見当もつかなかったので首を振り、ジョーの目をのぞきこんだ。夕焼けが瞳に映り、キャンドルの火のように見えた。

「人生を一分一秒たりとも無駄にするな。どんな理屈をつけてでも幸せになれ。まだ時間はあるなどと思って感情を抑えるな。先のことはわからないんだから」

「そんなふうに考えていたら、人生が怖くてしかたがないわ」

ジョーはほほえみながら首を横に振った。「そんなふうに考えるからこそ、人生はすばらしいものになるんだ」わたしを高く持ちあげ、自分のほうへ引き寄せた。思わず彼の首にしがみついた。ジョーがキスをしようとしたとき、どこからか音が聞こえた。ジョーは肩越しに振り返り、誰が来たのか確かめると、いらだたしそうに言った。「なんの用だ？」

「叫び声が聞こえたもんでね」ジャックの声だとわかり、わたしはびくっとした。

プールに入っているところを見られたのが恥ずかしくなった。だが隠れる場所もないため、ジョーの腕の中で縮こまった。

「エイヴリーがプールに落ちたのか？」ジャックが尋ねた。

「いや、ぼくが引きずりこんだ」

「やるな」表情ひとつ変えずに言った。「タオルをとってこようか？」

「あとでいい。今は放っておいてくれ」

「了解」

ジャックが立ち去ったのを確かめ、身をよじってジョーの腕から離れると、水深が浅いほうへと泳いだ。ジョーはイルカのごとくなめらかな泳ぎでついてきた。水が腰までの高さになったところで立ちあがり、振り返って顔をしかめた。

「決まりが悪い思いをさせられるのはごめんだわ。プールに引きずりこまれるのも」

「すまない」ジョーは心から悔いている様子に見せかけたかったらしいが、少しもうまくいっていなかった。「きみの注意を引きたかったんだ」

「何よ、それ」

ジョーは視線をからめたまま、こちらのまわりを歩きはじめた。

「一日中、ぼくを無視しただろう？」

「仕事があったから」

「でも、無視しただろう？」

「そうよ。だって、公の場でどう振る舞えばいいのかも、自分がどうしたいのかもわからなかったんだもの……ちょっと、そんなふうにぐるぐるまわるのはやめてもらえる？　サメに狙われている気分になるわ」

ジョーは手を伸ばし、わたしを力強く引き寄せた。その勢いで足がプールの底から離れ、ジョーの胸に飛びこむ形になった。首筋に唇が押しあてられた。

「きみを食べてしまいたい」

逃れようともがいたが、ジョーは離してくれなかった。

「こっちへおいで」

「やめて」

「話がしたいんだ」プールの深いほうへ連れていかれ、しかたがなくまたジョーの肩にしがみついた。

「なんの話よ」不安がこみあげてくる。

「ぼくたちが抱えている問題についてだ」

「あなたとつきあいたくないからといって、わたしが問題を抱えていることにはならないわ」

「そのとおり。だが本当はつきあいたいのに何かを恐れてそうできないなら、きみは問題を抱えていることになる。それはぼくの問題でもある」

頬がこわばり、ぴくぴくと動いた。「とにかく、プールからあがりたいの」

「ほんの二、三分でいい。ぼくに話をさせてくれたら、プールを出よう。それでどうだい？」

小さくうなずいた。

ジョーは慎重に言葉を選びながら話しはじめた。「誰もが他人《ひと》には知られたくない秘密を持っている。それは自分が誰かを傷つけたことかもしれないし、あるいは相手から傷つけられたことかもしれない。そういう過ちや、罪や、うしろめたい喜びといった秘密が積み重なったものが自分自身なんだ。人生においては、たとえリスクがあるとわかっていても恋に落ちることがある。それだけの価値がある相手だと感じたときだ。もちろん、その直感ははずれるかもしれない。だけど相手を信じ、傷つかないことを願ってつきあうしかない。その結果、間違った相手を選んでいたということもあるだろう」言葉を切った。「それでも正しい相手と巡りあうまで、リスクを冒しつづけるしかないんだ。エイヴリー、きみはあきらめるのが早すぎる」

みじめな気分になり、涙がこみあげそうになった。ジョーの言うことは正しい。でも、まだ心の準備ができていないから、彼とリスクを冒すことはできない。「プールからあがりたいわ」今にも消え入りそうな、か細い声になった。

ジョーはわたしを抱いたまま、水深の浅いほうへと引っ張っていった。

「インターネットで自分についてを検索してみたことはあるかい？」

急に話題が変わったことに戸惑い、首を横に振った。

「パソコン関連の仕事は、ほとんどスティーヴンがしてくれるから——」

「仕事に関してじゃない。きみ自身のことだ。きみの名前を検索にかけると、最初のページには仕事関連のサイトがあがってくる。きみの名前が出ているブログだとか、写真共有サイトだとか、そういったものだ。だが次のページへ進むと、ニューヨークのある新聞社の古い記事が出てくる……結婚式当日に婚約を解消された女性の記事だ」

顔から血の気が失せた。

あの日のことを思いだすとき、その記憶から心を切り離して、他人ごととして眺めるように努力してみることがある。今もそうしようと努めたけれど、少しもできそうな気がしない。こんなふうにジョーに抱かれていればなおさらだ。それなのにジョーは、わたしに話をさせようとしている。本当は人生でいちばん幸せだったはずの日に、どんなふうにして婚約者から拒絶され、捨てられ、大切な人たちの前で恥をかかされたのか……。とくにプライドが高いわけではない女性でも、そんなことをされたらひどく傷つく。ましてや、そもそもプライドを持てなかった女性は心が砕け散ってしまう。

あまりのみじめさにいたたまれなくなり、きつく目をつぶった。どん底を経験した者はさほど死を恐れなくなる。みじめさに耐えるより、いっそ死んでしまったほうが楽かもしれないと思うからだ。「そのことは話したくない……」

ジョーはわたしの顔を肩にもたせかけた。「婚約者は当日の朝、結婚をとりやめた」穏やかな口調で話を続けた。「その女性が泣き崩れても、誰も責めはしなかっただろう。だが彼女はとり乱すことなく、あちこちに電話をかけはじめた。自分が立てた結婚式の計画をすべて変更し、自分が支払った披露パーティそのものを地元の慈善団体に寄付したんだ。その日、披露パーティには二〇〇人のホームレスが集まり、生演奏が流れる中、五皿からなるディナーのコース料理を振る舞われた。そこには彼女も同席した。心の大きな、すばらしい女性だ。くそったれと結婚せずにすんで本当によかった」

言葉が出なかった。ジョーは何かから守ろうとするように、わたしの頭に手を置いている。こういうふうにされることが自分には必要だったのだと心の底から感じた。誰かにもたれかかり、その人が盾となってくれて世間から切り離され、こうしていれば安全だと思えることが……。

粉々に砕け散った心をひとつに集め、大切に抱きしめられている気がした。セックスより深いつながりを感じる。

凍りついていた体にようやく体温と感覚が戻り、頬にジョーの肌が触れているのを感じることができた。温かくてなめらかな肌だ。「新聞に載るのは避けたかったの。だからホームレスの救護施設には内緒にしておいてほしいと頼んだのに」

「こういう話はどこからかもれるものだ」耳元にキスをされた。「少しでいいから話してくれないか。当日の朝、婚約者になんと言われたんだ？」

わたしはごくりと唾をのみこんだ。「ブライアンから携帯電話に連絡があって、結婚式に出られないって。遅刻するという意味かと思って渋滞にでも巻きこまれたのかと訊くと、そうじゃなくてきみとは結婚できないと言われた。あまりのショックに言葉もなかったわ。理由を尋ねることさえできなかった。ブライアンは、すまない、きみを愛しているかどうかわからないと言った。愛していたのかもしれないけれど、もうその気持ちはなくなってしまったと」

「真剣にきみのことを思っていたのなら、その気持ちは決してなくなったりしない」

「どうしてそんなことがわかるの？」

「真剣にというのはそういうものだからだ」

ゆっくりと水の中を進み、ふたりで仰向けになって浮かんだ。すべてのものから隔絶した瞬間だった。つながっているのはジョーだけ。大地に足すらついていない。ジョーにリードされ、気だるさに身を任せる。官能的なひとときだ。

「わたしをだましていたわけではないと思うの」気がつくと話しはじめていた。「ブライアン自身、ひどい生活を送っていたのよ。ウォール街で働く人は三〇歳ぐらいまでは結婚どころか、恋愛をするのさえやめたほうがいい。あの予定の詰め方は狂気の沙汰よ。週に八〇時間も働いて、お酒の量が増えて、運動はせず、自由な時間もない……自分はどうしたいのか、きちんと考える暇がないの」

ジョーはゆっくりと体を回転させた。わたしは人魚姫のようにジョーに巻きついた。

「愛していると思っていても、本当はただの慣れあいだということもあるわ。きっとブライアンは最後の瞬間、それに気づいたのね」

ジョーはわたしの腕を肩にまわさせ、また水の中を進みはじめた。わたしはジョーに身を任せて彼の首のうしろで指を組み、その目をのぞきこんだ。いろいろ思うところはあるのだろうが、いっさい口にせず、今は黙って辛抱強くこちらの話に耳を傾けてくれている。わたしはソフィアにしかしゃべっていないことまで打ち明ける気になった。

「ブライアンから電話があったあと、父に会いに行ったの。母とは離婚していたけれど、一緒に祭壇まで歩いてほしかったから、こっちで飛行機代を出して、テキサスから来てもらっていたのよ。わたしが父を結婚式に招待したと知ったとき、母は激怒したわ。昔からとくに仲のいい親子ってわけじゃなかったし。進学のために家を出たときはわたしもほっとしたけれど、母も気が楽になったんじゃないかしら。母のことは好きなのに、どういうわけかうまくいかないのよね。母はわたしの父と別れたあと、二度結婚して二度離婚しているんだけど、三人の元夫の中でもとりわけわたしの父を憎んでいるの。あんな男と関わってしまったのは人生最大の過ちだと言っているわ。だから、わたしのことが過ちでできた娘にしか見えないんだと思う」

また深いところまできた。わたしはジョーの首にしがみついた。

「大丈夫、きみを落としたりしない」頼もしい口調だ。「話を続けて」

「母は、父が結婚式に出るんだったら自分は行かないと言いだしたわ。わたしにどちらをとるか選べって。わたしは父をとった。それで母との関係は終わったも同然よ。それ以来、ほとんど口もきいていない。ヒューストンに遊びに来ないかと何度か誘ったの。ソフィアにも会ってほしいし。でも、そのたびに断られているわ」ジョーが浅いほうへ戻りはじめたので、わたしは安堵した。「どうしてそんなにしてまで父を結婚式に呼びたかったのかは、自分でもよくわからない。父親らしいことなんて何ひとつしてもらっていないのにね。だからこそ、祭壇まで手をとって歩いてもらうことで、足りなかったものが埋められる気がしたのかもしれない。それですべてうまくいくようになるとね」

　ジョーの表情は読めなかった。

「ブライアンが結婚をとりやめたことを話したときの、お父さんの反応は？」

「ティッシュペーパーを渡して、抱きしめてくれたわ。そのとき思ったの。ああ、やっぱりこの人はわたしの父親なんだ。わたしのためにここまで来てくれた。つらいときは頼ってもいいんだ。ブライアンを失った代わりに、それがわかったんだと思えばいいのかもしれないって。そうしたら、父がこう言ったの……」なかなか次の言葉が出なかった。

「なんて言われたんだ？」ジョーが促した。

「どうせ、長くは続かなかっただろう。男は生物学的に一夫一妻制に向いていない。いずれは妻に失望する。どうして誰かが早くそのことを自分に教えてくれなかったんだろう。どんなに愛していると思っていても、どれほど運命の相手だと確信したとしても、そのうちわかる。本当は自分をだましていたんだと。だけど、そのときはもう手遅れだ」寂しくほほえんだ。「父なりの優しさだったんだと思うわ。わたしに現実を見せようとしたのよ」

「それは彼にとっての現実だ。みんながそう思っているわけじゃない」

「でも、わたしはそう思っているわ」

「嘘だ」ジョーの口調が変わり、忍耐強さが消えた。「きみは自分の時間の大半を使って、次から次へと結婚式を企画している。きみが自分でその会社を立ちあげたんだ。心のどこかで、結婚はいいものだと思っているからじゃないのか？」

「一部の人にとってはね」

「だけど、きみにとっては違うと？」こちらに返事をする気がないとわかり、言葉を続けた。「そう思うのも当然だな。人生でもっとも大切なふたりの男が、きみにワンツーパンチを食らわせたんだから。しかも、きみが無防備なときに」語気も荒くつけ加えた。「そいつらのケツを蹴り飛ばしてやりたいよ」

「無理ね。父は亡くなったし、ブライアンはそんなことをするほどの価値もない人だもの」

「それでもチャンスがあったら蹴り飛ばす」ジョーはわたしを抱きしめた。空はブラッドオレンジ色に染まり、まだ暑い夕方の空気にはランタナの花の香りが漂っている。「いつになったら次の恋愛ができそうだい？」

わたしは黙りこくった。こんな話をしたせいで、つらい過去をもう一度思い出して、いっそうあなたを受け入れるのが怖くなったとは言えない。

「わたしにぴったりの人が見つかったときかしら」

「それはどういうタイプだ？」

ジョーの手がブラジャーのホックに触れたのがわかり、体がこわばった。「自立した人。お互いの経験を分かちあわなくてもかまわない人。わたしが自分だけの世界を持ったり、自分だけの友人を作ったり、一緒に住まなかったりしても気にしない人。ひとりの時間が好きだから――」

「それは恋愛とは言わないぞ、エイヴリー。体の関係はあっても、ただの友人だ」

「違うわ、誰でもいいってわけじゃないもの。ただ、恋愛に縛られるのはごめんなの」

プールの壁に背中を押しつけられた。足はつかないので、ジョーの筋肉質で硬い肩にしがみついているしかなかった。ふと気づくと、催眠術にかけられたように、水に揺れる胸毛を見つめていた。

「前の男のときと同じパターンだな」ジョーがそう言うのが聞こえた。

「まったく同じなわけじゃないわ。でも、そうね、似ているかも。好みのタイプはちゃんとわかっているということよ」

ブラジャーのホックが器用にはずされ、カップが緩んだ。はっとして、体が水に沈まないように慌てて脚を動かした。乳房を両手で包みこまれ、硬くなった先端に触れられた。壁に押しつけられ、両脚のあいだにジョーの腿が割りこんでくる。

「やめて」

「今度はぼくが話す番だ」しびれるような低い声だ。

「ぼくは間違った相手じゃない。思っていたようなタイプではないかもしれないが、きみにぴったりの相手だ。きみはひとりが長すぎた。そろそろ男のそばで目覚める日々を送ってもいいころだ。疲れすぎて朝のコーヒーが淹れられなくなるほどのセックスを味わうべきなんだ」感じやすいところへ腿を押しあてられ、体に力が入らなくなった。「ぼくなら毎晩でもきみを楽しませることができる。昔の男なんか忘れさせてみせるよ。問題は、きみがぼくを信頼してくれないと何も始まらないことだ。そこがきみにとって難しいところなんだろう。深く関われば、傷つくはめになるかもしれないからだ」

「もう聞きたくない」水の中でもがき、ジョーを押しやろうとした。

首筋にキスをされ、舌の感触に身もだえした。腿のあいだにジョーの両脚が入りこみ、腰に手をかけられた。強く抱き寄せられ、下腹部に硬くなったものが触れた。

一方の手で顔を引き寄せられ、唇が重ねられた。むさぼるようなキスだ。ジョーは激しく腰を動かしながら、いきりたったものを押しつけてきた。その情熱がこちらにも伝わり、下腹部の奥に熱い波がうねった。

我慢できなくなり、ジョーの体に脚を巻きつけた。お願い、もっと、もっと。今は彼のことしか考えられない。もっとキスをしたい。本当はこんな瞬間を求めていたのだ。めくるめく快感がこみあげて——。

「だめだ……」ジョーがかすれた声で言って、震えながら体を離した。「こんなところじゃ……待ってくれ……」

プールの端につかまったものの、ジョーを強く求める気持ちとそれを中断された戸惑いで、まともにものが考えられなかった。体中が震えている。ようやく、ジョーには最後まで行く気がないことに気づいた。

「だったら、どうして……」

「わかってる。すまない」ジョーは荒い息をつきながら、こちらに背を向けた。肩に力が入り、背中の筋肉が盛りあがった。「ここまでするつもりはなかったんだ」

怒りがこみあげた。古傷をえぐり、心を許させ、体も許そうとした最後の瞬間に待ったをかけるなんてひどすぎる。水深の浅いほうへ向かい、足がつくと、ブラジャーのホックを留めようとした。だが手が震え、濡れた生地がまとわりつき、思うようにいかなかった。

ジョーが背後から近づき、衣服の中へ手を入れてブラジャーの背中の部分をつかんだ。「ゆっくり進めると約束したのに」ホックをかけた。「きみのそばにいると我慢できなくなる」

「気にしなくていいわ」怒りに任せて言った。「今後いっさいあなたのそばには近づかないから。あなたが崖にぶらさがっているのを見つけたら、突き落としに行くわ」

「すまなかった」背後から抱きしめようとした腕を振り払い、怒りに燃えながら水の中を進んだ。ジョーは謝りながらついてきた。「一度目があんな結果になってしまったのに、まさか今度はプールでというわけにはいかないと思ったんだ」

「二度目はないわ」プールからあがった。濡れた衣服が鎖かたびらのように重かった。「こんな格好で家の中には入れないから、タオルを持ってきて。それに、わたしのバッグも。キッチンのカウンターに置いてあるの」せいぜい威厳を保とうと、精いっぱい背筋を伸ばしてビーチチェアに腰かけた。けれども、全身ずぶ濡れだった。

「今、とってくる」ジョーが言葉を切った。「一緒に食事でも……」

彼をにらみつけた。

「忘れてくれ」慌ててつけ加えた。「すぐに戻る」

ジョーが持ってきたタオルで、衣服の水分をできる限り吸いとった。自分の車へ向かうと、ジョーがあとをついてきた。髪は湿ってぺたんとし、衣服は体に張りついている。気温はまだ高く、体が熱せられ、衣服から水蒸気が立ちのぼりそうだ。運転席に腰をおろすと、座席が濡れるのがわかった。もしかびが生えたら、彼に弁償させてやる。

「待ってくれ」閉めようとしたドアをつかまれた。腹立たしいことに、ジョーはそれほど打ちひしがれているふうには見えない。「電話をかけたら、出てくれるかい？」

「いいえ」

ジョーがそうだろうなという顔をした。「だったら訪ねていくよ」

「やめて。あなたにもてあそばれるのはもうたくさん」

ジョーは何か言い返そうとしたが、唇をかんで言葉をのみこんだ。負けを認めたように言う。「プールでもう少し長くきみをもてあそんでいたら、今ごろきみは大満足していただろうな」

ドアノブをつかんで勢いよく閉めた。車を発進させると、ジョーはこちらに背中を向けた。だが、その直前に笑みを浮かべたのを、わたしは見逃さなかった。

# 13

その日の夜、ジョーから電話はなかった。翌日の月曜日の夜も。いらだちがつのった。電話やEメールの着信音が鳴るたびに、携帯電話に飛びついた。

しかし、ジョーからではなかった。

「あの人から電話があろうがなかろうが、そんなのはどうでもいいわ」充電器にのった携帯電話をにらみながらつぶやいた。「どうせ、まったく興味なんかないもの」

もちろん嘘だ。だが声に出して言ったことで、いくらか気分がましになった。

本当は、プールでジョーにしがみついて水の中を漂った感覚を何度も思い返していた。そのたびに身がすくみ、官能的な場面が頭を離れず、体が熱くなった。ジョーの声を思いだすと胸がときめく。毎晩でもわたしを楽しませてくれると言った言葉は本当だろうか。

ジョーに身を任せることを想像すると怖じ気づいた。あんなに高く舞いあがったら、血液から酸素がなくなって、体がどうにかなってしまうのではないだろうか。無事に戻ってくることはできるだろうか。

火曜日の午前中は気が紛れた。ホリス・ワーナーと娘のベサニーが初めて事務所を訪ねてきたので、そちらに気持ちを集中させなければならなかったからだ。先週末、ライアンはベサニーにプロポーズした。ホリスから電話で聞いた話によれば、砂の城の前でプロポーズされたことをベサニーはとても喜んだらしい。ふたりはロマンティックでくつろいだ週末を過ごし、結婚式の日取りを決めた。

結婚式まで四カ月しかないと聞かされ、わたしとソフィアはひそかに愕然とした。

「四カ月が限界なの」ベサニーがまだ平らな腹部をなでた。「それを過ぎるとおなかが出てくるから、好きなドレスを着られなくなるわ」

「わかりました」感情を表に出さないように気をつけた。スケッチブックを手にしてそばに座っているソフィアと目を合わせたくなったが、それも避けた。きっと同じことを考えているに違いない。最大規模の結婚式をたった四カ月で準備するのは不可能だ。大きな会場はすでにどこも押さえられているだろうし、まともな業者や演奏家たちも予定が入っているに違いない。「ただ、それだけ日程に余裕がないと、選択肢もおのずと限られてきます。赤ちゃんを産んだあとに結婚式を挙げようというお考えはありませんか？　それなら――」

「だめよ」ベサニーがブルーの目でにらみつけてきた。だが、すぐに表情を緩め、にっこりした。「わたしは古い考えの女なの。結婚式より出産が先だなんてありえない。もしそれで結婚式の規模をいくらか縮小しないといけないなら、ライアンもわたしもそれでかまわないと思ってるのよ」

「冗談じゃないわ」ホリスが言った。「最低でも招待客が四〇〇人はくだらない結婚式にしないと。オールド・ガードに当家の力を示すいい機会なのよ」こちらを見て口元に笑みを浮かべたが、目には闘志がたぎっていた。「これは娘の結婚式だけど、わたしの見せ場でもあるの。それを忘れないで」

結婚式を計画するとき、めいめいが好き勝手なことを要求してくるのは珍しくない。けれども、新婦の母親が結婚式を自分の見せ場にしろと臆面もなく口にするのを見たのは初めてだ。

こういう母親のもとで育つのは楽ではないだろう。支配的な両親を持つと、子供は萎縮し、精神的に不安定になり、なるべく注目を集めまいとするようになる。だが、ベサニーは母親にそっくりな性格をしているらしい。スタイリッシュな結婚式を望んではいるけれど、それよりも自分の都合を優先させようとする。ライアンが本当はこの結婚を望んでいないことに、薄々気づいているのだろうか。

ふたりはメタルブルーのソファに並んで座り、ともに脚を組んでいた。その角度まで同じだった。娘のほうはほっそりとした華やかな女性で、長くてまっすぐな淡いブロンドの髪をしている。左手には大きなひと粒石の婚約指輪をはめ、その腕をソファの背もたれに優雅にかけていた。

「お母様」ベサニーが言った。「もうライアンと話はできてるの。わたしたちが親しくしている人たちだけを招くわ」

「わたしが親しくしている人たちはどうするの？　元大統領とかその奥様とか――」

「招待しないわ」

ホリスは意味不明な言葉を聞いたとでもいうような顔で娘を見た。

「招待するに決まっているでしょう」

「わたしもそういう結婚式に出席したことがあるからわかるけど、シークレットサービスや爆発物探知犬がいたり、磁気探知機での検査があったり、半径八キロの道路を封鎖したりと、もう大変。ライアンはそういうのが気に入らないの。彼を説得できなかったのよ」

「わたしを説得する手間は省くの？」ホリスが腹立たしそうに笑った。「結婚式は母親が仕切るものだと世間では思われているのよ。あなたたちが勝手なことをしたら、わたしが笑い物になるわ」

「だからといって、ほかの人の気持ちを無視してお母様が好き勝手をしてもいいということにはならないのよ」

「わたしの気持ちを無視しているのはあなたたちでしょう！　みんなしてわたしをのけ者にするんだわ」

「これはわたしの結婚式よ」ベサニーが言った。「お母様はもう自分の結婚式を挙げたでしょう？　それなのに、わたしの結婚式を奪うつもり？」

「わたしの結婚式なんて、あなたたちのに比べたら質素なものよ」ホリスがこんな娘には耐えられないという視線をこちらに投げてよこした。「ベサニー、あなたがわたしよりどれほど恵まれているかわかっているの？」

「もちろん、わかってるわよ。だって、お母様はいつもそればかり言っているもの」

「誰ものけ者にはしませんから」慌てて仲裁に入った。「誰もが同じことを、つまりベサニーにふさわしい結婚式にしたいと願っているはずです。まずは契約の話をすませて、それから招待客のリストを作りましょう。きっと折りあえるはずです。もちろん、ライアンの意見もうかがいます」

「招待客を決めるのは母親の――」

「きっとベサニーは、雑誌の『サザン・ウエディングズ』と『モダン・ブライド』で〝今月の花嫁〟に選ばれて、特集記事が組まれると思いますよ」ホリスの気をそらそうとして言った。

「それに『テキサス・ブライド』も」ソフィアがつけ加えた。

「地元の新聞社やテレビ局が取材に来るでしょう」わたしは続けた。「何か印象に残るストーリーを考えておくといいですね」

「ああ、それなら任せて」ホリスがいらだったように言った。「わたしが開催したイベントや資金集めのパーティについて何度もインタビューを受けたことがあるから、そういうのは得意だわ」

「お母様はなんでもよくわかってるものね」ベサニーが皮肉な声で言った。

「いちばん感動的なのは」ふたりのやりとりに割って入った。「この結婚式を計画する喜びを母と娘が分かちあい、娘はわが子の誕生を楽しみに待っているという物語だと思います。

きっと読者の心をつかんで――」

「妊娠のことにはいっさい触れてはだめよ」ホリスがきっぱりと言った。

「どうして？」ベサニーが尋ねた。

「オールド・ガードが眉をひそめるからよ。昔はそういうことは隠し通したものだし、わたしに言わせれば今もそうするのがいちばんいいわ」

「お母様の意見なんか求めてないの」ベサニーは言い返した。「恥ずかしいことなんか何もしてないし、おなかの子の父親とちゃんと結婚するんだから、隠す必要なんてないわ。頭の固い年寄りたちのほうこそ、二一世紀の世の中に合わせるべきよ。それに、どうせ結婚式のころにはおなかが目立ってくるだろうし」

「体重に気をつけなさい、ベサニー。おなかの子の分まで食べなくてはいけないというのは嘘よ。わたしなんて七キロしか増えなかったんだから。あなた、すでにふっくらしてきているわよ」

「ベサニー」ソフィアが明るく口を挟んだ。「次の打ち合わせはいつにしましょうか？ 結婚式のアイディアを考えたり、基調となる色を決めたりしましょう」

「わたしも参加するわ」ホリスが言った。「わたしの意見が必要になるに決まっているもの」

　ホリスとベサニーが事務所をあとにすると、ソフィアとわたしはソファに倒れこみ、同時にうめき声をもらした。

「あのふたりが乗っている車にはねられて死んだ動物みたいな気分だわ」わたしは言った。

「今後もずっとあんな調子かしら」

「こんなのは序の口よ」天を仰いだ。「出席者の座席表を作るときは血を見るでしょうね」

「〝オールド・ガード〟って誰？」ソフィアが尋ねた。「どうしてホリスはその人のことばかり気にするの？」

「特定の誰かじゃないわよ。たくさんいるの。保守的な考え方をする年配の人たちのこと。一般社会にもいるし、政治家にもいるわ。スポーツ団体とか……ありとあらゆる組織にそういう人ははびこっているの」

「あら、〝ガード〟なんて言うから軍人かと思ったわ」

緊張をはらんだ打ち合わせから解放されたせいだろう。ソフィアの無邪気な言葉がつぼにはまり、大笑いした。

クッションが飛んできて、顔にあたった。

「何よ？」

「わたしのことを笑ったからよ」

「あなたのことを笑ったわけじゃないわ。言い方がおもしろかったから」

またクッションが飛んできた。わたしは体を起こし、クッションを投げ返した。ソフィアは興奮して笑いながらソファのうしろに隠れた。わたしは背もたれから顔を出し、クッションでソフィアをぶった。ソフィアもやり返してきた。

ふざけあいに夢中になっていたせいで、ドアが開いて閉まる音が聞こえなかった。

「エイヴリー？」ヴァルの声が聞こえた。「ランチにサンドイッチを買ってきました。それと――」

「カウンターに置いといて！」また背もたれ越しに奇襲をかけた。「今、経営会議中なの！」

ソフィアに反撃され、ソファに突っ伏した。

「エイヴリー」ヴァルの口調がいつもと違うことに気づき、ソフィアが攻撃をやめた。「お客様です」

頭をあげてソファの背もたれ越しに玄関へ視線を向け、目を見開いた。ジョー・トラヴィスが立っていた。

恥ずかしさがこみあげ、ソファに仰向けに倒れこんだ。鼓動が速い。本当に来たんだと思うと、めまいがしそうになった。こんな一二歳の子供みたいにクッションで叩きあっているときではなく、もっと冷静沈着なプロらしく振る舞っているときに来てくれればよかったのに。

「ちょっとストレス解消をしていたの」ソフィアの声は、まだ息が切れていた。

「見ていてもいいかな」ジョーが言うと、ソフィアは笑った。

「もう終わったわ」

ジョーが近づいてきて倒れているわたしを見おろすと、全身に視線を走らせた。今日は黒のノースリーブのワンピースを着ている。相変わらず直線的なラインではあるが、高価な代物だ。ふくらはぎまで長さがあるものの、仰向けに倒れているせいで膝が見えてしまっている。

ジョーの顔を見ると、プールでキスをしたことや、何もかも話してしまったことを思いだして全身が赤くなった。悔しいことに、ジョーは訳知り顔でほほえんだ。

「きれいな脚だ」わたしの手をとり、なんの苦労もなく立ちあがらせた。「訪ねていくと言っただろう？」

「事前に連絡をもらえるとうれしかったわ」急いで手を引き抜き、スカートの裾を引っ張りおろした。

「そんなことをしたら逃げられる」わたしの顔にかかっていたひと筋の髪をかきあげ、もうひと筋を耳にかけた。明らかに親しい間柄だとわかるしぐさだ。

ソフィアとヴァルの視線が気になり、咳払いをするとプロらしく尋ねた。「何かご用でしょうか？」

「近くまで来たから、ランチにでも誘おうかと思ってね。ダウンタウンにケイジャン料理の店があるんだ。しゃれた店じゃないが、料理はうまい」

「ありがとう。でも、ヴァルがサンドイッチを買ってきてくれたから」

「あなたの分はありませんよ、エイヴリー」キッチンからヴァルの声が聞こえた。「ソフィアとわたしの分だけです」

まったくもう。文句を言おうとジョーの肩越しにキッチンを見ると、ヴァルは知らん顔をして手を動かしている。

ソフィアがいたずらっぽい目をして笑みを浮かべた。「行ってらっしゃいよ」忘れずにつけ加えた。「どうぞ、ごゆっくり。どうせ午後はなんの予定も入ってないんだから」

「みんなが提出した経費明細書を確かめようと思っていたの」

ソフィアが懇願の目をジョーに向けた。「お願い、できるだけ長く連れだしておいて」

ジョーが笑った。「了解」

ケイジャン料理の店内は、片側にカウンターと鋼鉄で縁取りされた丸椅子があり、その反対側にボックス席が並んでいた。楽しそうな会話や、メラミン皿にフォークやナイフがこすれる音や、アイスティーの氷がぶつかる音が聞こえ、なかなか活気がある。ウエイトレスが湯気の立っている料理を運んでいた。バターで焼いた挽きトウモロコシのパテに、大きなザリガニの蒸し煮《エトゥフェ》をかけた料理。それに、ロブスターとエビをフランスパンに挟んだポーボーイサンドなどだ。

ほっとしたことにジョーはプールの件を口にせず、あたり障りのない話題が続いた。ワーナー家の母と娘と打ち合わせをした件を話すと、ジョーはおもしろがり、同情してくれた。注文した料理をウエイトレスが運んできた。エビとカニの詰め物をしたコバンアジのホイル焼きに、バターとワインを使ったブルーテソースをかけた料理だ。クリーミーでやわらかく、舌の上でとろけた。

「今日きみを連れだしたのには、もうひとつ目的があるんだ」ジョーが料理を食べながら言った。「これから動物保護施設へ行って、新しく入ってきた犬の写真を撮るんだ。一緒に来て手伝ってくれないか?」

「いいけど……犬の扱いには慣れていないの」

「怖いのか?」

「そうじゃなくて、飼ったことがないから」

「だったら大丈夫だ。どうしてほしいか、ちゃんと説明する」

ランチを終え、動物保護施設へ向かった。煉瓦造りの小さな建物で、真っ白な窓枠がいくつも見える。看板には〈ハッピーテイル動物保護協会〉とあり、犬と猫の絵が描かれていた。ジョーはジープの後部からカメラバッグとダッフルバッグをとりだし、建物へ向かった。ロビーは明るくて気持ちがよく、訪問者は画面を見ながら譲渡可能な動物の写真を見たり、説明を読んだりできるようになっている。

くしゃくしゃの白髪をした年配の男性が、ブルーの目を輝かせながら挨拶をしようとカウンターから出てきた。「ミリーが連絡したのかい?」

「ええ、市の保護施設から四匹がこちらへまわされてきたとか」

「今朝、もう一匹追加されたよ」男性は愛想のいい表情でこちらを見た。

「エイヴリー、こちらはダン」ジョーが紹介してくれた。「ダンは奥さんのミリーと一緒に、五年前にこの施設を作ったんだ」

「何匹くらいいるんですか？」

「平均すると一〇〇匹くらいだよ。ほかの施設ではもらい手が見つからないような、ちょっと難しい子たちを受け入れているんだ」

「奥の部屋で待ってます」ジョーが言った。「いつでも一匹目を連れてきてください」

「わかった」

ジョーに案内されて、建物の奥にある広々とした運動部屋へ入った。床は白黒のチェック柄で、一面の壁際に赤いビニール張りの低いソファが並んでいる。ほかには犬のおもちゃが入ったバスケットと、スロープのついたプラスティック製のプレイハウスが置かれている。

ジョーはカメラをとりだしてレンズをつけ、露出と撮影モードを設定した。その慣れたすばやい手つきを見れば、これまで同じことを何度となく繰り返してきたのがわかる。「最初の数分は、どんな犬か観察するんだ。飼育放棄や暴力などの虐待を受けた子だと怯えやすかったりするから、すぐに近づくと犬はそれを脅威だと感じる。きみは言わば群れのリーダーみたいなものだから、相手の犬についてこさせるんだ。最初は目を合わさず、無視していればいい。そうすると、犬のほうからきみに慣れようとする」

ドアが開き、ダンが耳を一部食いちぎられている大きな黒い犬を連れてきた。「アイヴィー。ラブラドルレトリバーの雑種だ。有刺鉄線で片方の目を失明した。この色だから、誰もいい写真を撮ってくれなくてね」

「真っ黒な犬は光のあて方が難しいですからね。天井からフラッシュをたいても大丈夫だと思いますか？」

「猟犬だったから、フラッシュは問題ないよ」

ジョーはカメラを脇に置き、しばらく待った。アイヴィーが手のにおいをかぎに来ると、首をなでた。アイヴィーは見えるほうの目を気持ちよさそうに閉じ、ハアハアと息をした。

「いい子だ」ジョーは腰をおろし、胸と首をなでた。

アイヴィーはおもちゃの入ったバスケットのところへ行き、ワニのぬいぐるみを引っ張りだし、それをくわえてジョーのそばへ戻った。ジョーがぬいぐるみを放り投げると、器用に空中でくわえ、うれしそうに尻尾を振りながらジョーのもとへ運んだ。同じことが何度か繰り返された。しばらくするとアイヴィーはぬいぐるみを床に落とし、わたしのところへ来てにおいをかいだ。

「きみと知りあいになりたいんだ」

「どうすればいいの？」

「そのままじっとしていれば、アイヴィーが手のにおいをかぐ。そうしたら、喉をなでてやってくれ」

アイヴィーはまずスカートのにおいをかぎ、それから冷たい鼻を手に押しつけた。「こんにちは、アイヴィー」喉と胸をなでてやった。アイヴィーは顎を垂らして腰をおろし、尻尾で地面を叩いた。なでられているあいだ、ずっと目を閉じていた。

ジョーが写真を撮るときは、指示を受けながらレフ板を掲げた。アイヴィーは聞き分けのいい犬で、両足のあいだにぬいぐるみを置いたまま、赤いソファの上でのんびりしていた。

さらに三匹の犬が順番に連れてこられた。ビーグルの雑種と、ヨークシャーテリアと、短毛のチワワだ。ダンによれば、このチワワがいちばんもらい手を見つけるのが難しいらしい。体はベージュと白で、目が大きくて優しく、かわいらしい顔立ちをしているのだが、譲渡を困難にしている理由がふたつある。ひとつは年齢が一〇歳であること。もうひとつは歯がないことだ。

「もとの持ち主が老人ホームに入ったんだよ」ダンはその小さな犬を抱えたまま説明した。「この子は歯が悪くなって、結局全部抜くしかなかった」

「歯がなくても生きていけるんですか？」

「やわらかい餌をやれば大丈夫だ」ダンはチワワをそっと床におろした。「ほら、遊んでいいぞ、ココ」

ココがあまりに頼りなく見え、胸が痛んだ。

「チワワはどれくらい生きるものなんですか？」

「この子はあと五年というところかな。もう少し長生きできるかもしれん。友達のところのチワワは一八歳まで生きたんだ」

ココは不安そうに三人を見あげ、おずおずと尻尾を一回、そしてまた一回振った。わたしは胸が熱くなった。驚いたことに、ココは短い脚をぱたぱたと動かし、最初にわたしのもとへ来た。わたしは腰を曲げ、ココを抱きあげた。まるで鳥のように軽い。鼓動が指に伝わってくる。ココが体を伸ばしてわたしの顎をなめたとき、舌の先に細いひび割れができていることに気づいた。

「この子の舌はどうしてこんなに乾いているんです？」

「歯がないから、舌が口から出てしまうんだよ」ダンはドアへ向かい、肩越しに振り返った。

「じゃあ、よろしく頼む」

わたしはココをソファへ連れていき、そっとおろした。ココは耳を垂らし、尻尾をうしろ脚のあいだに入れ、こちらを見あげると、残念そうにハアハアと息をした。

「大丈夫よ」声をかけ、ソファから離れた。「じっとしていてね」

ココはだんだん落ち着かなくなり、ソファの端ににじり寄ると、今にも飛びおりてついてきそうな様子を見せた。しかたがなくソファに戻って腰をおろし、背中をなでてやった。ココが膝にのってきて丸まった。

「なんてかわいいの」思わず笑った。「ジョー、どうしたらこの子をひとりで座らせておける？」

「さっぱりわからないな」

「犬の扱いには慣れているんでしょう？」

「きみの膝よりビニールのソファのほうがいいぞと言っても説得力がないよ。そのまま抱いていてくれたらぼくがズームして、ココにだけ焦点が合うように撮ろう」

「背景をぼかすということね」

「そうだ。ココをもっとリラックスさせられるかどうか試してみてくれ。耳が垂れているのは怖がっている証拠だ」

「耳がどうなればいいの？」

「ぴんと立って、前を向けばいい」

ココにさまざまなポーズをとらせ、お行儀よくしていたらなんでもご馳走してあげると話しかけた。「これで耳はぴんと立っている？」

ジョーが笑みを浮かべた。「ばっちりだ」腰をおろし、何枚か連写した。

「この子、いい人に巡りあえるかしら？」

「うまくいくことを願うよ。年齢が高い犬はもらい手を見つけるのが難しいんだ。先が短いし、病気にもなるから」

ココが目を輝かせてこちらを見あげ、歯茎を出して笑ったように見えた。このかわいそうな犬の行く末がどうなるかを想像し、気が重くなった。

「人生がもっと単純で、わたしが違う人間だったら……この子を連れて帰るのに」

シャッターの音が止まった。「欲しいのか？」

「たとえ欲しくても、どうにもならないわ」悲しげな口調になったことに自分でも驚いた。

「気にすることはないさ」

「犬の飼い方なんてわからないもの」

「そうだな」

ココを持ちあげて眺めた。手足をだらりとさげ、尻尾を振り、小さなおばあさんみたいな顔でこちらを見ている。「ココ、あなたを飼うのは難しそうだわ」

ジョーが愉快そうな顔で近づいてきた。「無理をする必要はない」

「わかっている。だけど……」笑うしかなかった。「この子を置いて帰るのかと思うと胸が痛くて」

「とりあえず今日はこのまま帰って、ひと晩考えたらどうだ？　明日、また来ることもできる」

「今日連れて帰らなかったら、もう来ないと思う」ココを膝に置いて背中をなでてやりながら、どうすればいいかと思案した。ココはドーナツのように丸くなり、目をつぶった。

ジョーが隣に腰をおろし、黙って肩を抱いてくれた。

「ジョー」二分ほどして声をかけた。

「なんだ？」

「この子を家に連れ帰ったら、何か役に立つことはない？　わたしを守るには小さすぎるし、介助犬も牧羊犬もいらないんだけど……ねえ、何か言ってみて。お願い」

「三つあるな。まず、犬は無条件の愛を注いでくれる。それから、犬を飼うのはストレス緩和に役立つ。それに……」ジョーはわたしの顔を自分のほうへ向かせ、親指で顎をなでた。

「この子が欲しいなら、もらったらどうだい？」

帰り道、ペットショップに寄って、犬を飼うのに必要な基本的なものをそろえた。そのほかに、両サイドにメッシュの窓があって内部がクッション敷きになっている、犬用のキャリーバッグを買った。ココをキャリーバッグに入れると、ひょいと首を出し、あたりを見まわした。こういうふうにバッグに犬を入れて連れ歩いている女性をときどき見かける。わたしもその仲間になったというわけだ。ただし、わたしのキャリーバッグに入っているのはふわふわしたポメラニアンでもティーカッププードルでもなく、歯のないチワワだ。

帰宅したとき、事務所には誰もいなかった。ジョーが車から荷物を家の中へ運んだ。そこには犬用の家であるクレートや、特別なドッグフードの缶詰も含まれている。クレートの中にマットを敷いてやわらかい毛布を入れてやると、ココはうれしそうに丸まった。

「本当はお風呂に入れてあげたいんだけど、今日は興奮して疲れているだろうから、新しい家に慣れるまでしばらくそっとしておくわ」

ジョーはドッグフードの缶詰をカウンターに置いた。

「すでにベテランの飼い主みたいだな」

「そう?」その缶詰を食品貯蔵棚にしまった。「ソフィアに怒られそう。相談もしないで連れ帰ってしまったんだもの。でも、ソフィアがだめと言っても同じことをしたと思うわ」

「ぼくにプレッシャーをかけられたと言えばいい」

「そんなのは通じないわ。わたしは自分が納得しないことはしない人間だって知っているもの。だけど、ありがとう」

「どういたしまして。じゃあ、そろそろ帰るよ」

ジョーが近づいてきたのを見て、期待で鼓動が速くなった。「ランチをご馳走様」

ジョーは優しい目をした。「こちらこそ、撮影を手伝ってくれてありがとう」たくましい胸に抱きしめられ、背中へ手をまわした。この清潔で自然な香りにもだんだんなじんできた。コロンの香りよりずっといい。ジョーが腕を離した。「じゃあ、エイヴリー」かすれた声で言った。

ジョーが玄関へ向かうのを、目を丸くしながら見つめた。「ジョー……」

ジョーがドアノブにかけた手を止め、肩越しに振り返った。

「あの……」顔が赤らんだ。「キスはなしなの？」

ジョーの唇にゆっくりと笑みが浮かんだ。「そうだ」玄関を出て、静かにドアを閉めた。

むっとしながらドアをにらんでいると、ココがそろそろとクレートから出てきた。

「何よ、あれ」声に出して言い、小さな円を描きながら、ぐるぐると歩きまわった。「わたしをランチに連れだして、チワワと一緒に送り届けておいて、さよならのキスも次に会う約束もなし？　いったいどういうつもりなの？　こんなのデートと呼べる？」

ココは何かを待っているような顔で、こちらを見あげている。

「おなかがすいたの？　それとも喉が渇いた？」キッチンの隅を指さした。「あなたの食べ物と水はあそこよ」

ココは動かなかった。

「テレビでも見る？」

細い尻尾を振った。

薄型テレビをつけ、チャンネルを変えていると、ソフィアとふたりで見ているテレノベラ（ラテンアメリカで製作されるスペイン語のメロドラマ）を放映していた。演出はわざとらしいし、登場人物の髪型やメイクは一九八〇年代のようだが、ストーリーには中毒性の魅力があり、どうしても結末まで見ずにはいられない。

　ココのために芝居っけたっぷりに英語の字幕を読んでやった。「〝この怒りの代償は大きいぞ！〟」「〝今こそ、愛のために戦わなくてはいけないのよ！〟」コマーシャルになり、ココの舌をエビアンのスプレーで湿らせているとき、はたと気づいた。「ちょっと待って。翻訳なんていらないじゃない。だってチワワ（原産地はメキシコ）なんだもの。スペイン語はわかるでしょう？」

　玄関のドアが開き、そして閉まる音が聞こえた。肩越しに振り返ると、ソフィアがうんざりした顔をして帰ってきた。

「どうしたの？」

「ジムにいい男がいるって話をしたのを覚えてる？」

「いつも二二番のスピンバイクを使う人ね」

「そう、そいつ。一緒に飲みに行ったのよ」ソフィアは深々とため息をついた。「最低だったわ。全然、会話が続かないの。バナナが熟すのを見てるほうがまだましってくらい退屈だった。体を鍛えることにしか興味がないのよ。ジムの予定があるから旅行には行かないんだって。本も読まないし、ニュースも見ない。いちばんひどかったのは、一時間ずっと携帯電話をいじってたことよ。普通、デートの最中に誰かとEメールのやりとりなんかする？　あんまり頭に来たから、自分の飲み代分の二〇ドル紙幣をテーブルに叩きつけて、〝携帯電話でお楽しみの時間を邪魔したくないから〟と言って帰ってきちゃった」

「あら、まあ」

「ジムで彼のヒップを眺める楽しみまでなくなったわ」カウンターにある充電器に携帯電話をつないだ。「ランチはどうだった？」

「おいしかったわよ」

「ジョーは？　楽しかった？　すてきだった？」

「楽しかったわ。あのね……告白しなきゃいけないことがあって……」

ソフィアが興味津々とこちらを見た。「どうしたの？」

「ランチのあと、ショッピングに行ったのよ」

「何を買ったの？」

「ベッドと首輪」

ソフィアが眉をあげた。「初めてのデートでSMごっこ？」

「本物の犬のためのベッドと首輪なの」

ソフィアはぽかんとした。「誰の犬？」

「うちの子」

ソフィアはソファをまわりこみ、信じられないとばかりの顔でココを見た。ココはわたしにしがみついて震えだした。

「名前はココよ」

「どこに犬なんかいるのよ。目が飛びでたモグラしかいないじゃない。それに、ここまでにおいが漂ってくるくらいくさいわ」

「ココ、あんな人の言うことを聞いちゃだめよ。美容室を変えれば美人になるから」

「前にわたしが犬を飼ってもいいかって訊いたら、絶対にだめだと言ったくせに」

「今でもそう思っているわよ。普通の大きさの犬はね。でも、こんなに小さな子なら問題ないわ」

「チワワは嫌いなの。おばが三人チワワを飼ってたんだけど、特別な餌がいるし、特別な首輪を買わなきゃいけないし、ソファにのぼるのだって特別な踏み段を置いといてあげなきゃいけないのよ。それに、一日に五〇〇回くらいおしっこをするんだから。犬を飼うなら本物がいいわ。一緒にランニングができるやつ」

「ランニングなんてしないくせに」

「犬がいないからよ」

「じゃあ、この子と走れば?」

「無理よ。一キロも走らないうちに死んじゃうわ」

「あなただって一キロも走れないじゃない。見たことあるんだから」

ソフィアは怒った顔をした。「わたしも犬を買ってくる！　本物の犬よ」

「買ってくれば？　五匹ぐらい連れて帰ってきてよ」

「言ったわね」ソフィアは顔をしかめた。「そのチワワ、どうして舌を出してるの？」

「歯がないから」

ソフィアと目が合った。

「だから口の中におさめておけなくて、いつも舌が乾いているのよ。ペットショップの店員が言うには、毎晩オーガニックのココナッツオイルでマッサージをして、一日に何度も水をスプレーしてあげれば……何がそんなにおかしいのよ？」

ソフィアは腹を抱えて笑い、息が詰まって話すこともできなかった。「だって、あなたは美しいものとか趣味のいいものが好きなのに、こんなに不細工でもじゃもじゃのチワワを飼うなんて！　おまけに、なんとまあ《ディオス・ミオ》、歯がないの？」わたしの隣に腰をおろし、ココに手のにおいをかがせた。ココはお行儀よくにおいをかぎ、ソフィアになでてもらった。

「歯がなくたっていいじゃない。〝ジョリ・レド〟なんだから」わたしは言った。

「何、それ？」

「フランス語。いわゆる美人ではないけど、個性的な魅力がある女っていう意味よ。ケイト・ブランシェットとか、メリル・ストリープとか」

「その子をもらってきたのはジョーに言いくるめられたからなの？　それとも、彼に優しい性格だと思われたかったから？」

じろりとソフィアを見た。

「わたしがそんなふうに考えるわけがないじゃない。わかるでしょう？」

ソフィアはうなずいた。「おいで、メリル・ストリープ」わたしの膝にのっているココを呼び寄せようとした。「おいで、いい子ちゃん《ベン・アキ・ニーニャ》」

ココはあとずさりし、不安そうにハアハアと息をした。

「歯がないうえに、今度は喘息？」ソフィアはソファの端にもたれかかり、ため息をついた。

「明日、母が来るの」

「もう、そんなになるんだった？」顔をしかめた。

ソフィアの母親であるアラメダは、二、三カ月おきにサンアントニオから車で来て、毎回、ヒューストンに一泊していく。その都度ソフィアに友人や健康や仕事のことや、果ては男性関係についてまで何時間も根掘り葉掘り質問するのだ。娘が家族や親戚を置いてこんな遠くの街へ来たことと、ルイス・オリサガという青年との交際を終わらせたことをいまだに怒っている。

親戚はこぞってソフィアをルイスと結婚させようとした。ルイスの両親が金持ちだからだ。だがソフィアに言わせれば、ルイスは尊大でうぬぼれが強く、ベッドでも下手くそだったらしい。アラメダはわたしのことも責めている。娘をそそのかしてルイスと別れさせ、ヒューストンまで呼び寄せたと思っているからだ。そのせいで、わたしに対して礼儀正しい態度をとることができない。

わたしはソフィアのためだと思い、アラメダに愛想よくしている。それに、わたしの父が傷つけたことを思うと同情も覚える。だが、アラメダのソフィアに対する態度は目に余るものがあった。元夫に対して怒りをぶつけることができないものだから、矛先を娘に向けているのだ。ソフィアがそれをどう感じているのか、わたしには痛いほどよくわかる。母親が帰ると、いつもソフィアは一日か二日ほど落ちこんでしまう。

「この家に泊まるの？」

「いいえ、ペアベッドの下の段は腰が痛くなるからいやなんだって。明日の午後、ホテルにチェックインして、午後五時にここへ食事に来るわ」

「外食すればいいのに」

ソフィアはソファの背もたれに頭をのせ、ゆっくりと首を横に振った。

「わたしに料理をさせたいのよ。そうすれば文句をつけられるから」

「わたしはいないほうがいい？」

「いてくれたほうがうれしいわ」ソフィアは力なくほほえんだ。「あなたは母が放つ矢をそらすのがうまいもの」

「なるべくたくさん矢をそらすよう努力するわ」ソフィアに対して深い愛情を覚えた。「任せて」

# 14

ソフィアはあれこれと知恵を絞り、さまざまな検討を重ね、ワーナー家のためにふたつのプランを作った。ひとつは伝統的で正式な結婚式で、充分に実行可能であり、かつ印象的なものとなっている。まずメモリアル・ドライブ・メソジスト教会で挙式を行い、そのあと真っ白なリムジンで車列を組んで、招待客をリヴァー・オークス・カントリークラブへ送り、そこの舞踏室で披露パーティとなる。優雅で趣味深く、誰もが期待するような結婚式になるはずだ。だが、それはこちらがワーナー家に選んでほしいプランではない。

断然おすすめなのはふたつ目のプランだ。場所はダラスのホワイト・ロック湖に面したフィルター・ビルディング。美しい湖の景色を一望できる歴史的建造物で、持ち送り積みや、むきだしの鉄製トラスや、大きな窓があるインダストリアルデザインだ。建築家であるライアンが気に入るのは間違いない。

ソフィアは、アメリカがまだ大恐慌（一九二九年ウォール街のニューヨーク株式市場大暴落を契機として起こった世界的な恐慌）を知らない、華やかなりし時代に建てられたこの建築物からインスピレーションを受け、フィッツジェラルドの小説『グレート・ギャツビー』に出てくるパーティを想起させる、クリーム色と褐色とゴールドを基調とする豪華な結婚式を考えついた。花嫁付添人の衣装には当時流行した、ビーズをふんだんに使ったドロップウエストのワンピースを選び、花婿付添人はタキシード着用とした。テーブルクロスもビーズで飾りつけ、テーブルを飾るフラワーアレンジメントはランとプラムだ。また、招待客をダラスのホテルからホワイト・ロック湖まで送る車は、ロールス・ロイスやピアース・アローのクラシックカーを用意した。

「でも、新鮮味のあるものにするわ」ソフィアは言った。「当時の華麗さを表現しながらも、現代風にアレンジするの。ジャズ・エイジ（アメリカの社会・芸術・文化が華やかだった一九二〇年代を表す言葉）の雰囲気は欲しいけど、あんまり忠実に当時を再現すると仮装パーティみたいになってしまうもの」スタッフは全員そのプランを気に入った。

ひとり、スティーヴンを除いては。

「『グレート・ギャツビー』は悲劇で終わる話ですよ」スティーヴンは言った。「個人的には、権力と拝金主義と裏切りをテーマとした結婚式は好きじゃありません」

「それは残念ね」ソフィアが言った。「あなたにぴったりなのに」

険悪な雰囲気を察知し、ヴァルが口を挟んだ。「『グレート・ギャツビー』は誰もがタイトルを知ってるのに、読んだ人は少ない小説ですもんね」

「ぼくは読んだ」スティーヴンが言った。

「読書感想文の課題図書だったとか？」ソフィアが軽蔑するように言った。

「いいえ、ただ興味があったからです。『グレート・ギャツビー』みたいな小説は〝文学〟

と呼ばれるんです。あなたもそのうちに挑戦してみるといい。スペイン語のテレノベラにかじりついてたら、そんな時間はとれないでしょうけどね」

ソフィアは不機嫌な顔になった。

「よく言うわ。あなただってばかげたスポーツ番組ばかり見てるじゃない」

「はい、そこまで」わたしは仲裁に入り、スティーヴンをにらんだ。

スティーヴンはそれを無視し、携帯電話を手にとった。「ちょっと外で電話をかけてきます。ここにいたら、あなたたちの声がうるさくて聞こえませんから」

スティーヴンが外へ出ていくと、タンクが言った。

「今日は大目に見てやってくれ。あいつ、この週末に恋人と別れたんだ」

ソフィアが目を丸くした。「恋人なんかいたの？」

「二週間前につきあいだしたばかりだった。ところが、日曜日にスティーヴンの家でアメフトの試合を見てたとき、突然彼女がテレビの音量をさげて、別れようと言ったんだとさ。あなたはいつも上の空だってな」

「スティーヴンはなんて答えたの？」

「その話はハーフタイムまで待ってくれ、だと」女性陣が顔をしかめたのを見て、タンクはスティーヴンをかばった。「男ってのはカウボーイみたいに振る舞うのが好きなんだ」

玄関のベルが鳴った。

「母さんだわ」ソフィアがつぶやいた。

「全員、戦闘態勢に入って」わたしは冗談めかして言ったが、半ば本気だった。前回、ソフィアの母のアラメダが訪ねてきたとき、スタッフは全員が彼女に会っている。だから、すぐさま退散しようと、それぞれが自分の持ち物を手にした。アラメダと世間話をするのは苦痛だった。どんな話題であろうが、まるでロシアのマトリョーシカのように次々と、うんざりするほど不平不満を並べたてるからだ。

ソフィアは立ちあがり、ターコイズブルーのトップスの裾を引きおろすと、しぶしぶ母親を歓迎に向かった。背筋を伸ばして玄関のドアを開け、明るい声を出した。「母さん、元気だった？　ドライブは……」

ソフィアは黙りこみ、鎌首をもたげたコブラに遭遇したとでもいうようにあとずさった。わたしは反射的にソファから立ちあがり、ソフィアのそばへ寄った。ソフィアは血の気の失せた顔をしている。チークのピンク色だけが浮きあがり、それがパニックに陥ったことを示す信号旗のように見えた。

戸口にアラメダ・カンテーラが立っていた。いつものごとく目には冷ややかな色を浮かべ、口元には人生に欺かれた苦々しさをたたえている。小柄でほっそりとした女性で、今日はスーツのジャケットにショッキングピンクのブラウス、それにジーンズという服装だ。豊かな黒髪をうしろでシニヨンにまとめている。顔のまわりに垂らせば、きつい表情がいくらかでも和らいで見えるかもしれないのにもったいない。だが目鼻立ちは整っており、若いころはさぞ美人だっただろうと想像できた。

アラメダはまだ二〇代とおぼしき男性を連れていた。髪は黒く、背は低いが筋肉質の体をしており、アイロンをかけたカーキ色のパンツにきちんとしたボタンダウンのシャツを着ている。ハンサムではあるが、きざで小ずるそうな顔をしており、あまり印象はよくなかった。

「エイヴリー」ソフィアが言った。「彼がルイス・オリサガよ」

嘘でしょう?

アラメダの性格はわかっているつもりだったが、娘の元恋人をここへ連れてくるのはやりすぎだ。招待した覚えはないし、歓迎もできない。ルイスは暴力こそふるわなかったものの、ソフィアを支配しようとし、彼女が自立することを絶対に許さなかった男だ。

そんな交際をソフィアが終わらせたがっていたことに、ルイスはまったく気づいていなかったらしい。ソフィアが別れを告げてヒューストンへ行ってしまうと、一カ月ほど荒れに荒れ、酒量が増え、バーで喧嘩をし、家具を壊した。それから一年も経たないうちに一七歳の女性と結婚し、子供ができた。そのことをアラメダは怒りとともに娘に伝え、本当は自分の孫だったはずなのにと嘆き、ソフィアに早く子供を作れと迫った。

「どうしてここに?」ソフィアはルイスに尋ねた。その声があまりに幼く、か細く聞こえたので、わたしはソフィアを背中のうしろに隠したくなった。できるものなら、さっさと帰れと言いたい気分だ。

「わたしが誘ったのよ」アラメダは攻撃的なくらい明るい声で答えた。目は笑っていない。「ここまで来る道中が長すぎて、ひとりじゃ寂しいんだもの。だからといって、おまえはちっとも訪ねてきてくれないし。ルイスに言ったのよ。娘はまだあなたのことを忘れられないから、いまだに結婚しないんだって」

「だけど、彼は結婚してるわ」ソフィアは戸惑いの表情を浮かべ、ルイスを見た。

「離婚したんだ」ルイスが答えた。「あの女にはなんでも与えて甘やかしすぎた。それでつけあがって、わがままを言って家を出ていったのさ」

「よく言うわ」わたしは我慢できずに、辛辣な口調で言った。

わたしの嫌みは完全に無視された。

「息子がいるんだ。ベルナルドという名前でね」ルイスはソフィアに言った。

「かわいい子なのよ」アラメダがつけ加えた。

「もうすぐ二歳になる」ルイスが続けた。「二週間に一度、週末に会ってるんだ。息子を育てるのを手伝ってくれる人が欲しい」

「ソフィア、おまえは本当に運のいい娘ね」アラメダが言った。「ルイスがもう一度、チャンスをくれると言ってるの」

わたしはソフィアに向き直った。「ありがたくって涙が出るわ」皮肉をこめて言った。

ソフィアは震えていて、ほほえむことさえできなかった。「ルイス、突然訪ねてくるなんてひどいわ。別れたとき、二度と会いたくないと言ったのに」

「アラメダがいろいろ教えてくれたんだ」ルイスが言った。「お父さんが亡くなって悲しみに暮れてるときに、ヒューストンへ来るようお姉さんに巧みに言いくるめられたんだってな。

だから、まともに考えられなかったんだ」

わたしが反論しようとすると、ソフィアがこちらを見もせずに手で制した。

「ルイス、別れた理由はわかってるはずよ。あなたのところへは戻らない」

「あのころとは状況が違う。おれは変わったんだ、ソフィア。今ならきみを幸せにできる」

「ソフィアは今、幸せよ」わたしは怒りを爆発させた。

アラメダがいかにも邪魔だという目でこちらを見た。

「エイヴリー、あなたには関係のない話でしょう。これは家族の問題なんだから」

「エイヴリーに失礼なことを言うのはやめて」ソフィアが怒りで顔を真っ赤にした。「エイヴリーはわたしの家族よ」

三人が一斉射撃のようにスペイン語でまくしたてはじめた。聞きとれたのは、ほんのいくつかの言葉だけだ。背後ではリー＝アンとヴァルとタンクが、バッグやノートパソコンを抱えて立っている。

「手を貸そうか」タンクが意味ありげに尋ねた。

タンクがいてくれることに感謝しながらも答えた。「もうちょっと待って」ソフィアがどんどん追いつめられているのが伝わってくる。ソフィアをかばいたくて、一歩前に出た。

「お願いだから英語で話して！」だが、誰も聞いていなかった。「ソフィアは立派に生きているわ。仕事も順調だし、ちゃんと自立している」誰も反応を示さないのを見て、ついに叫んだ。「恋人もいるわ！」

ようやく静まり返ったのを見て、わたしは満足した。

「そうなの」ソフィアが声をあげた。「いい人ができたの。結婚の約束をしてるわ」

アラメダがこれ以上ないくらいに目を細め、疑わしそうな表情を浮かべた。

「そんなこと、ひと言も話してくれなかったじゃないの。いったい誰なの？　名前は？」

ソフィアは口を開きかけた。「名前は……」

「失礼」スティーヴンが半分開いた玄関のドアを肩で押し開けながら入ってきた。わたしたちが険しい顔つきで黙りこくっているのを見て、問いかけるように眉をひそめた。「どうしたんです？」

「愛しい人《ケリード》！」ソフィアはスティーヴンに飛びついた。

そして反応する暇も与えず、首根っこに抱きつき、顔を引き寄せて唇を押しあてた。

# 15

突然ソフィアにキスをされ、スティーヴンは固まった。わたしは息を詰めた。どうか突き放しませんように。スティーヴンは操り人形のように両腕を宙に浮かせ、それをゆっくりとソフィアの肩におろした。お願い、ソフィアに同情してあげて。今日だけでいいから。

スティーヴンは、とても同情からだとは思えない反応を見せた。ソフィアを抱きしめ、ゆっくりと濃厚なキスを返しはじめたのだ。まるで、ソフィアの唇には中毒性があり、少しずつ味わわないと過剰摂取になるとでもいうように。周囲がまったく見えていない情熱的なキスに、室温があがった気がした。

うしろで、ドスンという音がした。タンクがノートパソコンをとり落としたのだ。タンクとリー＝アンとヴァルは口をぽかんと開け、驚いた顔をしている。

タンクは腰をかがめてノートパソコンを拾った。

「大丈夫だ。落ちたのは絨毯の上だから、へこんではいない」

「誰もあなたのノートパソコンの心配なんてしてないと思うわ」リー＝アンは啞然としてスティーヴンとソフィアを見つめている。

「もう帰っていいわ」わたしは裏口を指さした。

「あら、わたしったら、コーヒーメーカーを洗うのを忘れてました」ヴァルが言った。

「手伝うわ」リー＝アンがつけ加えた。

「帰って」わたしはきっぱりと命じた。

三人は何度も肩越しに振り返りながら、残念そうにキッチン脇の裏口から出ていった。

スティーヴンは唐突に顔を離し、頭をはっきりさせようとしてか首を振った。真っ赤な顔をしているソフィアを見つめてから、玄関のドアのそばに立っているふたりへ視線を移した。

「いったい——」

「母さんが遊びに来たの」ソフィアが早口で説明した。「わたしが昔、つきあっていたルイスを連れて」

わたしはこぶしを握りしめ、スティーヴンの反応を見守った。スティーヴンはソフィアの過去を知っている。だから今、ソフィアが追いつめられた状況にあることを理解するはずだ。もしこれを絶好の機会とばかりにソフィアに恥をかかせようとしたら……ソフィアを窮地に追いこもうとしたら……すべてはスティーヴン次第だ。

「ちょっとした誤解なの」ソフィアはスティーヴンの目を見つめ、必死に説明した。「母さんはわたしとルイスがよりを戻せるんじゃないかと思って、彼をここへ連れてきたの。だから、その可能性はないと言ったのよ。だって……だって……だって……」

「ぼくときみがつきあってるから？」スティーヴンが問いかけるように言った。

ソフィアは勢いよくうなずいた。

「この顔には見覚えがあるわ」アラメダが責めたてた。「ここで働いてる人でしょう？　おまえはこの人を嫌いだと言ってたじゃない！」

スティーヴンの表情は見えなかったが、その声は温かかった。「ひと目惚れというわけではなかったけど……」スティーヴンはソフィアの肩に腕をまわしたまま、観念したように答えた。「最初からお互いに気になる存在だったんです」

「そうなの！」ソフィアがすかさず答えた。

「好きな気持ちが真剣であればあるほど、お互い素直になれない場合もありますからね。それに、自分がソフィアみたいな人に恋をするとは思ってなかったし……」

ソフィアが顔をしかめてスティーヴンを見あげた。「どういう意味よ？」

スティーヴンはソフィアの目を見つめ、髪に指をからめた。「たとえば……きみは信じられないほど楽天的だ。それに、クリスマスの三カ月も前から飾りつけを始める」耳たぶをなぞり、頬に手をすべらせた。「仕事で企画を考えているとき、興奮しだすとよからぬたくらみを思いついた悪者みたいに両手をこすりあわせる。普通の人なら気絶してしまいそうなほど辛いものを平気でしょっちゅう食べる。サーモンはサルモン、パジャマはパハマと発音する。電話のベルが鳴ると全部自分にかかってきたものだと思いこむし、そのくせ本当にきみにかかってきたときはどうせ違うと考える。この前なんて、きみが会社の駐車場に車を停めるのを見てたら、陶酔しながら声を限りに絶唱していた」ほほえみを浮かべた。「だから、きみのそういうところが好きなんだと気づくのに、ちょっと時間がかかったんだ」

ソフィアは口もきけなかった。

ほかの三人もだ。

スティーヴンはソフィアから視線を離し、握手をしようとルイスへ手を差しだした。「スティーヴン・キャヴァノーだ。ソフィアをとり戻したい気持ちはわかるが、彼女はぼくのものだ」

ルイスは握手を拒み、腕組みしてスティーヴンをにらみつけた。

「お嬢さんをくださいと言われた覚えはないわ」アラメダがきつい口調でスティーヴンに言った。「それにソフィアは指輪をつけてない。婚約したのに指輪をしてないなんておかしいじゃないの」

スティーヴンは状況をのみこんだ様子で、ソフィアを見た。「婚約のこと、もうお母さんに話したのかい？」ゆっくりと尋ねた。

ソフィアが緊張した顔でうなずいた。

「正確に言うと、婚約しようという約束をした段階なんです」わたしは口を挟んだ。「アラメダ、スティーヴンは今夜そのことをあなたに話すつもりだったんですよ。食事のあとで」

「一緒に食事なんかしないわよ」アラメダが答える。「わたしはルイスを招待したんだから」

「わたしが先にスティーヴンを招待したのよ」ソフィアが言った。

「もういい！」ルイスが声をあげた。「ソフィア、ふたりだけで外で話そう」ソフィアの肩をつかもうと腕を伸ばした。

スティーヴンがすかさずルイスの手を振り払い、ソフィアの前に立ちはだかった。「彼女に触るな」その殺気に満ちた口調に、わたしは首筋がぞくっとした。スティーヴンらしくない。何があってもとり乱さないことを誇りにしている人なのに。

「スティーヴン」手に負えない状況になるのを避けようと、ソフィアが割って入った。「愛しい人《ケリド・ミオ》、大丈夫だから……彼と外で話してくるわ」

スティーヴンがルイスをにらみつけた。「ソフィアはぼくのものだ」

ふたりは敵意をむきだしにして威嚇しあった。わたしはタンクを帰したことを後悔した。以前、タンクには殴りあいの喧嘩を止めてもらったことがある。今こそタンクにいてほしいのに。

「ルイス」アラメダが動揺した声で言った。「悪いけど、先にホテルへ戻っていてもらえない？　娘のことはわたしがなんとかするから」

「母さんにそんな権利はない！」ソフィアが言った。「わたしは操り人形じゃないのよ。母さんにあれこれ決めてもらわなくても、自分で判断できるわ！」

アラメダは口元を震わせ、目に涙を浮かべた。ハンドバッグからティッシュペーパーをとりだす。「わたしはおまえのためならどんなことでもしてきた。おまえに人生を捧げてきたのよ。おまえが間違いばかり犯すから、それを止めたいだけなのに」

「いいかげんにして！」ソフィアが声をあげた。「ルイスとわたしじゃ合わないの」アラメダはひと目もはばからずに泣きじゃくった。ソフィアはルイスに顔を向けた。「ごめんなさい。あなたと息子さんが幸せになることを祈ってるわ」

「エレス・バボサ！」ルイスが怒鳴った。ソフィアが身をこわばらせたところをみると、侮辱の言葉なのだろう。「おまえがどうしようもないほど頭が悪くて怠け者で、ベッドではただ寝っ転がってるだけだとわかったら、この男だって愛想を尽かすさ。おまえをはらませておいて、捨てるに決まってる。おまえの父親がアラメダにそうしたみたいにな」

「ルイス！」ショックのあまり、アラメダの涙が止まった。

ルイスが苦々しい口調で続けた。「そのときに泣きついてももう遅いぞ。身から出たさびだ。おまえがふしだらな――」

「いいかげんにして！　それ以上聞きたくないわ」わたしは叫んだ。スティーヴンが自制心を失いそうになっているのに気づき、足早に玄関へ行ってドアを開けた。「タクシーを呼んでほしいなら電話するけど？」

ルイスはひと言も発さず、大股で玄関から出ていった。

「ルイスにどうやってホテルに帰れというの？」アラメダが泣きながら尋ねた。「わたしの車で来たのよ」

「自分でなんとかするでしょう」わたしは答えた。

アラメダはティッシュペーパーで涙を拭いた。マスカラが落ち、目のまわりがアライグマのようになっている。「ソフィア、おまえがルイスを怒らせたせいよ。だから、かっとなってあんなことを言ったんだわ」

わたしは苦々しい思いをかみ殺し、アラメダの肩に手を置いて奥へ連れていった。

「その廊下の先にトイレがあります。メイクを直してきたほうがいいんじゃないですか」

アラメダは慌てたような声をあげ、トイレへ急いだ。

振り返ると、スティーヴンがソフィアを抱きしめていた。「巻きこんじゃってごめんなさい」ソフィアがみじめな声で言った。「こうする以外いい考えを思いつかなくて……」

「謝らなくてもいい」スティーヴンは顔を傾け、ソフィアの頭を支えたまま唇にキスをした。

ソフィアが息をのむ音が聞こえた。

わたしは面食らい、何も見なかったふりをしてキッチンへ入った。手だけを動かし、食器洗い機からきれいな皿をとりだした。

「料理を手伝うよ」ようやくスティーヴンの声が聞こえた。「何を作るんだい？」

ソフィアがぼんやりと答えた。「忘れちゃったわ」


それからのスティーヴンは完璧な恋人そのものだった。今までに見たことがないほど愛想がよく、愛情にあふれていた。どこまでが芝居なのかわからないほどだ。料理を手伝うと言い張り、アラメダがまだカウンターのスツールに腰をおろす前から、ずっとソフィアを見つめている。

スティーヴンとソフィアは長く一緒に仕事をしてきたものの、馬が合ったことは一度もなかった。だが、今日は違う。ふたりのあいだに新しい関係が生まれたのだ。やっとお互いに優しくできるようになったらしい。

ソフィアは親戚の料理店で働いた経験があり、料理の腕はプロ並みだ。今夜はアラメダの好きなチキンモーレを作った。前菜には、薄くてぱりっとした手作りのトルティーヤ・チップスを揚げ、なめらかに裏ごししたサルサソースをつけた。わたしには舌がやけどしそうなほど辛い。

スティーヴンがマルガリータを作っているあいだに、わたしはココをアラメダのところへ連れていった。わたしとアラメダには共通の話題が何もなかったが、ようやくひとつ見つけることができた。アラメダを含め、ソフィアの親戚はみんなチワワ好きだ。アラメダはココを膝にのせ、スペイン語で優しく話しかけ、ラインストーンの飾りがついたピンクの革製の首輪をかわいいと言って褒めた。わたしがチワワの話ならなんでも喜んで聞くことを知り、ココに餌をやりながら、グルーミングについてアドバイスしてくれた。

ローストしたばかりのコーンに砕いたホワイトチーズと刻んだコリアンダーをまぜ、クリーミーで香りのいいライム・ドレッシングをかけたサラダを、スティーヴンはソフィアに見せた。「どうだい？」

ソフィアは冷蔵庫に向かいながら、スペイン語をまじえて返事をした。

「なんだって？」スティーヴンが尋ねた。

ソフィアは冷蔵庫からコーヒーに漬けこんだチキンの容器をとりだした。

「もうちょっとドレッシングをかけたほうがいいかもと言ったの」

「そうじゃなくて、スペイン語の部分だよ。なんて言ったんだい？」

「たいしたことじゃないわ」ソフィアは顔を赤く染め、重い鉄鍋を調理用コンロにのせた。

「ありふれた言葉よ」

スティーヴンはソフィアを背後から挟みこむようにして、カウンターに両手をついた。

「ぼくのことなんだろう？　どういう名前で呼ばれたのか、ぜひ知りたいね」

ソフィアはさらに顔を赤くした。

「名前じゃないわ。その……英語に訳すほどの言葉じゃないの」

スティーヴンは引きさがらなかった。「それでも教えてくれ」

「メディア・ナランハ」

「意味は？」

「〝オレンジの半分〟」アラメダが答え、不機嫌な顔でマルガリータのグラスに手を伸ばした。

「英語にするなら、〝よきパートナー《ベター・ハーフ》〟とか〝魂の伴侶《ソウル・メイト》〟というところね」

たとえアラメダがそれまではふたりの関係を怪しんでいたとしても、疑念はこれですっかり晴れたに違いない。スティーヴンとソフィアは仲のいい恋人同士にしか見えない。わたしは不安になった。ワーナー家の結婚式を控えたこの時期に、妙な具合に感情がもつれ、それでもめるのは好ましくない。

それに明日になれば、スティーヴンがいつもどおりの態度に戻ってしまう可能性もある。

スティーヴンのことはよくわかっているつもりだが、今は何を考えているのか読めない。何ごともなかったように振る舞うこともありうる。ソフィアもそれを不安に思っているだろう。

甘くないメキシコのオアハカ産チョコレートと、スパイスと、乾燥唐辛子《チレ・ワヒージョ》を使ったソースで煮こまれたチキンは、ほっぺたが落ちそうなほどの絶品だった。スティーヴンはアラメダの質問に機嫌よく答えていた。両親はコロラドに住んでおり、もう三〇年も連れ添っている。父親は教師だったがすでに退職し、母親は今も生花店を営んでいる。一生、〈クロスリン・イベント企画〉に勤めるどうかはわからない。企業を相手にもっと大規模な企画運営を行いたいという希望もあるし、広告代理店にも興味を持っている。だが、今はこの会社でもっといろいろ学びたい、といったことだ。

「もっと給料が高かったら、ぜひともここに残りたいんだけどな」スティーヴンは淡々と言い、わたしとソフィアを笑わせた。

「この前のボーナスははずんだじゃない」わたしは怒ったふりをした。「医療保険もグレードアップさせたわ」

「特典があればいいんですけどね」スティーヴンは言った。「会社の経費でヨガ教室に通えるとか？」自然なしぐさで、ソフィアの椅子の背もたれに腕をかけた。

ソフィアはスティーヴンを黙らせようと、トルティーヤ・チップスを口の前に差しだした。スティーヴンはおとなしくそれにかじりついた。

アラメダは弱々しい笑みを浮かべながら、そんなふたりを見ていた。彼女がスティーヴンを好きになることはないだろう。わたしたち姉妹の父親であるイーライを思いだすからだ。顔が似ているというわけではない。だがスティーヴンは背が高く、髪はブロンドで、いわゆるWASP（アングロサクソン系白人プロテスタント）らしいハンサムな顔立ちをしている。スティーヴンはイーライとはまったく違うとアラメダに強調したいが、そんなことをしても無駄だ。どちらにしろ、娘が連れてくる相手など気に入るはずがないのだから。

デザートにメキシコ風プディングを食べ、濃いシナモンコーヒーを飲んだ。ようやく、アラメダが腰をあげた。帰り際の挨拶はぎこちないものになった。言葉にこそ出さないものの、お互いにいろいろ思っていることがわかるからだ。アラメダはルイスを連れてきたことを謝らなかった。ソフィアは不意打ちを食わせられたことを内心では怒っている。アラメダはスティーヴンに対しては最低限の礼儀を守った。一方、スティーヴンはどこまでも愛想がよかった。

「車まで送りましょうか？」スティーヴンがアラメダに尋ねた。

「いいえ、エイヴリーがいいわ」

「喜んで」アラメダにお帰り願えるのならなんでもする。

敷地内にある駐車場へ出た。アラメダは車の運転席に乗りこみ、ドアを開けたままため息をついた。

「彼はどういう人なの？」こちらを見もせずに尋ねた。

真面目に答えた。「いい人ですよ。問題が起きても逃げたりしないし、非常事態に直面しても落ち着いています。車輪のついているものならなんでも運転するし、心肺蘇生法を知っているし、配管工事も基本的なものならこなします。一日一八時間労働になろうが、愚痴ひとつ言わずに働きますし、必要ならそれ以上だって引き受けます。保証しますよ、アラメダ。スティーヴンは父とは違います」

アラメダは暗い表情のまま、皮肉な笑みを浮かべた。

「男なんてみんな同じよ、エイヴリー」

「だったら、どうしてソフィアをルイスと結婚させようとするんです？」わたしは困惑した。「ルイスと一緒になれば、家族の近くに住んでくれるから」アラメダはつけ加えた。「本物の家族よ」

その言葉に怒りがこみあげたが、穏やかな口調を保とうと努めた。「あなたはチャンスがあればソフィアを攻撃しますけど、それがいい結果を生むとは思えないんです。ソフィアにそばにいてほしいのなら、もっと違う作戦をひねりだしたほうがいいですよ」

アラメダはこちらをにらみつけ、乱暴にドアを閉めてエンジンをかけた。その車を見送り、家へ戻った。ソフィアは食器洗い機の扉を閉め、スティーヴンはミキサーのガラス容器を拭いていた。ふたりとも黙りこくっている。何か話をしたのだろうか？

ココを抱きあげ、こちらへ顔を向けさせた。「お行儀よくして、いい子だったわね」ココが体を伸ばし、なめようとしてきた。「唇はだめよ。さっき、アラメダとキスしていたでしょう？」

スティーヴンがカウンターに置いてあった鍵束を手にとった。「じゃあ、ぼくは帰《ロール・アウト》るよ。おいしい料理をたらふく食べたから、腹がぱんぱんでころころ転《ロール・アウト》がって帰れそうだ」

「今夜はありがとう」ソフィアが感情を隠した声で言った。先ほどまでの陽気さは消え失せている。

スティーヴンも淡々と応じた。「どういたしまして」

どうにかして、ふたりきりにしてあげたかった。「よかったら、わたしはちょっと――」

「いや」スティーヴンがさえぎった。「ぼくはもう帰ります。また明日」

「わかったわ」ソフィアとわたしは同時に答えた。

スティーヴンが出ていくまで、わたしたちはどうでもいいことで手を動かした。わたしはペーパータオルをちぎり、水が一滴もついてないカウンターを拭いた。ソフィアは水道の蛇口をひねり、すでにきれいになっているシンクに水をかけた。スティーヴンがいなくなると、堰を切ったように話しはじめた。

「彼、何か言った？」

「いいえ、たいしたことは何も。サルサソースはとっておくのかとか、ビニール袋はどこにあるのかとか、そんなことだけ」ソフィアは両手で顔を覆った。「あんな人、大嫌い」驚いたことに、ソフィアは泣きはじめた。

「でも……」どう慰めればいいのかわからなかった。「今夜はあんなに優しかったじゃない」

「そうなのよ」ソフィアは吐き捨てるように言い、しゃくりあげた。「これじゃシンデレラだわ。ひと晩だけのお姫様よ。恋人みたいに振る舞ってとってても楽しかったけど、もう終わり。明日になれば、スティーヴンはかぼちゃになってしまう」

「王子様はかぼちゃにはならないわよ」

「じゃあ、わたしがなる」

ソフィアのためにペーパータオルを一枚ちぎった。「あなたはお姫様でしょう。かぼちゃになるのは馬車よ。お姫様はガラスの靴を片方なくして、がっかりしたネズミたちと一緒にとぼとぼ歩いて帰るの」

ソフィアは両手で顔を覆ったまま、泣きながら笑った。ペーパータオルを受けとって涙を拭いた。「スティーヴンが言ったことは本心だと思う。わたしのことが好きなのよ。わたしにはわかる」

「みんながわかったわよ。だからこそルイスはあんなに怒ってさっさと帰ったんだもの」

「だけど、スティーヴンがわたしとつきあいたいと思ってるかどうかは別だわ」

「つきあわないほうがいいのかもしれない。スティーヴンのことが好きならなおさらよ。傷を残さずにすむから」

「イーライの娘だからこそ理解できる言葉ね」ソフィアはペーパータオルを顔に押しあてたまま言った。

「でも、本当にそうなのかもしれないわ」

ソフィアは涙に濡れたペーパータオルの上から目だけを出して毒づいた。「父さんが言うことは嘘ばっかりだった。約束は破るし、アドバイスはろくでもないし、まさに女の敵よ。それなのに、どうして父さんと同じ男ばかりが楽な人生を送るの？」わっと泣きだし、自分の部屋へ駆けあがっていった。

# 16

ソフィアは言うまでもなく、わたしもほっとしたことに、ベサニー・ワーナーはジャズ・エイジをテーマとした結婚式を大いに気に入った。ホリスは、単純で直線的なデザインが特徴のアールデコ様式をとり入れるのは冷たい感じがすると言って、最初は渋った。ところがソフィアが、パールのネックレスやクリスタルのブローチを使った生花のフラワーアレンジメントなど、華やかさを演出するさまざまな品のスケッチを描いたりサンプルを見せたりすると、すぐに乗り気になった。

「でも、ベサニーには伝統的なウエディングドレスを着せたかったわ」それでもまだ、ぶつぶつと文句を言った。「今どきのデザインじゃなくて」

ベサニーは顔をしかめた。

「一九二〇年代からあるものを〝今どき〟とは言わないわよ、お母様」

「仮装パーティに見えるようなドレスには我慢がならないのよ」

わたしはソフィアの手からスケッチブックを奪いとり、母と娘のあいだに割りこんで腰をおろした。「わたしもそう思います。すべてを当時のようにするのではなく、正統派の要素も必要です。ウエディングドレスはドロップウエストでなく、こんな感じのものはいかがでしょう」鉛筆を手にとって、スリムラインでハイウエストのドレスをさらさらと描いた。ふと思いついて、シルクのチュールを使った前開きのオーバースカートを描き足した。「身頃部分にはビーズとスパンコールをふんだんに使います」幾何学的な装飾模様をつけ加えた。「頭はベールではなく、ダイヤモンドと真珠を使った二連のヘッドバンドを額につけるのはいかがですか？　それがお気に召さなければ――」

「これよ！」ベサニーが興奮した声をあげ、そのデザインに指を突きつけた。「こういうドレスがいいの。これにして」

「とてもきれいね」ホリスがうれしそうな顔をした。「今、思いついたの？　すばらしい才能ね」

わたしはほほえんだ。「では、こういった感じのデザインで――」

「こういった感じじゃなくて、まさにこのとおりがいいわ」ベサニーがさえぎった。

「エイヴリー、あなたがデザインすれば？」ホリスがすすめた。

わたしは動揺して首を横に振った。「もう何年もドレスのデザイン画なんて描いていませんから。それに仕事関係でつながりがあったのはニューヨークの人ばかりなんです」

「だったら、そのつてを使うといいわ」ホリスが言った。「仮縫いのためにニューヨークへ行かなくちゃならないなら、何度だって自家用機を飛ばすわよ」

打ち合わせが終わり、ベサニーとホリスが帰ると、ソフィアは興奮して言った。「まさかこんなにあっさりジャズ・エイジを選ぶなんてね。五分五分だと思ってたの」

「あら、わたしはホリスならスタイリッシュなほうが好きだと確信していたわよ。ファッション感覚が鋭いと見られたがっている人だもの」

「保守的《オールド・ガード》な人の気に障らない範囲でね」

わたしはにんまりして、ココをクレートから出した。

「オールド・ガードの中には、直接当時を知っている人もいるんじゃないかしら」

「どうしてココをクレートに入れておいたの？」

「犬が嫌いな人もいるから」

「ココのことが恥ずかしいんじゃないの？」

「この子の前でそんなことを言わないで」わたしは怒った。

「わたしの子じゃないもの」ソフィアは苦笑いを浮かべた。

「ココにマニキュアを塗るのを手伝って」

カウンターのスツールに並んで座り、ココを膝にのせた。

「スティーヴンに電話をかけて、ワーナー家の母と娘はギャツビー・プランを気に入ったと伝えないとね」子犬用マニキュアペンのキャップをとった。ラインストーンがついた首輪とおそろいのピンク色だ。

「あなたがかけて」ソフィアが言った。

ソフィアとスティーヴンの関係は膠着《こうちゃく》状態だった。スティーヴンは職場でソフィアに対していつになく親切に振る舞っているものの、アラメダと食事をしたときのようなとびきりの優しさは見せていない。何か言葉をかけるようソフィアをあおったが、まだ勇気が出ないのだという。

「ソフィア、ちゃんとスティーヴンと話をしたら？　もっと積極的にならないと」

ソフィアはココの華奢な手をとり、動かないように持ってくれた。

「自分こそ、そうしたら？　一緒にランチに行って以来、話をしてないんでしょ？」

「わたしの場合は状況が違うもの」

「どう違うのよ」

ココの爪に、慎重にマニキュアを塗った。

「彼はお金持ちすぎるわ。わたしが追いかけたら、お金目当てにしか見えない」

「ジョーはそんなふうに思ってるの？」ソフィアが疑わしそうに尋ねた。

「彼は関係ないの。世間がそう思うってことよ」ココが真面目な顔で、ふたりの顔を交互に見た。わたしはマニキュアペンの蓋を閉め、ピンク色になったココの爪にそっと息を吹きかけた。

「ジョーもあなたからの連絡を待ってるとしたら？　どちらも意地を張ってたら、先に進めないわよ」

「少なくとも、わたしのプライドは保たれるわね」

「プライドじゃ、市場のお肉は買えないわ」

「それ、どういう意味か訊いてほしいんでしょう？　だけど、訊かないから」

「そろそろお泊まりしてもいいんじゃないの？」ソフィアは言った。「どうせみんな、もうそういう関係だろうと思ってるし」

わたしは目を見開いた。「どうしてそんなことを思うのよ」

「一緒にココを買ったじゃない」

「違うわ！　わたしが買ったの。ジョーはたまたま一緒にいただけ」

「将来を考えてる証拠よ。犬のいる家庭もいいなって」

「そういうわけじゃないわ」むきになって言い返したものの、ソフィアの顔を見て、からかわれているのだとわかった。ほっとして目をぐるりとまわし、ココを床に置いた。

スツールに戻ると、ソフィアが沈んだ顔でこちらを見た。「エイヴリー……ルイスに会ってからいろんなことを考えたの。彼を連れてきたことを母さんに感謝しなくちゃいけないかもね」

「アラメダに親切心があったとは思えないけど？」

ソフィアはかすかに笑った。「わかってる。でも、結果的にはよかったわ。ルイスと別れたあと、わたしがなかなか新しい恋人を作らなかったから、彼をつけあがらせたんだとわかったもの。わたしのことは保険ぐらいに思ってたんだわ。だけど、彼は過去の人よ。わたしの将来を邪魔させはしない」ハシバミ色の目に悲しい表情を浮かべた。「エイヴリー、わたしたちは似た者同士なのよ。すぐに怒りだすような人と違って、深くものごとを感じる。だから傷つきやすいのよね」

沈黙が流れた。

「次の恋愛のことを考えると……」わたしは口を開いた。「飛行機からパラシュートで飛び降りるみたいな気分になるわ。真夜中に、一面サボテンが広がる荒地によ。そんなこと、とてもできそうにない」

「飛行機で火災が発生したら？」ソフィアが言った。「そうしたら飛び降りられる？」

かすかに笑みを浮かべてみせた。「そうなったらしかたがないかも」

「じゃあ、次のデートでは、飛行機が火事だと自分に言い聞かせるのよ。あとは飛び降りるしかなくなるから」

「サボテンの上に？」

「燃えてる飛行機に残るよりはましでしょ？」ソフィアは諭すように言った。

「まあね」

「今からジョーに電話をかける？」

そうしたいという思いがこみあげ、自分でも驚いた。一緒にランチをとった日からまだ二日しか経っていないのに、もうジョーに会いたくてしかたがない。彼に抱かれたい。わたしにはジョーが必要だし、そうなるのが運命なのだという気がする。自分の気持ちを認め、ため息をついた。

「いいえ、誘ったりなんかしない。ジョーのほうからここへ来るように仕向けるわ」

ソフィアが困惑した顔になった。「あなたが誘拐されたことにするとか？」

わたしは声をあげて笑った。「そこまではしないわよ」しばらく考えた。「でも、そう言われて、いい作戦を思いついたわ……」


土曜日の午後、事務所を閉め、ゆっくりとお風呂につかった。緩くウェーブした髪はおろしたままにし、手首と首筋に淡い香りのコロンをつけた。ラベンダー色のシルクのラウンジパンツと、同じ生地でできたレースの飾りがついたトップスを着た。普段では考えられないほど、胸の谷間が見えている。

「今夜は女友達と遊んでくるわ」わたしが階下におりると、ソフィアが言った。

「誰と？」

「ヴァルと、ほかに何人か」ソフィアはハンドバッグをかきまわした。「ディナーをとって、映画を見て、それから飲みに行くと思う」こちらを見て、にんまりした。「ヴァルのところに泊まってくるかも。あなたのそんな姿を見たら、きっとジョーは誰も帰ってきてほしくないと思うだろうから」

「わたしがいたずらしたことを怒って、すぐに帰ってしまうかもしれないわ」

「そんなことあるわけないじゃない」ソフィアは投げキスをした。「飛行機のことを思いだすのよ」そう言うと、家を出ていった。

家の照明をほとんど消し、ブラウンのグラスに入ったキャンドルをいくつか出して、火をともした。テレビの前のソファに腰をおろすと、ココが踏み段をよじのぼって隣に座った。

　映画を三分の一ほど見たところで、玄関のベルが鳴った。

　ココは踏み段を使って大急ぎでソファからおり、玄関のドアの前へ駆けつけ、ひと声鳴いた。

　わたしはどきどきしながら立ちあがり、ワイングラスを手にココのそばへ行った。深呼吸をして玄関のドアを少し開くと、ジョーが戸口にもたれかかっていた。黒のスーツにシャツにネクタイという姿は、心臓が止まりそうなほどすてきに見えた。

「あら、いらっしゃい」ちょっと驚いた顔をしてみせ、さらに少しドアを開いた。「どうしたの？」

「今夜、資金集めのパーティで写真を撮ることになっていてね。ところが出かけるときになって、カメラバッグが空っぽなことに気づいた。こんなものが入っていたよ」ジョーは紙切れを掲げた。脅迫状のように、雑誌から切り抜いた文字が貼られている。

〝連絡をしてこないと、カメラの命はないと思え〟

「何か心あたりはないかな？」

「あるかも」黒い目をのぞきこんでみたが、ほっとしたことに怒っている様子はない。それどころか、愉快そうな表情を浮かべている。

「これは内部の者による仕業だ。ジャックはぼくの家の鍵を持ってるが、こんなばかなまねはしない。ということは、共犯者はエラだ」

「自白なんかしないわよ」ドアを大きく開けた。「一杯どう？」

　ジョーは何か言いかけたが、胸の谷間と半分あらわになった乳房に目が釘づけになった。

「ワインがあるわ」

　ジョーは目をしばたたき、無理やり視線をあげて、咳払いをしてから答えた。「いいね」

　わたしとジョーがキッチンへ行くと、ココはせわしない駆け足でソファに戻った。

「客を待っていたのか？」ジョーはワインボトルのそばに置かれたグラスに目をやった。

「いつ誰が来るかわからないもの」

「三〇〇〇ドルのニコンを人質にとれば、その誰かが来る可能性は高いからな」

「人質は無事よ」よく冷えたピノ・グリージョを注ぎ、グラスを手渡した。

　ジョーはグラスに口をつけた。クリスタルグラスの脚が光を反射し、それを持つ力強そうな指に目が行った。

　またこうしてジョーに会うことができ、しかも手の届く距離にいるのだと思うと気分が高揚した。わたしにとって幸せとは、ソフィアが子供のころに父からもらった風船のように、どこへ飛んでいくかも、いつ割れるかもわからないものだった。だけど今、それはわたしの体に入りこみ、骨と筋肉に根づき、血の巡りをよくしている。

「わたしが引きとめたせいで、あなたがパーティに遅刻しないといいんだけど」

「キャンセルした」

「いつ？」

　ジョーの唇に笑みが浮かんだ。「一分半前だ」ワイングラスを置き、ジャケットを脱いで、スツールの背もたれにかけた。シャツの袖口のボタンをはずし、袖をめくりあげる。男らしい腕だ。ネクタイをとるのを見て、鼓動が速まった。

シャツの第一ボタンをはずすと、ワイングラスを手にとり、真面目な顔でこちらを見た。

「しばらく連絡しなかったのは、きみの気持ちを尊重したからだ」

傷ついたふりをしてみせた。「気持ちを尊重することと無視することは違うわ」

「無視なんかしていない。ストーカーみたいな振る舞いはやめようと思っただけだ」

「ココをここへ連れてきたとき、どうして帰り際にキスをしてくれなかったの？」

ジョーの目に笑みが浮かんだ。目の端のしわが深くなる。「キスなんかしたら、自分を止められなくなるとわかっていたからだ。もう気づかれてるかもしれないが、どういうわけだかきみと一緒にいるとブレーキがきかなくなる」立ちあがり、スツールに座っているわたしを両脇から挟みこむように、カウンターに手を突いた。「人質を返してほしい。身代金の交渉をしよう」

勇気を振り絞って次の言葉を口にした。

「交渉は二階で。わたしの部屋で話しあいましょう」

ジョーは長々とこちらを見つめたあと、首を横に振った。「エイヴリー……そんなことをしたら、きみにとって差しだすのが難しいものを奪いたくなる。きっと一度目とは違うものになるだろう。まだ心の準備ができていないかもしれないのに、そんなリスクは冒したくない」

ジョーの筋張った腕に両手を置いた。「あなたに会いたかった。毎晩電話であなたがどんな一日を過ごしたか聞いて、わたしも自分のことをしゃべった日々が恋しかった。あなたの夢も見たわ。これほど心を許しているんだから、体も許していいんじゃないかと思うようになったの」

ジョーは赤く染まっているであろう顔をじっと見つめてきた。わたしにとって、自分の気持ちを認めるのがどれほど難しいことか、きっと理解してくれたに違いない。

「心の準備ができているかどうかは自分でもよくわからないけど、あなたのことは信頼しているわ。明日の朝は男の人の腕の中で目覚めたい。あなたの腕の中で。だから、もしあなたが――」

最後まで話す前に、唇をふさがれた。バランスをとろうと、ジョーの腕を強くつかんだ。鼓動が速くなり、空気を求めてあえいだ。キスが濃厚になっていく。ジョーは唇を重ねたままわたしを椅子から立たせ、カウンターに押しつけた。もうどこへも行かせないとばかりに。ジョーの唇が喉元をすべりおりる。「わたしの部屋に大きなベッドがあるわ……」荒い息を吐きながら言った。「シーツはイタリア製で……シルクの上掛けは手縫いのキルトよ……枕は羽毛で……」

ジョーは顔を離し、目に笑みを浮かべてこちらを見た。

「そんなにベッドのよさを力説しなくても、もうきみの部屋へ行く気になってるよ」

スツールの背にかけたジャケットから、携帯電話の着信音が聞こえた。

「すまない」ジャケットへ手を伸ばした。「この音が鳴るのは、家族からEメールが来たときだけなんだ」ポケットに手を入れた。

「ちっともかまわないわ」

携帯電話をとりだし、Eメールを読んだ。「くそっ」表情が変わった。

何かが起きたらしい。

「ヘイヴンが病院へ運ばれた。ちょっと行ってくる」

「わたしも連れていって」

ジョーは首を横に振った。「そこまでしてくれなくても――」

「二分だけ待っていて」階段を駆けあがった。「ジーンズに着替えてくるわ。一緒に行くから」

# 17

病院へ向かう車の中で、ジョーについてきたのは強引だったかもしれないと気づいた。ヘイヴンのことは心配だが、身内が駆けつける場によそ者がいるのは好ましくないかもしれない。それでも、少しでも力になりたいという気持ちが強かった。それに、大変なときだからこそジョーについていたい。トラヴィス家の人たちが強い絆で結ばれていることを知っているだけに、ヘイヴンに何かあれば、ジョーがどれほど深く悲しむかがわかるからだ。

「ヘイヴンの容体は？」

ジョーは黙って携帯電話を差しだした。

エラから来たEメールを読んだ。「妊娠高血圧腎症……」

「初めて聞く病名だ」

「耳にしたことはあるけど、詳しくは知らないわ」妊娠高血圧腎症について書かれたインターネットのサイトを見つけた。「症状は高血圧と浮腫《ふしゅ》。腎臓と肝臓の働きが低下するとあるわ」

「深刻な病気なのか？」

言葉にするのがためらわれた。「ええ、そうなる可能性もある」

ジョーはハンドルを強く握りしめた。「命の危険は？」

「ガーナー病院は一流だもの。そこで治療を受けているんだから、きっと大丈夫」電話が鳴ったので、画面を見た。「エラからよ。出る？」

「運転中だ。きみが話してくれ」

電話に出た。「もしもし、エイヴリーよ」

エラの声は冷静だったが、それでも不安が伝わってきた。

「今、新生児集中治療室《NICU》の待合室よ。あなたたち、こっちへ向かっているところ？」

「ええ、もうすぐ着くわ。何があったの？」

「朝起きたとき、頭痛と吐き気がしたらしいの。でも、かわいそうに、ヘイヴンにとっては毎日がそうなのよ。食べても吐いてしまうのでベッドへ戻ったんだけど、午後になって呼吸が苦しくて目が覚めたの。ハーディが病院へ連れていって検査を受けさせたら、血圧が恐ろしく高くて、尿たんぱくの値が正常値の三倍もあったんですって。行動も少しおかしかったらしくて、ハーディは死ぬほど心配したと言っていたわ。だけど、赤ちゃんの心音は正常よ」

「出産予定日まで、あとどのくらいなの？」

「四週間だと思う。ここまで来れば、生まれてきても大丈夫」

「ちょっと待って。今、分娩中なの？」

「これから帝王切開よ。もう切るわ。リバティとゲイジが来たから、説明しなくちゃ」電話が切れた。

「帝王切開をするそうよ」

ジョーは小声で毒づいた。

妊娠高血圧腎症に関するサイトへ視線を戻した。「妊娠高血圧腎症は、赤ちゃんをおなかから出せば、たいていは四八時間以内に症状が軽くなるんですって。ヘイヴンには血圧をさげる薬が投与されることになるわ。赤ちゃんは生まれてくるにはちょっと早いけど、三六週だったら、長期的な問題はないと思う。だから安心して」

ジョーは少しも安心できないという顔でうなずいた。

NICUの待合室には数脚の布張りの椅子と、小さなテーブルがいくつかと、ソファがひとつ置かれていた。天井の青白い照明のせいで、待合室の中が寒々として見える。集まっていたトラヴィス家の人々が、緊張した面持ちで静かに迎えてくれた。ジャックだけは、いくらか冗談めいたことを口にした。「やあ、エイヴリー」わたしを抱きしめ、わざとらしく驚いた顔をした。「まだ、こんなやつとくっついているのか？」

「わたしが来たいと言ったの。お邪魔かとは思ったんだけど――」

「そんなことはないわ」リバティが温かい目でこちらを見た。

「来てくれてうれしいよ」ゲイジがジョーへ視線を移した。「新しい情報はまだ何もない」

「ハーディの様子は？」ジョーが尋ねた。

「今のところはしっかりしている」ジャックが答えた。「だが、これ以上ヘイヴンの容体が悪化したら、どうなるかわからないな」

「みんながそうだ」ジョーは言った。重い沈黙が流れた。

椅子を適当に並べ変え、全員が腰をおろした。ジョーとわたしはソファに座った。

「本当にいいのか？」ジョーが小声で尋ねた。「長い夜になるぞ。よかったら病院の専用車で家まで送ってもらうが？」

「わたしは帰ったほうがいい？　正直に言って。もしよそ者はいないほうがいいなら――」

「きみはよそ者じゃないよ。だけど、今夜は長くなる。ぼくのためにそこまですることはない」

「待合室にいるのなんかなんでもないわ。あなたさえかまわないなら、一緒にいさせて」ソファに脚をのせて折り曲げ、ジョーにもたれかかった。

「じゃあ、ここにいてくれ」肩を抱き寄せられた。

「病院の専用車って何？　そういうサービスができたの？」

「ちょっと違う。この病院は寄付をした人にＶＩＰ対応をしてるんだ。トラヴィス家は以前に寄付をしているし、親父は遺言による贈与もした。だからトラヴィス家の者が病院を利用するときは、ＶＩＰ専用の待合室を使えることになっている。どこかの病棟の奥にあって、飲み物などを出してくれる部屋だ。ぼくたちにそれを利用する気はないけれどね」言葉を切った。「だが、きみが家に帰りたくなったら、リムジンで送らせるよ」

「あなたたちがVIP対応を拒否しているのに、わたしにだけ利用させないで」

ジョーはほほえみ、わたしの髪に唇を押しつけた。「そのうちに普通のデートをしよう。大げさなことはいっさいなしだ。どこかすてきなレストランで食事でもするか」

しばらくすると、ジャックがコーヒーを買いに行くから、誰かほかに欲しい人はいるかと尋ねた。誰も手をあげなかった。ジャックは待合室を出ていき、湯気の立つ発泡スチロールのカップを手にして戻ってきた。

エラが心配そうに顔をしかめた。「ジャック、そういうカップで熱いものを飲むのは体によくないわ。化学物質がコーヒーに溶けでるのよ」

ジャックは皮肉な表情を浮かべた。「若いころからずっと飲んでるぞ」

「だからなのか」ジョーが言った。

ジャックは警告するように弟をにらんだが、口元には笑みが浮かんでいた。エラの隣に座り、ビニール袋に入ったクッキーを手渡した。

「自動販売機で買ってきたんでしょう？」エラがうさんくさそうな顔をした。

「しかたがないだろう」

「自動販売機のどこがいけないの？」わたしは尋ねた。

「扱ってる商品がジャンクフードだし……」エラは答えた。「自動販売機そのものも危険よ。自動販売機による年間死者数は、サメによる死者数より多いんだから」

「自動販売機でどうやって人が死ぬのよ？」今度はリバティが尋ねた。

「倒れてきて下敷きになるの」エラが力説した。「本当なんだから」

「じゃあ、トラヴィス家の面々は大丈夫だな。石頭ばかりだから、自動販売機ごときじゃびくともしない」

「それは確かね」エラはこそこそとビニール袋を開け、クッキーをかじりはじめた。

わたしはほほえみ、ジョーの肩に頭をもたせかけた。ジョーがわたしの髪をいじった。

不意にその手が止まり、ジョーの体がこわばった。わたしは頭をあげ、彼の視線の先へ目を向けた。

ハーディが血の気のない顔で待合室に入ってくると、周囲には目もくれず、隅の椅子に腰をおろした。ラバに胸を蹴られて苦しいとでもいうように、うつむいて肩を丸めている。

「ハーディ」誰かがそっと声をかけた。

ハーディはびくっとし、小さく首を振った。

医師がやってきたのを見て、ゲイジが近寄っていき、二、三分話を聞いた。

戻ってきたゲイジの表情は読めなかった。全員がひと言も聞きもらすまいと身を乗りだした。「妊娠高血圧腎症の合併症にヘルプ《HELLP》症候群というのがあるらしい。赤血球が破壊されるんだ。ヘイヴンは肝不全を起こしかけていて、痙攣や意識障害を起こす可能性があるということだ」言葉を切ってごくりと唾をのみこむと、リバティの目を見た。「治療は、まず赤ん坊をとりだす」抑揚のない口調で続けた。「その後、ステロイドと血漿《けっしょう》を投与し、必要ならさらに輸血を行う。一時間ほどしたら状況が変わるだろうが、それまではただ待つしかない」

「くそっ」ジョーは押し殺した声で言い、待合室の片隅へ目をやった。ハーディが膝に肘をのせ、頭を抱えている。「誰かがハーディのそばにいてやったほうがいい。ぼくが――」

「いや、おまえがかまわなければ、ぼくが行こう」ゲイジがつぶやいた。

「じゃあ、頼む」

ゲイジは椅子から立ちあがり、ハーディのそばに寄った。

それを見て、ジョーが話してくれたことを思いだし、ゲイジとハーディのあいだに友情が成立しているのに驚いた。詳しく知っているわけではないが、ゲイジとリバティ夫妻は、以前ハーディと何かあったらしい。ハーディとリバティは幼なじみで、子供のころは互いのことが好きだったと聞いている。

「ハーディとヘイヴンの馴れ初めはなんだったの？」

「よく知らないんだ」ジョーは言った。「だけど、ふたりの仲を裂こうとするのは暴走機関車を止めようとするようなものだった。そのうちにぼくたちも、ハーディの気持ちは真剣だと気づいた。そして、それこそが大切なことだと思うようになったのさ。それでも……ゲイジとハーディは互いに距離を置いているところがある。家族で集まるときは普通にしているけれどね」

わたしは待合室の隅を盗み見た。ゲイジはハーディの隣に座り、兄らしいしぐさでその背中をぽんと叩いた。ハーディはそれを無視するように身動きもしなかった。地獄のような不安にさいなまれ、心を開くことができないのだろう。だが、しばらくすると肩をあげ、またため息とともにうなだれた。ゲイジに何かを尋ねられ、今度は首を横に振った。

それから一時間ほどのあいだ、ゲイジはハーディのそばについていた。ときおり何か話しかけるが、ほとんどは黙ったままだ。ほかの誰もハーディには近寄らなかった。今の精神状態では、ひとりを相手にするのが精いっぱいだとわかっているからだろう。

だが、そのひとりがなぜゲイジなのかは理解に苦しむ。

目で問いかけると、ジョーが顔を寄せてささやいた。「ゲイジは昔から妹をかわいがっていたんだ。そのヘイヴンに何かあったら、ゲイジも身を引き裂かれるほど悲しむことになるのをハーディはわかっている。それになんといっても……身内だからね」

若い看護師が待合室に入ってきた。「ミスター・ケイツ?」ハーディがはっとして立ちあがった。その顔は苦しみにゆがんでいた。あの看護師も、ここにいる家族も、一生その表情を忘れられないだろう。看護師は携帯電話を手に、足早にハーディのそばへ寄った。「赤ちゃんの写真です。女の子ですよ。保育器に入れる前に撮ったんです。体重は一八〇〇グラム、身長は四三センチ」

全員が携帯電話のまわりに集まり、興奮と安堵の声をあげた。

ハーディは写真を見たあと、かすれた声で尋ねた。「妻は……?」

「手術は無事に終わりました。麻酔が覚めはじめていますけど、会話ができるには少し時間がかかります。もうすぐ先生が説明に来ますから――」

「妻に会いたい」ハーディはぶっきらぼうに言った。

看護師がどう答えようか迷っているあいだに、ゲイジが口を挟んだ。「行ってこい。医者の話はぼくが聞いておく」

ハーディはうなずき、待合室をあとにした。

「まだ無理なのに……」看護師はやきもきした。「追いかけなきゃ。赤ちゃんを見たかったら、ＮＩＣＵへどうぞ」

ジャック、エラ、ジョーについて、わたしもＮＩＣＵへ向かった。ゲイジとリバティ夫妻は医師の説明を聞くために残った。

「ハーディったらかわいそうに」廊下を進みながらエラが言った。「心配しすぎて神経をすり減らしているわ」

「ヘイヴンのほうがもっとかわいそうだ」ジョーが言った。「どんな症状なのか詳しくは知らないし、知りたいとも思わないが、さぞつらい闘いだったと思うぞ」

ＮＩＣＵへ入ると、赤ちゃんはすでに保育器に入っていた。鼻には酸素チューブをはめられ、体にはいろいろなモニターの管をつけられ、胴体にはブルーの光るものが巻かれている。

「あのブルーのは？」ささやき声で尋ねた。

「ビリブランケットよ」エラが答えた。「わたしの娘も生まれたときにつけたわ。新生児黄《おう》疸《だん》を治すための光線療法なの」

赤ちゃんはまばたきをし、眠りに落ちはじめた。おちょぼ口をかすかに開いたり閉じたりしている。髪は黒だ。「どんな顔だか、まだわからないな」ジャックがつぶやいた。

「美人になるわよ」エラが言った。「だってヘイヴンとハーディの娘だもの」

「ハーディはかわいいとは言いがたい」ジャックが応じた。

「ハーディにおまえはかわいいなんて言ったら」ジョーが口を挟んだ。「ケツを蹴り飛ばされるぞ」

ジャックはにやりとして妻に尋ねた。「ヘイヴンから名前は聞いているのか？」

「まだよ」

待合室へ戻ると、ちょうどゲイジとリバティが医師の話を聞き終わったところだった。

「まだ楽観はできないものの、たぶん大丈夫だろうと言われた」ゲイジが説明した。「ＨＥＬＬＰ症候群の症状は三、四日で改善する見込みだ。今、輸血中で、血小板の数をあげるためにおそらくもう一本輸血を行うことになるらしい。そのあとステロイドを投与して経過を観察するそうだ」首を振り、困った顔をした。「痙攣予防のため、マグネシウムの点滴をしている。油断はできないってわけだな」

リバティは顔をこすり、ため息をついた。

「どうして病院にはバーがないのかしら。こんなときこそ一杯やりたいのに」

ゲイジは妻を抱きしめた。「子供たちのことが心配だから、きみはもう帰れ。ジャックとエラに送ってもらうといい。ぼくはもう少し残って、ハーディと話しているよ」

「わかったわ」リバティは抱きしめられたまま答えた。

「ぼくに何かできることはないか？」ジョーが尋ねた。

ゲイジは首を横に振り、ほほえんだ。「ハーディとふたり残れば充分だ。おまえもエイヴリーも、もう帰ってゆっくり休んでくれ」

## 18

翌朝、ベッドに誰かがいることにぼんやりと気づいた。薄皮を一枚ずつはぐように目が覚めていき、昨晩の出来事を少しずつ思いだした。ジョーと一緒に病院から戻って……とにかくひと眠りしようと寝室に招き入れた。待合室の座り心地がいいとは言えないソファで長時間過ごしたため、ふたりとも体が痛く、精神的にも疲れきっていた。ネグリジェに着替え、ジョーの隣に潜りこんだ。大きくて温かい体に包まれているのが心地よく、ほんの数秒で眠りに落ちた。

ジョーの腕に頭をのせ、脚をからめていた。じっとしたまま、規則正しい寝息に耳を傾ける。起きているのだろうかと思い、爪先で足をそっとなぞった。首筋の感じやすいところに唇が押しあてられ、悦びが走った。

「今朝はひとりじゃないわ」腕をうしろにまわし、筋肉質で硬い腿から腰へと手をすべらせた。手首を優しくつかまれ、すでに興奮したものへと導かれた。息をのみ、目を見開く。

「ジョー……まだ朝よ」

ジョーがネグリジェの上から乳房を手で包みこみ、先端の硬くなっているところを軽くつまんだ。思わず声がもれた。

われながら矛盾したことを言っていると思いつつ、もう一度ジョーを止めた。

「目覚めのセックスはとても好きってわけじゃないの」

ジョーは首筋にキスをしつづけ、ネグリジェを膝の上までたくしあげた。

不覚にも動揺し、ベッドの端へ逃げた。

ジョーに飛びかかられて一瞬で引き戻され、両脚で腰を挟まれた。腿の重みが心地よく、ジョーが熱くなっているのが腰に伝わってくる。子供みたいにはしゃぎながら、男らしい力強さも感じ、息が止まりそうになった。

「せめてシャワーを浴びさせて」

「今のままがいい」

身をよじった。「あとにして、お願い」

「主導権を握っているのはぼくだぞ」もがくのをやめた。体を押さえこまれ、ささやかれた言葉に背筋がぞくぞくした。耳元で熱い声がとろける。「きみはぼくのものだ。今、ここできみを奪いたい」

息が荒くなった。これほど強く抱かれたいと思ったのは初めてだ。

ジョーは姿勢を変えると、ネグリジェの下に手をすべりこませ、腿を上へとなぞった。期待に体が震える。ジョーの手は潤ったところにたどりつき、二本の指が奥へと分け入った。知らず知らずのうちに腰を動かしていた。ジョーがそのリズムに合わせ、体の奥の脈打っている部分を刺激する。快感がこみあげ、歯を食いしばった。

仰向けにされ、腿のあいだに入ったジョーに膝を立てさせられた。ジョーのキスが足首からふくらはぎへとのぼってくる。腿の合わせ目の近くまで来たとき、唇をかんで身をよじった。「だめ……」抵抗する暇もなく、敏感なところを舌でなぞられた。押しあてられた口と舌から逃れることができない。あえぎ声がもれ、悦びの重みに組み敷かれ、抗う気が失せた。

ジョーは容赦なく、潤って震えているところを舌で責めたてた。その愛撫にいざなわれ、衝動と感覚と鼓動がひとつの大きなうねりとなり、体の奥底から突きあげてきた。脚を開き、苦悩の声をもらしたとき、耐えがたいまでに強烈なクライマックスに襲われ、全身が激しく痙攣した。

痙攣がおさまったあとも、ジョーはさらなる快感を引きだそうと、しばらく舌で優しい愛撫を続けた。やがて顔を離し、腹部にキスをした。まだ頭がもうろうとしている。ジョーが体を起こし、ナイトテーブルに手を伸ばした。腿を大きく開かせ、そのあいだで膝立ちになる。いっきに腰をうずめ、いったんうしろに引き、もう一度情熱の限りをぶつけてきた。緩急をつけた韻律に陶酔を引きだされ、思わず腰を浮かせた。

ときにはじらすようにゆっくりと、ときには早く、そして深く。どんなささいな反応も見逃さず、こちらに合わせてリズムを変えた。こんな愛され方は初めてだ。それでも、すぐに体が応じた。目を閉じて、ジョーの円を描くような動きに身を任せた。すすり泣きの声がもれる。自分を抑えられず、めくるめく快感に身を投じた。体の奥が痙攣すると同時に、ジョーが振り絞るような声をあげて倒れこんできた。その体を抱きしめ、首筋にキスをした。体の重みが愛おしい。

ようやくジョーは脇に転がり、わたしの体を抱き寄せた。手足をからめたまま、長いあいだじっとそうしていた。頭がぼんやりして、とらえどころのない思いが浮かんでは消える。甘いひとときに汗がまじって気だるい香りとなり、熱い息がこぼれた。ジョーの胸がゆっくりと上下するのが頬に伝わり、背中をなでられる感触が心地よい。

その肩にキスをした。「シャワーを浴びてくるわ」声がかすれている。「今度は引きとめないでよ」

ジョーはほほえんで仰向けになった。じっとこちらを見ている。

力の抜けた足でバスルームへ行き、シャワーの栓をひねった。涙がこみあげそうになった。無防備になった不安と、言葉にならない安堵に包まれた。

湯が熱くなるのを待つあいだに、ジョーがバスルームへ入ってきた。明るい顔をしようとしたが、その前に表情を読まれてしまった。ジョーは湯に手を差し入れて温度を確かめ、ガラスのドアがついたシャワールームへ一緒に入ってきた。ジョーの脇で、目を閉じて顔に湯を浴びた。

ジョーは手で石鹼を泡立て、背後からわたしの体を優しく洗いはじめた。その胸にもたれかかり、腿のあいだを洗われるときも、されるがままになっていた。体の向きを変えられ、背中に湯を浴びながら、たくましい胸に顔をうずめた。

「まだ早すぎたかい？」

わたしは首を横に振り、ジョーの腰を抱きしめた。

「いいえ。ただ……最初のときとは全然違ったわ」

「そう言っただろう？」

「そうね。でも、どうしてそうなったのかわからないの」

ジョーは耳元でささやいた。「体だけじゃなく、ぼくたちの関係も一歩進んだからさ」

わたしは震えながらうなずくことしかできなかった。


急いでトーストとコーヒーだけの簡単な朝食をすませた。ジョーに出かける用事があったからだ。これから家に戻って服を着替え、トラヴィス家が設立するチャリティー基金の構想について、関係者と打ち合わせをするのだという。「昨日の夜、あんなことがあったあとだから、トラヴィス家から出席するのはぼくひとりになるかもしれない」すばやくキスをしてきた。「今夜、食事でもどうだ？」わたしが口を開く前に、またキスをした。「七時でいいかい？」また、キス。「オーケーということだな」

ジョーを見送り、玄関に突っ立ったまま、ばかみたいにひとりでにやにやした。

二杯目のコーヒーを飲んでいると、ソフィアがピンクのガウンとおそろいのウサギのスリッパという姿で階段をおりてきた。「ジョーはまだいるの？」小声で尋ねた。

「もう帰ったわ」

「ゆうべはどうだった？」

わたしは顔をしかめて笑った。「それがいろいろあったのよ。ガーナー病院の待合室で過ごした時間がいちばん長かったわ」カウンターに並んで座り、ヘイヴンが妊娠合併症を起こしたことや、赤ちゃんが生まれたことや、そのときのトラヴィス家の人々の様子などについて詳しく話した。「いろいろと考えさせられたわ。家族が一緒に祝ったり、くだらないことで喧嘩したりするのは見たことがあるけど、ああいう状況で寄り添っているところに同席したことがなかったから。お互いを支えているんだけど、それがなんというか……」言葉にするのが難しかった。「ゲイジの行動に驚いたの。ハーディとは過去に何か問題があったはずなのよ。それなのに、その相手のそばにずっとついているの。ハーディもそれを受け入れていたわ。わたしには奇妙にしか思えない関係なんだけど、身内だからその絆を大切にしているという感じだった」

「奇妙じゃないわ」ソフィアが言った。「身内とはそういうものよ」

「それは理解していたつもりよ。だけどそれにしても、あんなに結びつきの強い家族を見たのは初めてだわ」言葉を切り、顔をしかめた。「わたしは親戚づきあいというものを知らないから、ああいう関係を好きになれるかどうかはわからない。関わりが深すぎて息が詰まりそうな気もするし」

「まあね。家族とか身内とかいう関係には、しなくちゃいけないこともついてまわるのよ。そうじゃなくても、いろいろあるし」

「身内の人たちから離れて暮らしているのが寂しいと思うことはある?」

「たまにね」ソフィアは認めた。「だけど、わたしの場合はあるがままを受け入れてもらったわけじゃないから、本当の身内とはちょっと違う感じがしてる」肩をすくめ、コーヒーをひと口飲んだ。「ねえ、ジョーに送ってもらって、それからどうなったの?」

頬が熱くなった。「その……ひと晩、泊まっていったわ」

「よかった?」

「教えない」わたしが頬を真っ赤にしたのを見て、ソフィアはけらけらと笑った。

「そんな顔をしてるところをみると、よっぽどよかったのね」

ソフィアの気をそらそうと試みた。「今日の予定はなんだった? 午後はワーナー家の結婚式の進捗状況を確認して、ライアンに報告書を送らないと。ライアンが気になるような内容はないと思うけど、念のためにね」玄関のベルが鳴る音がした。「宅配便かしら。それともお客様の予定があった?」

「いいえ」ソフィアは玄関へ行き、ドアの脇にある細い窓から外を眺め、慌ててぴたりとドアに背をつけた。「スティーヴンよ」目を見開いた。「どうしてここに?」

「さあね。本人に訊いてみれば?」

ソフィアは動かなかった。「何をしに来たのかしら?」

「ここは彼の職場なのよ」辛抱強く言った。「入れてあげて」

ソフィアは緊張した面持ちで勢いよくドアを開け、挨拶もなしに尋ねた。「なんの用?」

スティーヴンはポロシャツにジーンズという格好だった。ソフィアを見つめたが、表情から何を考えているのかは読めない。

「昨日、携帯電話のケースを忘れてしまって。近くまで来たからとりに寄ったんだ」

「おはよう、スティーヴン」わたしは声をかけた。「ケースならコーヒーテーブルの上にあるわ」

「どうも」スティーヴンは罠が仕掛けてあるのではないかというように、警戒した足取りで入ってきた。

ココが踏み段を使ってソファにのぼり、スティーヴンが携帯電話のケースを手にとるのを見ていた。スティーヴンはココの小さな頭と首のうしろをなでた。スティーヴンが手を止めると、ココはもっととねだるように頭をこすりつけた。

「元気？」わたしは尋ねた。

「ええ」スティーヴンは答えた。

「コーヒーでも飲む？」

なんでもない質問なのに、スティーヴンは答えに詰まった。「ええと……どうしようかな」ココをなでながら、ソフィアを盗み見た。「ウサギのスリッパをはいてるんだね」常々抱いていた疑念が裏づけられたとばかりの口調だ。

「だから何？」ソフィアが皮肉を牽制するように言った。

「かわいいよ」

ソフィアは戸惑った顔をした。

わたしがこっそりとキッチンを離れて階段へ向かったことに、ふたりは気づきもしなかった。

「これから農家の直売所を見てこようと思うんだ。いいモモがあるだろうから。一緒にどうだい？」

ソフィアの声がうわずった。「そうね、行こうかな」

「よかった」

「まだ、パハマだから着替えてくるわね」ソフィアは言葉を切った。「パハマ？　ちゃんと発音できてる？」

誘惑に負け、階段の途中で足を止めた。ここからだとスティーヴンの顔がよく見えた。目を輝かせ、ほほえんでいる。「〝ジャ〟が〝ハ〟になってる」おずおずとソフィアの頬に触れた。

「パハマ」ソフィアはふたたび挑戦した。先ほどとちっとも変わっていない。

スティーヴンは自分を抑えられないといった様子でソフィアを抱きしめ、低い声で何かささやいた。

長い沈黙のあと、ソフィアがすすり泣くような吐息をもらした。「わたしもよ」そう言う声が聞こえた。

スティーヴンが顔を傾けると、ソフィアは髪に両手をすべりこませ、キスに応じた。ふたりは互いの頬や顎や唇をむさぼった。

この階段をのぼりはじめたときは、スティーヴンとソフィアがキスをしている場面など想像もできなかった。それなのに今、ふたりは情熱的に抱きあっている。

すべてがどんどん変化していく。自分とソフィアのために目的地へ向けてまっすぐに敷いたつもりだった道も、気がつけば途中で何度も曲がったり、まわり道になったりした。もしかすると、わたしたちは当初の目的地とは違う場所へたどりつくのかもしれない。

ヘイヴンの容体については、エラやリバティ、それにもちろんジョーが頻繁に知らせてくれた。順調に回復しているそうだが、退院するまで家族以外は面会謝絶らしい。赤ちゃんのロザリーは順調に体重が増え、よく母親のもとへ連れてこられるそうだ。

ジョーが撮影してタブレット端末に取りこんだ写真をスクロールしながら見ていると、胸を打たれる一枚があった。ハーディが大きな手で優しく娘を抱いて顔を近づけ、娘が小さな手で父親の鼻を触っている写真だ。

「ロザリーの目はブルーなのね」画面を拡大した。

「昨日、ハーディのお母さんが病院へ来てね。ハーディが生まれたときも、ちょうどこんな目の色をしていたと言ってたよ」

「ヘイヴンとロザリーはいつ退院できそうなの？」

「一週間後くらいだろうと医者は言っている。愛する妻と娘を連れて帰れるとなったら、ハーディは舞いあがるだろうな」言葉を切った。「ヘイヴンがふたり目を欲しいと言いださないといいが。ハーディは二度とこんな思いをするのはごめんだと言っていた」

「次の妊娠でも同じ合併症が起こる可能性があるの？」

ジョーはうなずいた。

「ヘイヴンが子供はひとりでいいと納得するか、ハーディが折れるかのどちらかね。先のことは読めないわ」わたしは写真を見終え、タブレット端末を返した。

ヒューストンの六区にあるジョーの住まいは、居心地のよさそうな平屋の家で、裏に母屋より少し小さな離れがある。どちらも室内の壁は淡いクリーム色に塗られ、クルミ色で縁取りがなされていた。きれいに修復した家具がいくつか置いてあるだけで、装飾品はほとんどなく、いかにも男性の住居という感じがする。ジョーは母屋より時間をかけて離れを案内してくれた。そこは仕事部屋になっており、写真関係の機材が置かれ、驚いたことに暗室まであった。暗室はめったに使うことはないものの、それでも持っておきたいのだという。

「今でもときどきフィルムで写真を撮るんだ。暗室で現像していると魔法が起きるからね」

「魔法？」

「そのうち見せてあげるよ。印画紙に像が浮かびあがるのを見ているとわくわくする。職人技を必要とされる作業なんだよ。露出が明るすぎるとか暗すぎるとか、焼きこみや覆い焼きがうまくいったかどうかは、現像が終わってみるまでわからない。経験と勘だけが頼りなんだ」

「フォトショップ（画像編集ソフトウェア）よりいいってこと？」

「そうじゃない。フォトショップは便利だよ。でも、時間をかけて暗室で写真が仕上がるのを待っているのが好きなんだ。新鮮な喜びがあるからね。デジタルほど実用的じゃないが、ずっと夢がある」

ジョーの仕事に対する情熱がすてきだと思った。窓のない部屋で化学薬品を扱うことに夢があると言うのがすばらしい。

パソコンの画面で写真を見ていると、ジョーがアフガニスタンで撮影したものが出てきた。どれも美しくて力強く、目が釘づけになった。この世のものとは思えない景色。ターコイズブルーの壁の前に座るふたりの老人。真っ赤な空を背に受け、山道に立つ兵士。低い視点で撮影した、ブーツをはいた兵士の足の向こうにいる犬。

「アフガニスタンにはどのくらいいたの？」

「一カ月だけさ」

「どうして行くことに？」

「大学時代の友人がカンダハールの発射基地に従軍して、ドキュメンタリー映画を撮っていたんだ。だがスチールカメラマンが早く帰国しなければならなくなって、あとを引き継いでくれないかという話が来た。ほかの映画スタッフと同じく、二日間の講習を受けたよ。基本的には戦地でいかに愚かな振る舞いをしないかという内容だ。前線にいる犬はすごいぞ。銃声がしてもぴくりともしない。あるときなんかパトロール中に、金属探知機が検知しなかった爆発物をラブラドルレトリバーが発見するのを見たこともある」

「恐ろしく危険な状況だったのね」

「そうだな。でも、賢い犬だったから大丈夫だ」

「違うわ、あなたのことよ」

「ああ、そっちか」ジョーはにやりとした。「トラブルを避けるのは得意なんだ」

ほほえみ返すことができなかった。ジョーがそんなリスクを冒したのかと思うと、胸が痛んだ。「また、そういう仕事をすることがあると思う？」尋ねずにはいられなかった。「怪我をしたり、万が一のことがあったりするかもしれないところへまた行くの？」

「どこにいようと怪我をすることはあるし、死ぬときは死ぬ」目をのぞきこんできた。「だけど、きみがいやならそういう仕事はもう引き受けないよ」

わたしが何を望むかが、大切な仕事にまで影響を与えてしまうのかと思うと、落ち着かない気分になった。一方で、それほど大事にされていることをうれしく思う自分もいた。そう感じることに不安を覚えた。

「母屋に戻ろう」離れをあとにした。

ジョーの寝室に入った。ベッドはクイーンサイズで、シーツも上掛けも白だ。木製のヘッドボードに目を引かれた。「これはどうしたの？」

「ヘイヴンにもらった。ヘイヴンが住んでいた集合住宅の、古い貨物用エレベーターのドアだったんだ」よく見れば、かなり色あせてはいるがステンシルで〝危険〟と書かれているのが読みとれ、笑みがこぼれた。折り返されたシーツをなでると、とてもなめらかだった。

「手触りがいいわね。スレッドカウント（一インチ四方の生地を織るために使われている糸の総本数）が高いんじゃない？」

「さあ。気にもしてなかったよ」

わたしは靴を脱ぎ捨て、ベッドに寝転がった。横向きになり、ジョーをにらんだ。

「わたしは贅沢なシーツに目がないのに、あなたは関心がないのね」

ジョーがベッドに座った。「ぼくのベッドにのったものの中で、いちばんの贅沢品はきみだよ」ウエストのくびれからヒップのふくらみへかけて手でなぞった。「エイヴリー……きみの写真を撮りたい」

思わず眉をあげた。「いつ？」

「今」

ノースリーブのトップスとジーンズという自分の服装を見おろした。「こんな格好で？」

ジョーはジーンズの縫い目をなぞった。「脱いでくれたら……と思っている」

目が真ん丸になった。「まさかヌードになれと言っているの？」

「シーツで隠せばいい」

「いやよ」

だがジョーの表情を見ると、本気だとわかった。

「どうして？」

「ぼくが世界でいちばん好きなのはきみと写真だ。だから、その両方をいっぺんに楽しみたいと思った」

「撮った写真はどうするの？」

「誰にも見せない。ぼくだけのものだ。きみが望むなら、あとですべて削除する」

「そういうことを言いだすのは今回が初めて？　それとも交際した女性にはいつも言うの？」

ジョーが首を横に振った。「きみが初めてだ」言葉を切った。「いや、ふたり目かな。以前、車の広告の仕事で、体中を銀色に塗った裸のモデルを撮影したことがある。二度ばかりデートをしたけどそれで終わったから、つきあったうちにも入らないけどね」

「どうして二度のデートで終わったの？」

「銀色が落ちたら、興味が失せた」

その言い方がおかしくて、つい笑った。

「きみの写真を撮らせてほしい。ぼくを信じてくれ」

わたしは目に懇願の表情を浮かべた。「どうしてこんなことを迷わなきゃいけないのよ」

ジョーがうれしそうな顔をした。「それはイエスってことだな」ベッドから腰をあげた。

「もし裏切ったりしたら、殺してやるってことよ」声を張りあげたが、自分の口調にうんざりして天を仰いだ。「テレノベラの登場人物みたいなせりふだわ」手早く服を脱いでベッドに潜りこみ、シーツのひんやりした感触に身震いした。

ジョーはカメラと小さな自立式のフラッシュを持ってすぐに戻ってきた。ブラインドをあげてレースのカーテンを引き、午後の強い日差しをやわらかい光に変えた。上掛けをはずされ、慌ててシーツを胸の上まで引きあげた。

ジョーはいつもとまったく違う顔でこちらを見た。光や影や構図などを考えているのだろう。

「何も身につけていないと落ち着かないわ」

「それは裸になる機会が少ないからだよ。一日の九五パーセントを生まれたままの姿で過ごしたら、それが楽になる」

「そうしてほしいんでしょう?」

ジョーはにやりとし、肩にキスをした。「そういう姿でいると、とてもきれいだよ」首筋へ唇をはわせた。「きみがゆったりした服を着ているのを見ると、その下にあるセクシーな体を思いだしてたまらなくなる」

不安になった。「わたしの服装は嫌い?」

ジョーが一瞬だけ唇を離した。「どんな格好をしていようが、きみはきれいだ」

不思議なことに、それは本心だろうという気がした。ジョーは最初からそう思ってくれていたに違いないと確信できた。わたしが自分の体について欠点だと思っている部分を、ジョーは欠点だと見なしていない。それどころか、そこに色気と魅力を感じている。そう考えると胸が躍った。

自覚していなかったけれど、ウエストが絞られていないワンピースや、大きめのトップスや、バギーパンツを着ることで、それでもジョーの気持ちが変わらないかどうか試していたのかもしれない。ジョーはそんなことは気にもせず、きれいだと言ってくれた。自分を卑下する必要はないのかもしれない。クローゼットにしまったままの新しい服を着てみようかという気になった。

「スティーヴンが選んでくれた、おしゃれな服があるの。なかなか着てみる機会がないんだけど」

「ぼくのために自分を変えることはない」

そう言われるとかえって意地になり、新しい服を着てジョーを驚かせたくなった。

ジョーの指示で横向きになって、片方の肘を立てて頭を支えた。

ジョーがしゃがみこみ、カメラを構えた。シャッターの音がするのと同時に、背後の窓から入る強い日差しを和らげるためのフラッシュがたかれた。「恥ずかしがらなくていい。そんなに色っぽいんだから」フラッシュの向きを調整し、こちらを向いて優しく言った。「脚を見せてほしいな」

ためらいを覚えた。

「片方だけだ」ジョーは促した。

そっと片方の脚を出し、シーツにのせて膝を曲げた。

ジョーはその脚に視線をはわせ、誘惑に抵抗できないというように首を振った。カメラをベッドに置き、膝にキスをした。

その頭に手を伸ばし、髪に触れた。「カメラが落ちそうよ」

「どうでもいい」

「壊れたらどうでもよくないでしょう？」

ジョーがシーツの下に手を忍びこませた。「写真を撮る前に――」

「だめ、仕事が先よ」

ジョーは手を引き抜き、期待をこめて尋ねた。「じゃあ、そのあとでは？」

笑みをこぼさずにいられなかった。「考えておくわ」

ジョーはその笑顔をすかさずカメラにおさめた。プロらしい手つきで焦点を合わせながら、角度を変えてシャッターを切っていく。

「どうしてマニュアルで撮っているの？」脇の下でシーツをしっかりと押さえた。

「こういう光のときは、オートフォーカスより早く焦点を合わせられるからさ」

慣れた手つきでレンズを操作する様子がセクシーだった。集中した表情で自信たっぷりに仕事をする姿は頼もしい。それを横目で見ながら、腹ばいになって両脚をシーツから出し、腕を組んで頭をのせた。シャッターの連続音が響いた。

「最高のモデルだよ」ジョーがつぶやき、ベッドに近づいた。「光があたると、肌が真珠みたいに輝く」褒め言葉をささやき、ときおり体に触れ、角度を変えながらシャッターを切りつづける。それに心をくすぐられ、こちらもだんだん楽しくなってきた。

「写真を撮りたいと言ったのは、わたしをその気にさせる口実でしょう？」

「それはおまけだ」ジョーはベッドにのり、カメラを構えたまま腰にまたがってきた。

「もう」シーツを胸の上まで引きあげた。

ジョーは膝立ちになり、真上から何度かシャッターを切った。ジーンズのボタンフライのあたりがふくらんでいるのが、いやでも目に入った。ジーンズに触れ、腿から下腹部へと手をはわせて、ボタンとボタンのあいだに指を入れた。

ジョーがフォーカスリングを調整した。「気が散るからやめてくれ」

「手伝おうとしているだけよ」ひとつ目のボタンをはずした。

「手伝いになっていない」ふたつ目のボタンをはずそうとすると、ジョーの息が乱れた。

「邪魔してるだけだ」手をつかみ、ボタンから引き離した。「頼むからいい子にしていてくれ。このポーズをもう少し撮りたい」てのひらにキスをし、顔のそばに腕を置かせ、肘を少し曲げさせた。ジョーが姿勢を変えるせいでベッドが揺れ、敏感になっているところが刺激された。

ジョーが構えたカメラのレンズをのぞきこんだとき、前回ベッドをともにしたときのことが頭に浮かんだ。あのときジョーはベッドの脇に立ち、わたしの両脚を自分の肩にかけさせ、じらすようにゆっくりと押し入ってきた。

そんな官能的な場面を思いだしたことで、気だるい気分になって体の力が抜けた。こんな感覚は初めてだ。恥ずかしさが消え、自分をさらけだしたい気分になった。それがわれながらおかしくて、思わず唇を開いて笑みをこぼした。

シャッター音がした。「これだ」ジョーが優しく言い、カメラをおろした。

「これって？」

「欲しかった一枚が撮れたよ」

「どうしてわかるの？」目をしばたたいた。

「写真を確かめなくてもわかるときがあるんだ。いい流れができたときは、シャッターを切った瞬間にこれだと確信できる」

ジョーが体を伸ばし、カメラをナイトテーブルに置いた。その体を押し倒して、ジーンズのボタンに手を伸ばした。ジョーは笑い声をもらし、Tシャツを脱いでベッド脇に投げ捨てた。わたしはボタンをはずそうと懸命になった。髪がジョーの胸に垂れている。ジーンズの内側へと続く体毛の境目に舌をはわせた。ジョーは熱い息をこぼし、わたしの頭をつかんだ。彼の指が震えているのが感じられる。ジーンズのボタンをはずし終え、トランクスを引きさげた。

ジョーがジーンズを脱ぎかけたとき、腿の上にのった。硬くなったものを両手で包みこみ、口に含んだ。ジョーはジーンズを半分おろしたまま、呼吸を荒らげた。ジョーが感じているのが伝わってくる。懇願する声が聞こえたので、高ぶりを口に含んだまま、ゆっくりと頭をあげていった。ジョーが体をこわばらせ、顔を赤くした。

腕を伸ばしてわたしの頭を引き寄せ、ジーンズを脱いだ。わたしは上になって、ゆっくりと体をおろしていった。ジョーがかすれた声をもらし、こちらの手を握って腰を浮かせた。

体の奥深くにジョーの存在を感じながら、激しく体を上下させた。ジョーは最後の瞬間が訪れるのを少しでも引き延ばそうと、腰をつかんで優しくなでながらペースを落とさせた。

わたしの体を引き寄せ、頭をもたげて胸の頂を口に含んだ瞬間、全身が悦びで満たされた。ジョーがクライマックスを迎えたのを感じ、自分もまた達した。互いを強く引き寄せ、手足をからめ、唇を重ね、同じ息を吸い、ともに荒い息を吐いた。

ジョーが写真をノートパソコンにとりこんで、それを見せてくれた。たっぷりと光を受けた肌は真珠のようなつやを放ち、髪は赤々と燃えている。まぶたを半ば閉じて、ふっくらとした唇をかすかに開いている姿は魅惑的で、色気に満ち、輝いていた。

これがわたし？

驚いて画面を見つめていると、ジョーが背後から抱きしめ、耳元でささやいた。「これがぼくの目に映るきみだよ」

# 19

「みんな、静かにして」ソフィアがテレビの音量を調節した。「ひと言も聞きもらしたくないの」

「録画してるんだろう？」スティーヴンが尋ねた。

「そうなんだけど、たまにうまくいかないことがあるのよね」

「ちゃんと予約できているかどうか見てみるよ」スティーヴンはリモコンを受けとった。

事務所にいる全員がテレビの前に集まり、地元の情報番組に目を向けた。先日、ハーリンゲン家の結婚式を手がけたときに取材を受け、カメラマンとリポーターが来たのだ。今日は一時間の結婚式特集で、最新情報やファッションとともに、ヒューストンで活躍するふたりのウエディングプランナーが紹介される。ジュディス・ロードは式場と業者選びについて注意すべきことを話し、わたしは当日の準備についてアドバイスするという企画だ。

ジュディス・ロードのコーナーは優雅で威厳があった。わたしが理想とする雰囲気だ。ジュディスは経験が長く、この業界では貴婦人と呼ばれ、鋼鉄を糖蜜でくるんだような落ち着きがある。まさにプロの鑑《かがみ》だ。リポーターがいくつか質問するインタビューのシーンがあり、そこにジュディスが顧客と一緒にドレスを選んだり、ウエディングケーキのサンプルを味見したりする映像が挿入された。背景にはモーツァルトが流れている。

ところが、わたしのコーナーになったとたん威厳はかけらもなくなり、音楽はコミカルなものに変わった。「どうしてこうなるの?」むっとした。

タンクが声をあげた。

「この曲、おれは好きだぞ。バッグス・バニーが理容師をやったときの音楽だ」

「ロッシーニの《セビリアの理髪師》の序曲ですよ」スティーヴンが淡々と答えた。

ナレーションが入った。「ウエディングプランナーのエイヴリー・クロスリンはテキサス州の富裕層をターゲットに、野心的に顧客を獲得しています」

「野心的?」

「褒め言葉ですよ」スティーヴンが言った。

「男性にはそうかもしれないけど、女性にとっては違うわ」

「おいで、エイヴリー」ジョーに呼ばれた。ほかのみんなはテレビのまわりに群がっているが、ジョーだけはソファの肘掛けに腰をのせている。

そばへ行くと、腰を引き寄せられた。「わたしって野心的?」顔をしかめて尋ねた。

「もちろん違うさ」

ジョーはなだめてくれたが、残りの全員は口をそろえた。「そのとおり!」

ジョーとベッドをともにするようになって一カ月が経ち、ふたりの仲は急速に親密さを増した。あれこれ思いわずらう暇があれば不安を覚えていただろう。だからこそ余計なことを考えずにすむように、仕事に精を出した。今、手がけているのは小さな結婚式がふたつと、ワーナー家の超豪華イベントだ。毎日、昼間は仕事に追われている。だが、夜はジョーのものだ。彼と一緒にいるとあっという間に時間が流れる。まさに光陰矢のごとし。毎朝、目覚まし時計が鳴ると、また別々に過ごす一日が始まるのかと思って愕然とする。

ジョーはふたりだけの時間をとても大切にする人だ。創造力も忍耐力もある。ときには、こんな場所では気が進まないと言うわたしを上手にその気にさせ、キッチンや階段でことに及んでしまうほど積極的に楽しもうとする。そうかと思うと、わたしをベッドに寝かせ、もう耐えられないというほど延々と愛撫してくる。そのあとは暗闇の中でずっと話をする。後悔しそうなこともついしゃべってしまうのだが、ジョーには隠しごとができない。わたしにとって、彼はどうしても手放せない宝物のようなものだ。

わたしは顔をしかめたままテレビを見ていた。ジョーがなだめるように腰をぽんぽんと叩いてきた。テレビの中のわたしは、結婚式当日で重要なのは予定を時間どおりに進めることだと力説している。

ソフィアが肩越しにちらりと見た。「テレビ映り、最高よ」

「大物に見えますね」リー=アンが言った。

「ヒップも大物だこと」テレビに映る自分のうしろ姿を見てつぶやいた。

「こら」ジョーが背中を軽くつねってささやいた。ヒップの大きさを気にすると、いつも叱られる。

ほんの数分で番組の出来にがっかりした。カットの短さとコミカルな音楽のせいで、少しもプロらしく見えない。せわしなくマイクの位置を変えたり、フラワーアレンジメントの花の向きを直したり、教会の外で行われている披露パーティの写真をカメラマンが撮りやすいように交通整理をしたりする姿はまるでコメディ女優だ。

タキシードを着ているにもかかわらず、カウボーイハットをかぶっている花婿付添人が画面に映った。わたしは身振り手振りとともにその格好に抗議し、花婿付添人はカウボーイハットをとられまいと頭を押さえ、ココが不機嫌そうにそれを見あげているのだが、そのココの手の動きが音楽にぴったり合っている。

テレビを見ている全員がくすくすと笑った。「ココは撮らないでとはっきり言っておいたのに」わたしは眉間にしわを寄せた。「ペットホテルに空きがなかったから、連れていっただけなのよ」

インタビューの場面に戻った。「ウエディングプランナーは不測の事態に備えることが大事だとおっしゃいましたが」リポーターが質問した。「どんなふうに準備されるんですか？」

「最悪の事態を想定するんです。天気の急変だとか、業者のミスだとか、技術的な問題だとか……」

「技術的な問題とは？」

「さまざまなことが考えられます。ダンスフロアに問題が生じるかもしれないし、誰かのファスナーが壊れたり、ボタンがとれたりすることもあるだろうし……ウエディングケーキの飾りが中心よりずれているかもしれないし……」

わたしが披露パーティ会場の脇にあるキッチンへ入っていくところが映った。キッチンの撮影は許可しなかったにもかかわらず、ヘッドカメラで撮られている。

「ヘッドカメラを使ってもいいなんて言った覚えはないわ。ジュディス・ロードにはこんなことはしなかったくせに！」

全員がしいっと言った。

テレビ画面の中で、配達業者ふたりが四段重ねのウエディングケーキをカウンターに置こうとした。わたしはふたりに近寄り、まだ冷蔵トラックに入れておかないとクリームが溶けてしまうと苦情を言った。

「そんな話、聞いてませんよ」配達業者が答えた。

「いいから、すぐに戻して――」ウエディングケーキの最上段にのっている飾りが傾いて落ちそうになった。わたしは目をむき、慌てて腕を伸ばして飾りを押さえた。

わたしが毒づいた声がピー音で消された。

配達業者がまじまじとこちらを見ているので、視線の先をたどると、両方の胸にクリームがべっとりとついていた。

テレビを見ていた全員が爆笑した。ジョーでさえ笑いをかみ殺している。

リポーターがウエディングプランナーにとって挑戦とは何かと尋ねた。わたしはパットン将軍の言葉を引用し、勝利の感動を味わうために受けて立つべきものだと答えた。

「でも、ウエディングプランナーが軍事作戦を実行するような意気ごみで結婚式や披露パーティにのぞんだら……」リポーターが尋ねた。「ロマンティックな要素がそがれてしまうのではありませんか？」

「ロマンティックな雰囲気は新郎新婦が醸しだしてくれます」わたしは自信たっぷりに答えた。「おふたりがほかのことは気にしなくてもいいように、わたしが細かいことをすべて引き受けるんです。結婚式とは愛を祝福するためのものですから、みなさんがそれを心置きなく満喫できるようにするのがウエディングプランナーの仕事です」

リポーターの声でナレーションが入った。「新郎新婦と招待客たちが愛を祝福するあいだ、エイヴリー・クロスリンはさまざまな問題に忙しく対応します」

わたしが足早に教会の裏へ行き、チェーンスモーカーである新婦の父親がこっそり喫煙しているのを見つける。無言でエビアンのスプレーをとりだして煙草の火を消すと、父親は目をしばたたいた。次のシーンは、花嫁付添人のドレスの裾が破れてしまったため、わたしが床に膝をついてガムテープで補修しているところだ。最後にカメラがパンし、椅子の下に押しこまれたカウボーイハットを映しだした。わたしが隠しておいたものだ。

誰かがカウボーイハットをひっくり返したらしい。ココがその中に入り、舌を垂らしたまま、目をきらきらさせてカメラを見ている。そこにオーケストラでフィナーレの音楽が入り、番組は終わった。

リモコンをつかんでテレビを消し、むっとして尋ねた。「誰がカウボーイハットの中にココを入れたのよ。ひとりじゃ入れるわけないもの。ソフィア、あなた？」

ソフィアがくすくす笑いながら首を横に振った。

「じゃあ、誰？」

誰も名乗りでなかった。全員の顔を見まわした。こんなにそろって愉快そうな表情をしているのを見たのは初めてだ。

「今のうちにせいぜいおもしろがっておくことね。この番組のせいで、二、三日もしたら仕事が来なくなるだろうから」

「まさか」スティーヴンが言った。「きっとこなしきれないほど依頼が殺到しますね」

「とんでもなく無能に見えたのに？」

「そんなことはありません」

「胸にべっとりクリームをつけたのよ」

「ケーキを守ったじゃないですか。それに、一瞬で視聴者の男性ホルモン値を上昇させた」

「ゲイでもないのに結婚式の番組を見ている男性なんて、ヒューストン中を探しても、あなたとタンクとジョーくらいのものよ」

「リモコンをください」リー＝アンが言った。「もう一度、見たいから」

わたしは盛大に首を横に振った。「だめ、消去するわ」

「大丈夫だ」タンクがリー＝アンに言った。「どうせすぐに番組のウェブサイトで見られるようになる」

ジョーが腕を伸ばし、わたしの手からそっとリモコンをとりあげた。同情するような笑みを浮かべている。

「ジュディス・ロードみたいに優雅に見せたかったのに」憂鬱になった。

「ジュディス・ロードみたいなのは世間にごまんといる。だけど、きみの代わりはいない。美人で、おもしろくて、視聴者を楽しませた。ジュディス・ロードよりずっとよかったよ」

ジョーはリモコンをスティーヴンに渡し、わたしの手をとった。「ほら、食事に行こう」

わたしたちが玄関を出るのも待たずに、みんなはまた番組を再生した。

二時間ほどして事務所に戻ると、ちょうどソフィアとスティーヴンが食事に出かけるところだった。

ソフィアは幸せそうだ。生き生きとし、内側から輝きを放っている。スティーヴンとベッドをともにするようになったことが大きな理由だろう。ルイスとは違い、スティーヴンはちゃんと楽しませてくれるのだという。ふたりを見ていると、うまくいっているのが手にとるようにわかる。互いをいたわっていて、以前は喧嘩ばかりしていたのが嘘のようだ。顔を突きあわせれば相手の弱点を探し、傷つけることばかり考えていたのに、今ではすっかり気を許しあっている。

「機嫌は直った？」玄関を入ると、ソフィアに抱きしめられた。

「ええ、もう大丈夫。あんな番組は忘れて、すべてなかったことにするわ」

「それは無理かも」ソフィアがハシバミ色の目をうれしそうに輝かせた。「さっき番組のプロデューサーから電話があったんだけど、あなたの評判がすごくよくて、ツイッターでも話題になってるんだって。ココを引きとりたいという話も何件かあったそうよ」

わたしはココをしっかりと抱えこんだ。乾いた小さな舌が顎にぱちんとあたった。

「考えておきますと答えておいたから」ソフィアはからかうように言った。

それから一週間も経たないあいだに、番組は全国ネットでも放映され、事務所を訪れる客が増えた。スティーヴンとソフィアはスタッフを増やすべきだと主張した。

金曜の午後、ジャスミンから〝今すぐ電話をちょうだい〟というEメールが来た。

ジャスミンと話すのは好きだし、マンハッタンの様子を聞くのも楽しいが、今日は電話をかけるのが気が進まなかった。あのテレビ番組を見られていたら、厳しいことを言われそうな気がした。女性が仕事をしたければ何があってもプロらしく振る舞うべきだと、常々言われてきたからだ。泣かないこと、かんしゃくを起こさないこと、冷静さを失わないこと。テレビ番組の取材を受けているのに、カメラの前で毒づいたり、現場にチワワを連れてきたり、両方の胸にクリームをつけたりするのは仕事人としてあるまじき行動だ。

「番組、見た？」ジャスミンが電話に出ると、わたしはまず尋ねた。

「見たわよ！　とってもよかった！」

驚きすぎて笑ってしまった。「文句はつけないの？」

「すばらしかったわ。計算されつくしたホームコメディという感じね。あなた、視聴者の心をわしづかみにしたわよ。あなたと、あのワンちゃん……名前はなんだったかしら？」

「ココよ」

「あなたが犬派だとは知らなかったけど」

「わたしも」

「あのウエディングケーキのシーンといったら！　あれは演出？」

「まさか！　絶対に記憶から消せない悪夢ね」

「消す必要はないわ。それどころか、どんどんやるべきよ」

困惑し、顔をしかめた。「どういう意味？」

「『結婚式をあなたに』の件、覚えてるわよね」

「トレヴァー・スターンズのテレビ番組でしょう？」

「そう。あなたの履歴書と作品集と映像を先方に送ったものの、ずっとなしのつぶてだったのよ。何十人もの候補者を面接して、わたしの知る限り三人のオーディションをしたはずなんだけど、ぴったりの人が見つからなくてね。いいかげん誰か見つけないと、トレヴァーが怒りだすんじゃないかというところまで来ているらしいわ。でも、番組のホストはただ仕事ができればいいってものじゃない。視聴者が目を離せなくなるような何かがいる。それで、二、三日前にプロデューサーのロイスがユーチューブであなたと……ごめんなさい、ワンちゃんの名前はなんだった？」

「ココよ」息をのんだ。

「ああ、そうそう。そのワンちゃんの番組を見て、トレヴァーと関係者にリンクを送ったの。そうしたら、いたく気に入ってね。履歴書を読み直して、あなたこそまさに探し求めていた人材だということになったのよ。面接をしたいから、こっちへ来てほしいと言ってるわ」言葉を切った。「どうしたの？　静かね？」じれったそうに尋ねた。「この話、どう思う？」

「信じられない……」なんとかそう口にした。心臓が破裂しそうだ。

「信じなさい！」ジャスミンが勝ち誇った声で言った。「そういうわけで、ロイスが飛行機のチケットを送ると言ってるから、あなたの連絡先を教えておくわね。トレヴァーはロサンゼルスなんだけど、プロデューサーたちはニューヨークにいるのよ。エージェントも探さなきゃ。面接には間に合わないと思うけど、今の段階ではまだエージェントなしでも大丈夫。その代わり、何ひとつ約束してきちゃだめよ。彼らにあなたという人を知ってもらって、話を聞いてくるだけでいいわ」

「数日待ってもらえるなら、チケットは必要ないわ。今度の水曜日に、花嫁がドレスの試着のためにニューヨークへ行くんだけど、それにわたしも同行するの」

「あら、こっちに来るのに、わたしに連絡をくれなかったの？」

「ちょっと忙しくて」

「まあ、いいわ。ジョー・トラヴィスとは、その後どう？」

交際していることは話してあるが、ジョーに対して深い愛情を感じていることや、幸せだけど怖いというつらい矛盾を抱えていることは伝えていない。理解してもらえるとは思えなかった。ジャスミンはいつでも別れられる相手としかつきあわない。恋なんかより仕事のほうがずっと大事だと言いきったことがあるくらいだ。

「ベッドでは最高よ」

ジャスミンがハスキーな声で笑った。「楽しめるうちに、たっぷりと楽しんでおきなさい。すぐにニューヨークへ引っ越してくることになるんだから」

「まだわからないわ。採用されないかもしれないし、それに……いろいろと考えないといけないこともあるし」

「エイヴリー、この話が決まれば、あなたは誰もが知る有名人よ。どこのレストランへ行っても最上のテーブルに案内されるし、飛行機はファーストクラスかビジネスクラスだし、ペントハウスにも住めるようになるわ。それなのに、何を考えることがあるのよ」

「妹がこっちに住んでいるもの」

「妹さんもニューヨークへ呼べばいいじゃない。きっとトレヴァーたちが仕事を世話してくれるわ」

「ソフィアがそれを望むかどうかわからない。ふたりで今の会社を立ちあげて、一生懸命に頑張ってここまで大きくしたの。その会社をたたむのは、ソフィアにとってもわたしにとっても簡単なことじゃないのよ」

「わかったわかった。あなたはせいぜい考えていなさい。わたしはロイスに連絡先を渡しておくから。じゃあ、来週会いましょう」

「ええ、楽しみにしているわ。本当にありがとう」

「せっかくのチャンスなんだから、怖じ気づいちゃだめよ。あなたにぴったりの仕事なの。それに、ニューヨークこそあなたのいるべき場所よ。自分でもわかってるでしょう？　こっちじゃ常に新しいことが起きているわ。じゃあ、またね」ジャスミンは電話を切った。

ため息をつき、携帯電話を充電器につないだ。

「こっちでも新しいことが起きているんだけどな」

# 20

「あなたならきっといつか大きなチャンスをつかむと思ってたわ」ジャスミンから電話があったことを伝えると、ソフィアはそう答えた。ソフィアの反応はわたしと似たようなものだった。興奮しすぎて、少し震えている。これがいかに大きなチャンスかも、それが意味することも充分理解しているからだ。ソフィアはゆっくりと首を振り、大きな目でこちらを見た。

「あなたがトレヴァー・スターンズと一緒に仕事をするなんてね」

「まだ決まったわけじゃないわよ」

「いいえ、絶対に決まりよ。そんな気がする」

「そうしたら、ニューヨークへ行かなければならなくなるわ」

ソフィアの笑みが少し陰った。「そのときはそのときよ。なんとかなるわ」

「一緒に来る？」

「わたしもニューヨークで暮らすってこと？」

「あなたと離れるのは寂しいわ」

ソフィアがわたしの手をとった。「姉妹だもの。一緒にいなくても、気持ちはひとつよ。

それに、わたしはニューヨーク向きじゃないわ」

「あなたをひとりで置いていけないわよ」

「ひとりじゃない。仕事があるし、友達もいるし、それに……」ソフィアは頬を染めた。

「スティーヴンもいるしね」

ソフィアがうなずき、目を輝かせた。

「何？　なんなの？」

「彼、愛してると言ってくれたの」

「あなたもそう言ったの？」

「ええ」

「そう言わないとスティーヴンが傷つくと思ったから？　それとも初めてベッドで楽しませてくれた相手だから？　じつは本当に愛しているから？」

ソフィアはほほえんだ。「本当に愛してるからよ。スティーヴンの心も、魂も、それにあの複雑な脳みそもね」言葉を切った。「ベッドでの彼も嫌いじゃないけど」

思わず笑った。「どういう瞬間に、スティーヴンを愛していると思ったの？」

「これだという瞬間があったわけじゃないの。自然に気づいた感じかな」

「どのくらい真剣なの？　一緒に暮らそうかというくらい？」

「結婚の話をするくらいによ」ソフィアは口ごもった。「賛成してくれる？」

「もちろん。あなたにつりあうほどの男性なんていないけど、スティーヴンならそれに近いわ」テーブルに肘をつき、こめかみに指をあてた。「あなたたちふたりなら、この会社をやっていける。わたしが担当していることはスティーヴンにもできるもの。とり替えがきかないのはあなただけよ。アイディアの源だから。あなたに必要なのは、そのアイディアを実現してくれる仲間だけ」

「『結婚式をあなたに』を担当するのって、どういう感じかしら。あなたもいろいろとアイディアを出さなきゃいけないの？」

「いいえ、ほとんどのことはすでに決まっていると思う。わたしの役割は『アイ・ラブ・ルーシー』（一九五一～五七年にアメリカで放映されたホームコメディ・ドラマ）の主人公みたいにばたばたと騒ぐことだけよ。危機的状況があったり、わたしがドジを踏んだりして、その合間にわたしの胸の谷間とか、ココのまぬけな顔がこれでもかっていうほど映しだされる番組になると思うわ」

「きっと大ヒットするわよ」ソフィアがうっとりとした顔で言った。

「わたしもそう思う」ふたりで子供のようにキャーッと叫んだ。

しばらくして、真面目な顔に戻ったソフィアが尋ねた。「ジョーのことはどうするの？」

その質問に胸が痛んだ。「わからない」

「遠距離恋愛をしてる人はたくさんいるわ」ソフィアは言った。「お互いを思う気持ちがあれば大丈夫よ」

「そうね。ジョーならいくらでもニューヨークに来られる経済力はあるし」

「離れてるのも悪くないかもよ。飽きが来なくて」

「量より質というやつね」

ソフィアがうなずいた。「きっとうまくいくわ」

慰めにすぎないと心のどこかでわかっていたが、それでもその言葉を信じたかった。

「ジョーには余計な心配をさせたくないから、まだ何も話さないでおこうと思うの」

「わかった。わたしからは何も言わないでおくわね」

その週末はジョーに隠しごとをしていることで心がざわついた。たとえどう言われるかわからなくても、正直にすべてを話してしまいたかった。よく眠れず、夜中に何度も目を覚まし、翌朝は体がだるかった。そんな日が三日続いた真夜中、ジョーがベッド脇の照明をつけた。「ベッドに子犬が何匹もいるみたいな感じだぞ」口調は怒っていたが、目は優しかった。「どうした？　なぜ眠れないんだ？」

ジョーは心配そうな顔をしている。寝乱れた髪と広い胸を見たとたん、こんなに近くにいるのに彼のことが恋しくてたまらなくなった。体をすり寄せると、ジョーは優しい言葉をつぶやき、シーツをかけてくれた。

「話してごらん。どんなことでも怒ったりしないから」

よくジョーが聞きとれたと思うほどの早口で、すべてを打ち明けた。ジャスミンから連絡があったこと、トレヴァー・スターンズの『結婚式をあなたに』という番組のホストに抜擢されるかもしれないこと、それはずっと夢見てきた一世一代のチャンスであることなどだ。

ジョーはときおり質問をするほかは、黙って耳を傾けていた。ようやく話が終わり、ひと息つくと、ジョーはこちらの顔をあげさせた。その表情は読めなかった。「もちろん、面接は受けるべきだと思う。そのあとで、どういう選択肢があるのか考えればいい」

「怒っていないの？」

「まさか。きみを誇りに思うよ。それがきみの夢なら、ぼくは全力で応援する」

ほっとして声をもらした。「ああ、そう言ってくれてうれしいわ。ひどく不安だったの。だけど、よく考えれば遠距離恋愛もそんなに悪いものじゃないし、お互いの気持ちが揺るぎないものであれば――」

「エイヴリー」ジョーが穏やかな声で言った。「遠距離恋愛をするとは言ってないよ」

困惑して体を起こし、ジョーと向きあうと、シルクのネグリジェの肩紐をあげた。

「今、応援してくれると言ったじゃない」

「それは本心だ。きみが幸せになれるなら、なんでも好きなことをすればいいと思っている」

「結婚式の番組を任されて、ニューヨークで暮らせて、あなたとの関係も続けられたら、それがわたしの幸せよ」自分がどれほど自己中心的なことを言っているのかに気づいて恥ずかしくなった。「ストロベリーケーキもチョコレートケーキも好きだから、どっちも食べたいということよ。チョコレートケーキがニューヨークまでわたしに会いに来てくれるといいなと思っているわ」

ジョーは短く笑ったが、本心からの笑顔には見えなかった。

「ケーキはあんまり旅行には向かないな」

「せめて試してみてくれない？　遠距離恋愛にもいいところはあるわ。ひとりの自由を楽しみながらも決まった相手がいるという安心感を――」

「経験があるんだ。かなり昔の話だけどね」ジョーが穏やかに話をさえぎった。「もうこりごりだよ。遠距離恋愛にいいところなんかない。ひとりで過ごす寂しさや、長距離の移動に疲れてくるだけだ。死にかけている恋愛関係に蘇生術を行っているようなものさ。短期間ならなんとかしのげるかもしれないけれど、終わりが見えない遠距離恋愛はうまくいくはずがない」

「だったら、あなたもニューヨークに移り住むのはどう？　テキサスにいるより、はるかにおもしろい仕事ができるわ」

「こっちにいてもおもしろい仕事はできる」ジョーは淡々と反論した。「ただ、中身が違うだけだ」

「そんなことはないわ。だって――」

「わかった」ジョーは片方の手をあげて制し、苦笑いした。「とにかく、まずは面接を受けるのが先決だろう？　きみがその仕事に向いているか、あるいはその仕事がきみに向いているかを確かめてくるといい。とにかく、今夜はもう休もう」

「眠れない」不平がましく言い、仰向けに倒れこんでいらだちのため息をついた。「ゆうべも寝られなかったの」

「知ってる。ぼくも同じベッドにいたんだ」

照明が消され、室内は真っ暗になった。

「これが三年前だったらよかったのに。あのときこそこういう仕事を必要としていたんだもの。どうして今なの？」

「人生なんてそんなものさ」

歯がゆさで神経が高ぶった。「わたしがテキサスにいないと、会うのに不便だからっていう理由だけで別れるの？　そんなのはおかしいわ」

「エイヴリー、感情的になるな」

「ごめんなさい」気持ちを落ち着けようと、ゆっくり呼吸をした。「ひとつだけ教えて。あなたのご家族はプライベートジェット機を所有しているのよね？」

「ガルフストリームだ。ビジネス用だよ」

「わかっている。それを個人的な理由で使いたいと言ったら、ご家族のみなさんは反対しそう？」

「ぼくが使いたくない。一時間の飛行時間ごとに五〇〇〇ドルもかかる金食い虫だぞ」

「小型機？　それとも中型機？」

「スーパーミッドサイズと呼ばれるクラスで、客室が広い」

「ニューヨークまでだと、どれくらいの時間でフライト準備ができるの？」

「二、三時間だな」シーツが脚からはがされた。

「何をしているの？」室内が真っ暗なので、ジョーの動きは見えなかった。

「うちのプライベートジェット機にたいそう興味があるようだから、詳しく説明しようかと思ってね」

「ジョー」

「黙って」ネグリジェの裾が少し引きあげられ、膝の横に熱いキスをされた。「ガルフストリームにはインターネットとテレビと衛星電話と、まずいコーヒーを作るコーヒーメーカーが搭載されている」もう一方の膝にもキスをされ、唇のくすぐったい感触がゆっくりと腿をはいのぼった。「アップグレードされたロールス・ロイス社のエンジンが二基。一基の推力は約六トン」舌が腿の内側にすべりこみ、思わず息をのんだ。

茂みに熱い吐息をかけられ、ぞくっとした。

「燃料搭載量は約一万七〇〇〇リットル」

敏感なところを舌でなぞられ、あえぎ声がもれた。舌はやわらかい部分の奥へと入ってきた。

「最大航続距離は約七〇〇〇キロだ」指先で茂みを分けられて熱い舌で愛撫され、腰が弓なりにそった。下腹部から鋭い感覚がこみあげてきたとき、唇が離れた。「エンジン逆噴射装置がついているので、短距離で着陸できる。赤外線カメラを使った暗視装置も搭載されている」長い指が体の奥に分け入ってきた。「ほかに何か訊きたいことは？」

しゃべることができず、ただ首を横に振った。この暗闇では見えていないはずだが、動きを感じとったのか、愉快そうな声がもれるのが聞こえた。

「エイヴリー、今夜はよく眠れるぞ」

また唇と舌が押しあてられ、じらすように容赦なく責めたてられて、体中に火がついた。耐えがたいまでの快感がこみあげ、身をよじって逃れようとしたが、ジョーは放してくれなかった。やがて爆発的な悦びに襲われた。

その夜は気絶したかのように眠った。あまりに眠りが深かったため、翌朝にキスをされたこともほとんど覚えていないほどだ。ジョーはすでにシャワーを浴びて服を着こみ、ベッドにかがみこんでそろそろ行くよと言った気がする。

はっきり目が覚めたときには、もうジョーの姿はなかった。

二日後、ホリー・ワーナーと一緒に、彼女の夫の会社が所有するビジネスジェット機のサイテーション・ウルトラに搭乗した。客室乗務員が氷とともにコップに注いで出してくれたドクターペッパーを飲みながら、予定より到着が遅れているベサニーを待った。ホリスは入念にメイクし、おしゃれな服に身を包んでいる。クリーム色の革製の座席でくつろぎながら、このビジネスジェット機について話しはじめた。夫のデイヴィッドは福利厚生の一環として、彼が経営するレストランやカジノで働く重役たちに、このプライベートジェット機の個人使用を一定時間認めているのだという。ホリスも友人たちとショッピングや旅行に出かけるのに、よくサイテーション・ウルトラを使うということだ。

「二泊三日でよかったわ。一泊じゃせわしないもの」ホリスが言った。「明日の夜はお友達とディナーに出かけるのよ。エイヴリー、よかったらあなたも一緒にいかが？」

「ありがとうございます。でも、わたしも久しぶりに会う友人たちと食事の約束をしているんです。それに、明日の午後は別件もありますし」『結婚式をあなたに』のスピンオフ番組が企画されてそのホストに抜擢される可能性があり、プロデューサーの面接を受けるのだとホリスに話した。ホリスは大喜びし、そうなったあかつきには全面的に支援すると約束してくれた。

「そもそもわたしがあなたを娘のウエディングプランナーに選ばなかったら、その番組の話はなかったかもしれないわ」

「あなたのおかげだと、みんなに話しておきます」乾杯した。

ホリスはドクターペッパーをひと口飲み、ブロンドの髪を耳にかけると、ふと思いついたように尋ねた。

「そういえば、まだジョーとは交際しているの？」

「はい」

「彼は番組のことをなんと？」

「応援してくれています。わたしがしたいようにすればいいと」

はっきり言われたわけではないが、もし仕事を引き受ける結果になっても、ジョーがその決断に口を挟まないことはわかっていた。テキサスに残れとか、何かをあきらめろとは絶対に言わないだろう。ふたりのつきあいが今後どうなるのか保証は何もない。一方、トレヴァー・スターンズのプロダクション会社に雇われることになれば、きちんとした契約という形での保証がある。たとえテレビ番組の仕事がうまくいかなかったとしても、出演料は入るし、人脈はできるし、履歴書を華々しい経歴で飾れるようにもなる。

ベサニーが搭乗してきたので、それ以上の説明はせずにすんだ。ベサニーはトリーバーチの色鮮やかなチュニックとカプリパンツという姿で、髪にはゴールドのメッシュを入れている。「楽しみね！」興奮した声で言った。

「うちの娘、美人でしょう？」ホリスは誇らしさと残念さが入りまじった口調で同意を求めた。「テキサス一の美人だって、いつも夫が言うのよ」だがベサニーに続いて別の人が搭乗してきたのを見て、啞然とした。「コルビーを連れてきたの？」

「友達をひとり、招待してもいいと言ったじゃない」

「たしかに言ったけど」ホリスは唇を引き結び、雑誌を手にとってページをめくりはじめた。このたくましい体つきをした二〇代くらいの男性は、ホリスが招きたい相手ではなかったらしい。

コルビーはビラボンのボタンダウンのシャツにボードショーツという格好で、スポーツキャップをかぶり、日光で色あせた髪が少し伸びている。肌はよく日に焼け、目は淡いブルーで、歯は便器のように真っ白だ。客観的に評価するなら、愛想はいいけれど退屈なハンサムという印象だ。

「ベサニー、今日もきれいよ」わたしはかがみこみ、挨拶代わりにベサニーを抱きしめた。「気分はどう？　フライトは大丈夫そう？」

「絶好調よ！　産科のお医者様が言うには、わたしは模範的な健康体なんですって。もう外から見てもわかるくらい、赤ちゃんが強くおなかを蹴ってくるのよ」

「まあ、そうなの」ほほえんでみせた。「ライアンも喜んでいる？」

ベサニーは顔をしかめた。「あの人、いつも生真面目な顔をしてるから、定期健診には一緒に行かないの。こっちまで気分が暗くなっちゃうわ」

ホリスが雑誌から顔もあげずに言った。「もう少しライアンをほほえませる努力をしたほうがいいんじゃないの？」

ベサニーが声をあげて笑った。「いいえ、設計図やらパソコンやらで勝手に遊んでいてもらうわ。わたしにはちゃんと楽しませてくれる相手がいるから」コルビーの腕を握り、こちらを見た。「エイヴリー、せっかく女性ばかりの旅なのに、男性を連れてきてごめんなさい。あなたを困らせるようなことはさせないから」

コルビーが意味ありげな笑顔でベサニーを見た。

「きみのことはたっぷり困らせてやるぞ」

ベサニーはくすくす笑い、コルビーをバーカウンターへ引っ張っていくと、缶飲料を物色した。客室乗務員が困った顔で、席まで運ぶので座っていてほしいと懇願した。

「あの人、誰なんです？」勇気を出してホリスに尋ねた。

「誰でもないわ」ホリスはささやいた。「水上スキーのインストラクターよ。去年の夏に知りあったらしいわ。ただの友達よ」肩をすくめた。「ベサニーは陽気に騒ぐのが好きなの。わたしはライアンをとても気に入っているけれど、一緒にいて楽しい人だとは言いがたいもの」

愛してもいない女性と結婚し、望んでもいない子供の父親にならなくてはいけないライアンの身にもなってみたらと言い返したかったが、その言葉をのみこんだ。

「コルビーの件は口外無用よ」ホリスは言った。「とくにジョーには黙っていて。ライアンに余計なことを言って、面倒を引き起こすかもしれないから」

「わかっています。わたしはあなた以上にこの結婚式を無事に終わらせたいと望んでいます。このことは誰にも言いませんから。わたしが口を差し挟むことでもありませんし」

ホリスが満足げな顔になり、優しい目でこちらを見た。

「お互い、わかりあえてよかったわ」

ホテルにチェックインするとき、もうひとつ困惑する事態を目撃した。フロント係にクレジットカードを手渡し、支払いの手続きが終わるのを待っているときだった。ふと隣を見ると、別のフロント係がベサニーとコルビーに同じ部屋を割りあてているのが見えた。それまでは、ふたりが本当にただの友人であってほしいと願う気持ちがどこかにあった。機内ではささやきあったり、含み笑いをしたり、一緒に映画を見たりとティーンエイジャーみたいに振る舞っていたものの、性的な関係をにおわせるようなことはしなかったからだ。

だが、一緒の部屋に泊まるとなれば疑いの余地はない。

わたしは視線を引き戻し、クレジットカードを受けとって領収書にサインした。ホリスとの約束は守り、コルビーのことは誰にも言わないつもりでいる。けれども、こんな秘密に加担するのかと思うと罪の意識を覚え、自分が下劣な人間に思えてくる。

「じゃあ、またあとでね」ベサニーが言った。「わたしたち、ランチにはおりていかないわ。ルームサービスをとることにしたの」

「では、二時間後にコンシェルジュデスクの前で待ちあわせましょう。午後二時に試着の予約が入っていますから」

「わかったわ」ベサニーはコルビーと並んでエレベーターへ向かった。途中で足を止め、一緒に宝石のショーケースをのぞきこんだ。

ホリスがそばへ寄ってきて、携帯電話をバッグにしまった。「あなたもいつか娘を育ててみるとわかるわ」疲れのにじんだ言い訳がましい口調だ。「何が正しくて何が間違っているとか、どう振る舞うべきだとか、どれを信じるべきだとか、一生懸命に躾けても、娘というのは愚かなことをするものなのよ。でも、そうなってしまったら、力になってやるしかないじゃないの」ため息をつき、肩をすくめた。「結婚の誓いを立てたら、ちゃんとそれを守ってほしいと思っているけれど、それまでは自由の身よ。何をしてもかまわないわ。それはライアンも同じよ」

　わたしは口を閉ざしたまま、うなずいた。


　二時ちょうどに、アッパー・イースト・サイドにあるフィノーラ・ストロングのブライダルサロンに到着した。サロンの内装は控えめな色で統一され、ベルベット張りの椅子が置かれている。フィノーラのことはジャスミンから紹介され、わたしの描いたスケッチを渡し、ウエディングドレスの仕立てを依頼した。すっきりとしたラインと華麗な装飾を得意とするフィノーラは、一九二〇年代の雰囲気を醸しだすビーズの飾りや、複雑な作りのオーバースカートを作ってもらうにはうってつけの人物だ。フィノーラのサロンは技術力の高いオートクチュールとして知られ、一着が最低でも三〇〇〇ドルはする。

　二カ月前、フィノーラのアシスタントがワーナー家を訪ねて採寸を行い、モスリンでテスト用のドレスを仮縫いした。フィノーラは妊娠のことを知らされていたので、あとでサイズを変更しやすいようデザインに工夫を凝らした。

　ビーズなどの飾りがついた本縫いのドレスを試着するのはこれが初めてだ。今日の試着は、デザインどおりのラインが出ているかどうかを確認するのが大きな目的だ。あとは結婚式の数日前にアシスタントがワーナー家にドレスを届け、必要なら最後のサイズ調整を行うことになる。

　巨大な三面鏡と何脚かの椅子が置かれた試着室に通され、ホリスとわたしにはシャンパン、ベサニーにはフルーツジュースのソーダ割りが出された。すぐにフィノーラもやってきた。ブロンドの髪をした三〇代の細身の女性で、笑顔が温かく、目には愛らしくも理知的な光を宿している。デザイン学校へ通っていたころに、三、四度顔を合わせたことはあるが、ファッション関係の混雑したイベント会場だったため、ほんの短い会話しか交わしていない。

「エイヴリー・クロスリン」フィノーラが声をかけてきた。「新しい仕事のオファーが来てるんですって？　おめでとう」

わたしは笑った。「ありがとう。ジャスミンは絶対にいけると思っているみたいだけど、わたしはそんなに自信がないの」

「あら、謙遜するなんて似合わないわよ。あなたはいい意味で貪欲な人だもの。プロデューサーとの面接はいつなの？」

わたしはにっこりとした。「明日よ」

フィノーラをワーナー家の母と娘に紹介した。フィノーラは、こんなにきれいな花嫁は見たことがないとベサニーを褒めたたえた。「ご試着された姿を早く見てみたいものですわ。素材は日本のシルク、韓国の裏地、インドのビーズ飾り、イタリアのインナー、フランスのアンティークのレース生地と、世界各国からとり寄せました。では、わたしたちはしばらく外に出ていますから、お召し替えください。アシスタントがお手伝いさせていただきます」

フィノーラにサロン内を案内してもらったあと、また試着室へ戻った。三面鏡の前に立ったベサニーのほっそりとした体は全身がきらきらと輝いていた。

芸術作品と言ってもいいようなウエディングドレスだった。幾何学模様の手編みのレース生地で仕立てられた身頃には、繊細なクリスタルビーズがあしらわれている。肩の細いストラップもクリスタルでできており、黄金色の肌によく映えた。スカートにもビーズがちりばめられていて、それが霧のごとく光をとらえ、ハイウエストの切り返しから裾へと緩やかに流れるラインを表現している。これ以上美しい花嫁は想像さえできないほどだ。

ホリスが満面に笑みを浮かべ、口に手をあてた。「まあ、なんてすてきなの」

ベサニーも笑顔になり、スカートの裾を揺らした。

だが、わたしとフィノーラはドレスに問題があることに気づいた。おなかが突きだしているせいで、オーバースカートの前開きがスケッチより広くなっているのだ。ベサニーに近寄り、ほほえみながら言った。「本当にきれいよ。だけど、ちょっとお直しが必要だわ」

「あら、そう?」ベサニーが困惑した顔になる。「わたしには完璧に見えるけど?」

「結婚式のころにはさらにおなかが大きくなるでしょうから」フィノーラが説明した。「オーバースカートが劇場のカーテンみたいに左右に開いてしまうんです。ふくらんだおなかはかわいらしいですけれど、それがあまり目立つのは好ましくないと思います」

「いやだわ。どうしてこんなに急激に太っちゃったのかしら」ベサニーがいらだった声をあげた。

「妊娠は人それぞれなのよ」ホリスが言った。

「太ってなんかいらっしゃいませんわ」フィノーラは慰めた。「赤ちゃんがいるんですから、おなかが出るのはあたり前ですし、ほかはほっそりしていらっしゃいます。どうぞお任せください。体のラインがいちばんきれいに見えるドレスにしてみせますから」オーバースカートの生地を持ちあげてはおろし、じっと眺めつつ考えた。

そのときベサニーが小さく飛び跳ね、おなかに手を置いた。「まあ」楽しそうに笑った。「今のキックは強かったわ」

「おなかがぴくりと動いたのが見えましたよ」フィノーラが言った。「お座りになりますか？」

「いいえ、大丈夫」

「今、このオーバースカートをどうしようかと考えているんです。少々お時間をくださいね」フィノーラは優しいまなざしでベサニーを見た。「あと一カ月で、どれくらい大きくなるでしょうね。もしかして双子ですか？」

ベサニーは首を横に振った。

「それはよかったですね。姉が双子を産んだんですけど、出産が大変だったんですよ。ところで出産予定日ですが……最後におうかがいしたときから変更はありませんか？」

「ないわ」母親が娘の代わりに答えた。

フィノーラがアシスタントへ顔を向けた。「ドレスを脱ぐのを手伝ってさしあげて。わたしはデザインのことでちょっとエイヴリーと相談してくるから。ベサニー様、お母様に試着室にいていただいてもよろしいでしょうか？」

「もちろんよ」

フィノーラはホリスに近づき、小さなテーブルにのっている空のグラスを手にとった。

「シャンパンのお代わりはいかがですか？　それともコーヒー？」

「コーヒーをお願い」

「アシスタントに持ってこさせますわ。すぐに戻ります。エイヴリー、ちょっと来て」

試着室を出ると、そばを通ったアシスタントにグラスを手渡し、ホリスのためにコーヒーを淹れるよう頼んだ。静かな廊下を進み、窓のあるオフィスへ入った。

すすめられるまま椅子に腰をおろした。「直すのは大変そう？」不安になった。「スカートをまたほどく必要はないわよね？」

「型紙とオーバースカートの担当者に相談してみないとわからないわ。でも、払ってもらっている金額を考えると、必要なら最初からだって作り直してみせるわよ」フィノーラは背筋を伸ばし、首のうしろをこすった。「ねえ、何が本質的な問題だかわかる？」

「さあ、もっとよくオーバースカートを見てみないと、わたしにはなんとも言えないわ」

「妊娠した花嫁のウエディングドレスをデザインするときの鉄則があるの。花嫁が申告する出産予定日を絶対に信じないことよ」

「予定日がずれているということ？」

「ええ。少なくとも二カ月くらいは違っていると思う」

わたしは唖然とした。

「よくある話よ」フィノーラは言った。「今や妊婦向けの既製品のウエディングドレスは、この業界じゃいちばんの成長分野よ。このサロンの顧客でも五人にひとりはそうだもの。出産予定日を遅めに申告する花嫁なんていくらでもいるわ。この時代になっても、親に叱られるんじゃないかと思うのよね。それに、理由はほかにもあるし……」肩をすくめた。「まあ、それはわたしたちが口出しすることじゃないんだけどね。わたしの勘があたっていれば、結婚式当日には相当おなかが突きだしているわよ」

「じゃあ、前開きはあきらめて、普通のオーバースカートにするしかないわ。ビーズの装飾は間に合わなさそうね」

「高くつくけど、頼める職人はいなくもないわ。みなさんはいつまでこっちにいるの？　明日、もう一度試着してもらえないかしら」

「大丈夫よ。午前中でもいい？」

「いいえ、午前中までにドレスを作り直すのは無理よ。あなたの面接が終わったあとはどう？」

「時間が読めないの」

「わかったわ。じゃあ、もしあなたが来られないなら、ベサニー様だけ午後四時によこしてもらえる？　写真を撮って、あなたの携帯電話に送るから、それで仕上がりを確かめて」

「ねえ……ベサニーの出産予定日が自己申告とは違うって、本気で思っている？」

「お医者様じゃないから断定はできないけど、少なくとも妊娠四カ月でないことは確かよ。

おなかが張っているせいでおへそが小さくなっていたわ。そうなるのは、どんなに早くても妊娠六、七カ月ごろからよ。それに胎動が強いでしょう？　身長一五センチくらいの胎児があんなに強く蹴ったら、そっちのほうが驚きよ。ベサニーがどれほど体重管理をしたところで、胎動は嘘をつかないわ」

その夜はジャスミンや、ファッション業界で働く古い友人たちと食事をした。イタリアンレストランで一二人掛けのテーブルに陣取り、常に三つか四つの会話が並行して進んだ。昔と変わらず、友人たちは有名人やデザイナーたちの噂話をよく知っていた。日々、新しいことが起きる街で、マスコミより早く変化を知る生活がどれほどわくわくするものか、久しぶりに思いだした。

ビーフカルパッチョが運ばれてきた。肉は上にのっているパルメザンチーズより薄く切られ、もはや半透明に近かった。サラダが出されたとき、ウエイターがパンをすすめたが、その場にいた全員がいっせいに首を横に振った。バスケットに入ったパンが甘い香りを漂わせながら持ち去られるのを、わたしはわびしく見送るしかなかった。

「ひと切れずつでももらえばよかったのに」

「ニューヨークじゃ誰も炭水化物は食べないの」ジャスミンと同じ雑誌で美容ディレクターを務めるシャーボンが言った。

「今もそうなの？　そろそろ、そんなダイエット法は消えたかと思っていたのに」

「いいえ、永遠に消えないわ」ジャスミンが強調した。

「そんなことを言わないでよ」

「白いパンは体に悪いの。グラニュー糖を口に放りこむほうがまだましよ」

「エイヴリーにKPDダイエット法の資料をあげたら？」シャーボンがジャスミンに言い、真剣な顔でこちらを見た。「わたしは一週間で五キロ痩せたわよ」

「どこから五キロも落としたのよ！」わたしは驚いた。シャーボンは鉄道の線路かと思うほど細い。

「あなたもきっと気に入るわ」ジャスミンが言った。「今、流行してるの。Kはケトン体ダイエット、Pはパレオダイエット、Dはデトックスダイエットのことで、それを組みあわせた方法よ。まずは痩せやすい体を作るところから始めるから、体重が落ちるのが早いの。サナダムシダイエットにも負けないほどの効果があるわ」

メインディッシュが運ばれてきた。パスタを注文したのはわたしだけだった。

アクセサリーのデザイナーとして活躍しているジェットが、わたしのパスタ料理を見てため息をついた。「パスタなんてブッシュが大統領だったころに食べたのが最後よ」

「パパのほう？　息子のほう？」ジャスミンが尋ねた。

「パパ」ジェットは懐かしそうな顔をした。「今でも覚えているわ。ベーコンがたっぷり入ったカルボナーラだった」

友人たちがじっとこちらを見ていることに気づき、口へ運びかけたフォークを途中で止めた。「ごめんなさい。別のテーブルへ移ったほうがいい？」

「正確に言うと、今のあなたはニューヨークっ子じゃないから、どうぞ食べて」ジャスミンが言った。「でも、こっちへ戻ってきたら炭水化物とはおさらばするのよ」

「ニューヨークへ来ることになったら、いろいろなものとおさらばするはめになりそうね」

翌日の午後一時、タクシーでミッドタウンまで行き、トレヴァー・スターンズのプロダクション会社の玄関に入った。五分ほど待つと、細身の黒のパンツスーツを着た、ウェーブのかかったボブの若い女性が出てきた。エレベーターで上階に向かい、シルバーとラベンダー色のモザイクを施した天井がみごとな応接エリアへ案内された。椅子は深い紫色だった。

先方は三人だった。温かい歓迎を受けたおかげですぐにリラックスできた。三人とも若くて、おしゃれだ。先ほど案内してくれた女性はロイス・アモンズと名乗った。プロデューサーであり、トレヴァー・スターンズの秘書も務めているらしい。ほかのふたりはキャスティング・プロデューサーのティム・ワトソンと、プロデューサー兼アシスタント・ディレクターのルディ・ウィンターズだ。

「今日はあのワンちゃんは一緒じゃないの？」ロイスが尋ねた。案内された広々としたオフィスからは、クライスラー・ビルディングが見渡せる。

「ココは年をとっているから、旅行に連れてくるのは大変なんです」

「きっとあなたがいなくて寂しがっているわね」

「妹のソフィアが世話をしてくれるから大丈夫です」

「その妹さんと一緒に今の会社を立ちあげたのよね。そのあたりのことを話してもらえるかしら。ああ、ちょっと待って。録音してもかまわない？」

「ええ、もちろんです」

それからの三時間は三分かと思うほど速く過ぎた。まず、ファッション業界でどんな仕事をしてきたかについて説明し、ソフィアと会社を起こした経緯を語った。これまでに手がけた風変わりな結婚式の話をすると、三人は爆笑した。

「エイヴリー」ロイスが言った。「ジャスミンから聞いたんだけど、エージェントは見つけていないそうね」

「ええ。まだ必要になるかどうかわからないので――」

「このままいけば必要になりそうだよ」ティムがほほえんだ。「そうなると、きみがどの程度公の場に出るか決めなくてはならないし、肖像権や著作権、関連商品のライセンスの管理など、交渉すべきことが目白押しになる。だから、すぐにでもエージェントを決めてほしい」

「わかりました」バッグからタブレット端末をとりだして、メモを書いた。「つまり、また会っていただけるということでしょうか？」

「エイヴリー」ルディが言った。「まだいくつか確かめたいこともあるが、ぼくはきみ以上の人はいないと思っている。ワーナー家の結婚式を取材してもかまわないかな？」

「先方に訊いてみなくてはわかりませんけれど、おそらく大丈夫だと思います」興奮で息が詰まりそうになった。

「きみならきっとおもしろい番組にしてくれそうだ」ティムが言った。「トレヴァーの考え方を受け継いで、自分のものにできそうだからね。エネルギッシュだし、赤毛のセクシーな女性というイメージもいいし、何よりテレビカメラの前で物怖じしないところがすばらしい。最初は覚えなくてはならないことも多いだろうが、きっと大丈夫だ」

「トレヴァーに会わせて、相性がいいかどうかも見ないといけないわね」ロイスがほほえんだ。「だけど、彼はすでにあなたのことを大いに気に入っているわ。エージェントが見つかったら、さっそくあなたのキャラクターに合った番組構成を考えて、パイロット版を作りましょう。第一回は、トレヴァーがあなたの指導者になるという企画にしたいの。あなたが何か困難な問題にぶつかって、トレヴァーに助言を求めるのよ。でも、必ずしもアドバイスに従う必要はないわ。ちょっと緊張をはらんだ人間関係にするほうが番組としてはおもしろくなるから。トレヴァーと生意気な弟子という感じかしら。切れのいい会話が欲しいわね。どう、こういう企画は？」

「おもしろそうですね」とっさにそう答えたものの、番組内で自分が演じる役割がどんどん作りあげられていくことに落ち着かないものを感じた。

「それに犬だ」ティムが言った。「きみが犬を連れて歩いている姿はロサンゼルスで大好評だったんだ。だけど、もっとかわいい犬種がいいな。白くてふわふわしたやつはなんというんだっけ?」

「ポメラニアン?」

ティムは首を横に振った。「いや、違う気がする……」

「コトン・ド・テュレアール?」

「それかも……」

「写真つきのリストを作るから、あとで見て」ロイスがメモした。

「わたし、別の犬を飼うんですか?」

「番組の中で使う犬ってことよ。家に連れて帰る必要はないわ」ロイスは軽く笑った。「そんなことをしたら、ココが嫉妬するでしょう?」

「犬を小道具として使うということですか?」

「れっきとした出演者だよ」ティムが答えた。

男性ふたりが話しはじめると、ロイスは緊張しているわたしの手をとり、にっこりした。

「この企画、絶対に実現させましょうね」


その夜、ホテルの客室でベッドに座り、携帯電話をじっと見つめた。ジョーになんと言おう。どう話すか声に出して練習し、テーブルにあったメモ用紙にいくつかの言葉を書きつけた。

そして、はたと気づいた。ジョーと話すのにリハーサルをするなんて……。メモ用紙を脇へ押しやり、電話をかけた。

ジョーはすぐに応答した。いつもののんびりした声を聞いたとたん、胸が苦しいほど会いたくなった。「やあ、エイヴリー。そっちはどうだい？」

「うまくいっているわ。でも、あなたがいなくて寂しい」

「ぼくもだよ」

「今、ちょっとしゃべっても大丈夫？」

「ひと晩中でもいいぞ。詳しい話を聞かせてくれ」

体を楽にして、脚を組んだ。「今日、面接を受けたの」

「どうだった？」

どんな会話が交わされたか、何を思い、どう感じたのか、すべて話した。ジョーはほとんど口を開かず、自分の意見を言わなかった。

「金の話は出たのか？」話がひとしきり終わると、ジョーが訊いた。

「いいえ。だけど、きっと人生が変わるくらいの大金を手にすることになると思うわ」

ジョーは皮肉な口調で言った。「金で人生が変わるかどうかは別にして、仕事には大きな意味がある」

「ジョー……わたしはずっとこういう大きなチャンスをつかみたかったの。それが今、現実になろうとしているのよ。彼らは乗り気だわ。それなのに……断るなんてできない」

「言っただろう？　きみの人生を邪魔するつもりはないって」

「わかっている」じれったさが声に出た。「そんな心配はしていないわ。そうじゃなくて、あなたがわたしの人生に関わろうとしなくなるのが受け入れがたいの」

ジョーはいらだちと疲れをにじませた口調になった。ずっと思考が堂々巡りをしているのだろう。わたしと同じだ。

「きみが二五〇〇キロも離れた場所で人生を送るなら、それに関われというほうが難しい」

「ニューヨークへ来ない？　一緒に暮らしましょうよ。あなたがテキサスに縛られる理由は何もないわ。荷物をまとめて――」

「何もないわけがないだろう。家族も友人もいるし、家も仕事もある。基金を設立しようともしてるんだ」

「ジョー、人生は変わるのよ。みんな、大切な人との関係を続けるために、新しいスタートを切るの。あなたがそうしないのは、わたしが女だからでしょう？　夫や恋人が仕事のチャンスをつかむと、女はついていくわ。でも、その逆は――」

「エイヴリー、くだらないことを言うな。性差別からニューヨークに行かないわけじゃない」

「どこで暮らしたって、その気になれば幸せになれるわ」

「そういうことでもないんだ……」緊張した短いため息が聞こえた。「きみはたんに仕事を選んだわけじゃない。人生を選んだ。一分の余裕もないほど、恐ろしく多忙になる生き方だ。ぼくがニューヨークへ行ったところで、きみに会えるのは週末の半日かい？　あるいは、きみが帰宅してベッドに行くまでの二〇分ほどか？　きみの人生にぼくが入りこめる余地はないんだよ。子供が入りこめる余地も」

その言葉を聞き、愕然とした。「子供？」声がうつろに響いた。

「そうだ。ぼくはいずれ子供が欲しいと思ってる。玄関ポーチに腰をおろして、子供がスプリンクラーの水と戯れる姿を見たい。子供たちと遊んで、キャッチボールもしたい。家族を持ちたいと思っているんだよ」

なかなか言葉が出てこなかった。「いい親になれる自信がないわ」

「そんなのは、みんな同じだ」

「違う。わたしは本当にそうなの。だって、家族というものを知らないんだもの。ずっと崩壊寸前の家庭で育ってきたわ。ある日、学校から家に帰ると、知らない男の人と知らない子供たちがいるのよ。母はわたしにひと言の相談も報告もなしに結婚する人だった。そしてまたある日、なんの前触れもないままに、その新しい家族たちは家からいなくなる。手品師に消されたハトみたいにね」

ジョーの声が優しくなった。「エイヴリー、いいかい――」

「親になって、子供にそんな悲しい思いをさせることになったら、自分を許せないわ。リスクが大きすぎるのよ。それに結婚の話なんて早すぎる。まだ、お互いに言えない言葉があるというのに」

「わかってる。でも、今それを口にはできない。言ってしまったら、きみにプレッシャーをかけることになる」

電話を切らなくてはと思った。今は引きさがるしかない。

「せめて残された時間を大切にしましょう。ベサニーの結婚式まで、まだ一カ月あるわ。それが終わってから考えても遅くは——」

「なんのための時間だ？　これ以上、きみを好きにならないための一カ月か？　そのあいだに、きみのことを忘れろと？」ジョーの息遣いが乱れた。声こそ荒らげていないが、張りつめたものが伝わってくる。「あと何日あるのかと、残された日を数えるだけじゃないか。エイヴリー……そんなことはぼくにはできない」

涙があふれ、頬を伝った。

「何を言えばいいの？」

「どうしたら、この気持ちを止められるのか教えてくれ。いったい、どうしたら……」ジョーが不意に言葉を切り、毒づいた。「そんなふうに長引かせるだけなら、いっそ今すぐこんな関係は終わらせたい」

携帯電話を握りしめる手が震えた。怖かった。こんなに何かを怖いと思ったことはない。

「今夜はもうこの話はやめましょう」息をするのさえ苦しい。「まだ状況は変わっていないし、わたしたちは何も決めていない。ねえ、そうでしょう？」

沈黙が流れた。

「ジョー？」

「きみが帰ってきてから話をしよう」ぶっきらぼうな声が返ってきた。「それまでに考えておいてほしいことがある。お母さんのシャネルのバッグだ。きみはあの話の比喩を間違えている。シャネルのバッグが本当はなんなのか、よく考えてみてくれ」

# 21

眠れない一夜を悶々と過ごし、目のまわりのくまを隠すため、翌朝は普段より濃いメイクを施した。目が落ちくぼんだように見せるのがはやりなら、わたしは流行の最先端に立てるのにと思い、わびしい気分になった。荷物をまとめ、ほかの三人と待ちあわせをしている時刻より少し早めにロビーへおりた。今日は、そこから二〇キロほど離れたテターボロ空港へリムジンで向かう予定だ。ニュージャージーのメドーランズにある小さな空港で、プライベート機の離着陸によく使われる。

ロビーの隣にあるラウンジへ行くと、窓際の席にベサニーがひとりでぽつんと座っていた。

「おはよう」笑みを浮かべ、声をかけた。「あなたも目が覚めてしまったの？」

ベサニーは疲れた顔で笑みを返した。「街の騒音が気になって、よく眠れなかったの。コルビーはシャワーを浴びてるわ。よかったら、座って」

「ええ。コーヒーをもらってくるわ」

コーヒーカップを手にテーブルへ戻り、ベサニーの向かいに腰をおろした。

「フィノーラが送ってくれた写真を見たわ。スカートの新しいデザインはどう？」

「いいんじゃないかしら。ビーズの飾りもつけてくれるとフィノーラが言ってたし」

「気に入った？」

ベサニーは肩をすくめた。「前開きのオーバースカートのほうが好きだったけど、こんなにどんどんおなかが大きくなるんじゃしかたがないわ」

「きれいなドレスになるわよ。きっと女王様みたいに見えるわ。昨日はサロンに同行できなくてごめんなさいね」

「別にあなたがいる必要はなかったもの。フィノーラがわたしにも母にもよくしてくれたから」言葉を切った。「彼女は何も言わないけど……きっと気づいてるわよね」

「なんのこと？」わたしは表情を変えずに尋ねた。

「出産予定日」ベサニーはぼんやりとスプーンでコーヒーをかきまわした。「本当はもうすぐ七カ月になるの。きっと結婚式にはドレスが入らなくなるわ」

「大丈夫よ。そのために最後の試着があるんだから」コーヒーをひと口飲み、窓の外へ目を向けた。スカーフをおしゃれに巻いている歩行者たち……粋な格好で自転車に乗っている女性……フェルトの中折れ帽子をかぶった年配の男性がふたり……。「お母様はご存じなの？」

ベサニーはうなずいた。「母にはなんでもしゃべっちゃうの。今度こそ黙っておこうと思うんだけど結局は話してしまって、そのたびに後悔するのよ。きっとこれからも同じことを繰り返すんだわ」

「そうはならないかもしれないわよ。わたしだって、きっと自分はこうするだろうと思っていたのに、そうしなかったことがあるもの」

ベサニーはスプーンを入れたまま、コーヒーカップを脇へ押しやった。

「コルビーのことは内緒にしておいてくれるそうね。母に聞いたわ。ありがとう」

「お礼なんていいの。わたしが口を挟むことじゃないもの」

「そうね。だけど、あなたはライアンのことが好きだわ。だから、彼にすまなく思っているはずよ。でも、そんな必要はない。ライアンは大丈夫だから」

「赤ちゃんの父親はライアンなの？」静かに尋ねた。

ベサニーが小ばかにするような目でちらりと見た。「どう思う？」

「コルビーなんでしょう？」

ベサニーの顔からかすかな笑みが消えた。返事はなかった。

言わなくてもわかることだ。

短い沈黙が流れた。

「コルビーを愛してるわ」ベサニーがようやく口を開いた。「だからといってどうしようもないけど、それが本当の気持ちなの」

「そのことをコルビーには伝えたの？」

「もちろんよ」

「彼はなんて言った？」

「ばかみたいだった。わたしと結婚して、サンタクルーズに住みたいって。子供は公立の学校へ通わせればいいと言わんばかりよ」ベサニーは自虐的な笑みをこぼした。「わたしが水上スキーのインストラクターなんかと結婚できるわけがないじゃない。だって、コルビーには財産がないのよ。そんな人と一緒になったら、誰からも招待されなくなる。人生おしまいよ」

「だけど、愛する人と暮らせるわ。赤ちゃんの本当の父親とよ。あなたも働かなければならないだろうけど、あなたは大学を出ているし、人脈もあるから――」

「エイヴリー、仕事をして稼げるお金なんてたかがしれてるの。あなたがテレビ番組に出て、それで得られるギャラだって、トラヴィス家やチェイス家やワーナー家が所有する財産と比べたらたいしたことないわ。わたしは上位一パーセントの上流家庭に育ったわけじゃない。上位〇・一パーセントの富裕層に属している。それがわたしなのよ。それなのに生活水準をさげるなんてできないわ。愛だけじゃだめなのよ」

わたしは黙っていた。

「いやな女だと思ってるでしょう？」ベサニーは言った。

「いいえ」

「わたしはそう思ってる」

「ベサニー、赤ちゃんが出産予定日より二カ月も早く生まれて、未熟児でもないとわかったとき、ライアンにはなんと説明するつもり？」

「そのころにはもう結婚してるから言い訳する必要もないわ。ライアンは赤ちゃんを自分の子だとは認めないだろうし、わたしとも離婚したがるだろうけど、そのためには慰謝料を支払わなくてはならない。わたしは裁判で闘うと脅すつもりよ。ライアンは世間に恥をさらすよりは慰謝料を払うほうを選ぶだろうと母も言ってるわ」

わたしは感情を顔に出すまいと努めた。

「コルビーが黙っていると思う？　何か言いだすかもしれないわよ」

「彼には待っててと言ってあるの。慰謝料をもらって離婚さえしたら、そのときはわたしとも、自分の子供とも一緒に暮らせるようになるからって」

言葉もなかった。「完璧な計画ね」ようやくそう言った。

はらわたが煮えくり返り、帰りの機内では口をきく気にもなれなかった。耳にイヤホンを突っこみ、自分のノートパソコンで映画を再生し、ストーリーなど頭に入らないのにじっと画面を見つめていた。

ベサニーに抱いていたかもしれない同情心は、この結婚がライアン・チェイスから慰謝料を奪うためのたくらみだと聞かされたとたんに消し飛んだ。ベサニーも彼女の両親も、この結婚は長続きしないと知っている。おなかの子の父親がライアンではないことも承知している。そのうえでライアンの性格のよさにつけこもうとしているのだ。ライアンは窮地に追いこまれ、金を巻きあげられる。ベサニーとコルビーはその金で暮らすつもりだ。

そこまで知りながら、黙っていることはできないと思った。

視界の隅に、ベサニーが母親を手招きするのをとらえた。ホリスは機体後方にあるソファへ行き、娘と二〇分ほど話しこんだ。大変なことが起きたとでもいうように、やりとりが激しくなった。おそらくベサニーが今朝わたしに話したことを後悔し、母親に相談したのだろう。ホリスが顔をあげ、視線が合った。

これでわたしは対処すべき問題の種となったわけだ。

視線をノートパソコンの画面に戻した。

時間帯が変わったおかげで、ヒューストンに着いたときはまだ午前一一時だった。「うれしいわ」笑みを顔に貼りつけ、ノートパソコンをバッグにしまった。「今日一日を有効に使えますね」

ホリスは冷ややかなほほえみを浮かべ、ベサニーは反応しなかった。

パイロットと客室乗務員に礼を言っているあいだに、ベサニーとコルビーはプライベートジェット機を降りた。出口へ向かおうと振り返ると、ホリスが待っていた。

「エイヴリー」ホリスは愛想よく言った。「ちょっといいかしら。話しておきたいことがあるの」

「もちろんです」わたしも愛想よく答えた。

「もしかするとあなたは、こちらの世界のことがよくわかっていないかもしれないから、説明しておきたいと思ったの。わたしたちくらいの富裕層になると、社会のルールが違うのよ。ライアン・チェイスをいい人だと思っているのなら、ひとつ教えておいてあげるわ。彼もほかの男たちと変わりないわよ。愛人を作るに決まっている。それに、あの顔立ちと財産があれば、生涯に少なくとも三、四人の女性と結婚するわ。そのひとりがうちの娘だからどうだっていうの？」ホリスが目を細めた。「あなたは顧客の人生を批判したり、邪魔したりするために報酬をもらっているわけじゃないのよ。あなたの仕事はこの結婚式を成立させることなの。もし何かあれば……この業界では生きていけなくなると思いなさい。テレビの仕事も来なくなるわ。わたしたち夫婦にはマスコミの大物のお友達が何人もいるの。わたしに逆らおうなんて思わないことね」

ホリスが話しているあいだ、誠実な表情を一秒たりとも崩すまいと努めた。

「ニューヨークへ向かう飛行機の中でも確認したとおり、わたしたちはちゃんとわかりあえていると思いますよ」

ホリスはしばらくこちらを見つめたあと、表情を緩めた。「心配することはないとベサニーには言ったのよ。あなたみたいな立場にいる女性は、自分の不利益になるようなことはできないからって」

「わたしみたいな立場とは？」困惑して尋ねた。

「働かなければならないってことよ」

その言葉をけがらわしいものであるかのように口にできるのは、ホリス・ワーナーくらいのものだろう。

帰り道は考えごとをしたくて、わざと遠まわりした。ゆっくり運転していると、頭がよく働くからだ。一万二〇〇〇メートル上空では苦しい思考の迷路に入りこんでいたが、地上に足をつけたとたん、奇跡のように自分がどうするべきかが見えた。

たしかに仕事で充実感を得るのは重要なことだし、必要なことでもある。それは否定できない。でも、いちばん大切なのは仕事ではなくて人間だ。

それに、わたしはもう大好きな仕事をしている。妹と一緒に何もないところから築きあげた。会社はわたしたちのものだし、順調に事業成績も伸ばしてきた。顧客を獲得するすべは心得ている。

プロデューサーたちと話をしたおかげで、自分が管理され、すべてを他人に決められるというのがどういうことかが理解できた。ふわふわの毛をした白いポメラニアンなど、こちらから願いさげだ。歯のないチワワはかわいくはないかもしれないが、少なくとも小道具ではないし、愛情を感じられる。

ずっと夢見てきた大きなチャンスを差しだされて舞いあがり、勝ち誇った気分でニューヨークを訪れたせいで、それが本当に自分のしたい仕事なのかどうか、立ちどまって考えることをしなかった。

だが、夢はしばらく見ないあいだに変わることもある。

これまでさまざまなことをなしとげたり、学んだり、ときには失ったりしたことで、これまでとは違う目で世間を見られるようになった。だけど、それ以上にわたしを変えてくれたのは、大切に思う人たちができたことだ。これまで心を覆っていたものが消え去り、いろいろなことをより深く感じられるようになった気がする。まるで……。

「ああ、そういうことだったのね……」声に出して言い、唾をのみこんだ。シャネルのバッグが本当はなんなのかがわかった。

わたしは自分の心をシャネルのバッグのごとく大切に棚にしまっておいたのだ。傷つかないように。必要なときにだけ使えるように。

でも、使いこむことで美しくなるものもある。ごつごつした岩のように、すり減ることで丸くなるものもある。壊れることで修復されるものもある。なぜなら、ものにはすべて存在するための目的があるからだ。めったに使わない心など、なんの意味があるだろう。大切な人のためにリスクを冒せない心など、なんの価値があるだろう。何かを感じることを恐れていては問題は解決されない。いいえ、そのこと自体が問題だ。

わたしの中で幸せと恐れはコインの表と裏のようなものだ。それがくるくると回転している。今すぐジョーに会いに行って、まだ彼を失っていないことを確かめたい。こんなときに考えるべきことではないのかもしれないけれど、わたしも欲しいものを見つけた。

ジョーが電話で話してくれたような人生だ。子供も含めて……。この瞬間まで、それを認めることができなかった。父みたいな人間になるのが怖かったからだ。

だけど、わたしはああいう生き方はしない。

なぜなら、人を愛することができるから。ようやくそれに気づいた。

涙でサングラスが濡れてすべりやすくなり、しかたなくはずした。

今はふたつばかり急いですませなければならない用事がある。それが終わったら、ふたりきりでゆっくり話せる時間を見つけ、ジョーに会いに行こう。わたしたちの感情は用事の合間にどうにかできるような軽いものではない。

ダイエットドクターペッパーを買おうと、ワッタバーガーのドライブスルーに入った。列に並んで待っているあいだに、電話を一本かけた。

「もしもし」そっけない応対だった。

「ライアン？」涙で濡れた頰をぬぐった。「エイヴリーです」

ライアンの口調が優しくなった。「ニューヨークから戻ってきたところかい？」

「ええ」

「旅行はどうだった？」

「思っていたより、ずっと収穫がありました。ライアン、個人的にお話ししたいことがあるんです。少しだけ、仕事を抜けられませんか？　カウンターがあるような店で会えたらうれしいんですけど。大切なことでなければ、こんなお願いはしません」

「わかった。ランチをおごるよ。今、どこだい？」

居場所を伝えると、自宅兼会社に近いレストランを指定された。

ドクターペッパーを買い、景気づけにその冷たい炭酸飲料をひと口飲んでから、ワッタバーガーの駐車場でもう一本電話をかけた。

「もしもし、ロイス？　エイヴリー・クロスリンです」残念そうな声に聞こえるよう努めた。「番組のことで、つらい結論を出さなければならなくなったんです……」

レストランで他人の耳を気にせずに話ができるのは、閑古鳥が鳴いているときか、客がいっぱいで騒々しいときだ。ライアンに指定されたレストランはランチどきで混雑し、カウンターの端の席しか空いていなかった。こういうメニューが豊富な店で食事をするのは好きだし、これから話すことの内容を考えると、近くに座りながらも相手の目を見ずに話せる環境は最適だ。

「先に言っておきますが、悪い話です。でも悪いように見えて、本当はいい話かもしれません。どちらにしても気分がよくなる内容ではないので、もし聞きたくなかったと思われたらお時間をとらせたことを謝りますし、ランチ代はわたしが持ちます。ただ、いずれにしろ、いつかは知ることになると思うので――」

「エイヴリー」ライアンがさえぎった。「もう少しゆっくりしゃべってくれ。ターボエンジンみたいだぞ」

いたずらっぽい笑みを浮かべてみせた。「ニューヨーク帰りですから」ライアンが家族に対するような温かい口調でからかってきたことが驚きでもあり、うれしくもあった。

バーテンダーがわたしのワインとライアンのビールを運んできた。わたしたちは食事を注文した。

「悪い知らせなら、遠まわしな言い方はせず、単刀直入に話してほしい。それに、いい面もあるなどと慰めてくれる必要もない。そんなのはごまかしだ」

「そうですね」どんなふうに話を切りだそうかと考えた。プライベートジェット機にコルビーが乗ってきたところからにしようか。それとも、出産予定日が違っていることからにしようか。「どう説明すればいいのか迷っています」

「だったら、ひと言で頼む」

「赤ちゃんはあなたの子ではありません」

ライアンがこちらを凝視した。

もう一度、同じことをゆっくりと口にした。「赤ちゃんはあなたの子ではありません」どういうわけか、気持ちがすっきりした。あまりにひどい話だからかもしれない。

ライアンはビールのグラスを握りしめ、いっきにあおった。そしてバーテンダーを呼び、お代わりを注文した。「話を続けてくれ」カウンターに肘をついて、まっすぐ前を向いた。

それから二〇分ほどかけて、一部始終を話した。ライアンの表情は読めなかった。巧みに感情を隠している。だが、そのうちに彼の体から力が抜けたのが感じられた。何カ月も重い荷物を背負ってきた人が、やっとそれをおろせたといった様子だ。

ようやくライアンが口を開いた。「ホリスがきみの仕事を邪魔しようとしている件については気にしなくていい。そっちはぼくがなんとかするから――」

「いやだわ、ライアン。まず心配するのはわたしのことですか？　ご自分の気持ちのほうが大切でしょう。大丈夫ですか？　もし、ベサニーを愛していたのなら――」

「いや、それはない。努力はしたが、優しく振る舞うのが精いっぱいだった」ライアンは腕を伸ばし、椅子に腰かけたままわたしをきつく抱きしめた。「ありがとう。本当にありがとう」

わたしに礼を言っているようでもあり、神に感謝しているようでもあった。

腕を離し、信じられないほど深いブルーの目でこちらを見た。「きみにしてみれば、ぼくに話さなくてはいけない理由は何もなかったはずだ。結婚式当日まで知らぬ顔を決めこんでいれば、報酬を受けとれたわけだからね」

「そして何ごともなかったように、あなたが食いものにされるのを見物するんですか？　そんなことはできません」ライアンのことが心配だった。「これからどうするおつもりですか？」

「なるべく早くベサニーと話をするよ。とりあえず結婚は延期すると伝えて、子供が生まれたらＤＮＡ鑑定を行う。それに産科医に会って、出産予定日の件も確かめる」

「じゃあ、結婚式は中止ですね」

「ああ、キャンセルさせてくれ」ライアンはきっぱりと答えた。「すでに費用がかかっているだろうし、ホリスからは回収できないだろうから、それはぼくが持つ。それにきみたちが費やした時間の分の報酬も払いたい」

「そんなことは気にしないでください」

「それじゃあ、こっちの気がすまない」

それからもうしばらく話をした。店内はしだいに客が減り、ウエイターやウエイトレスがクレジットカードや現金やレシートを持って、テーブルとレジのあいだを行き来するようになった。ライアンは小切手でランチ代を支払い、バーテンダーにかなりの額のチップを手渡した。

レストランを出るとき、ライアンがドアを押さえてくれた。

「そういえばニューヨークでの面接はどうなったんだい？」

「なかなかいい感じでしたし、それなりの条件を提示してもらえるという感触もつかみました」淡々と答えた。「だけど、断ったんです。今の仕事のほうが楽しそうな気がして……」

「きみがヒューストンにいてくれるのはうれしいよ。ところで……ジョーには会うんだろう？」

「ええ、そのつもりです」

「きみがいないあいだ、恐ろしく機嫌が悪かったぞ。ジャックが言っていた。次にどこかへ出かけるときは、頼むからあいつも連れていってくれってね。こっちがいい迷惑だ」

思わず声をあげて笑ったものの、内心では緊張が高まった。「今、あまりうまくいっていないんです。最後の電話でちょっと言い争いになってしまって」

「心配はしていないよ」ライアンは笑みを見せた。「でも、なるべく早く、やつに会ってやってくれ。ぼくたちのためにね」

わたしはうなずいた。「結婚式を中止することをスタッフに伝えて、すべき手続きを終えたら、ジョーに電話をかけてみます」それぞれの車に向かった。「ライアン」声をかけると、ライアンが振り返った。「次にいいお相手を見つけたら、また声をかけてくださいね。今度こそお幸せになることを祈っています」

「エイヴリー」ライアンが真面目な顔で答えた。「また婚約しようなんて気を起こしたら、そのときは誰かぼくを撃ち殺してくれそうな人を雇うよ」

# 22

玄関のドアを入るなり、ココがきゃんきゃんと吠え、ソファのそばから転げるようにして走ってきた。「ココ!」バッグを落とし、ココを抱きあげた。

ココが抱きついてきて、顔をぺろぺろとなめ、長いあいだ留守にしたことを怒っているように吠えつづけた。

事務所のあちこちから、おかえりなさいという声が飛んできた。

わが家はいいものだ。

「犬は時間の感覚がないからね」ソフィアが近寄ってきた。「本当はたった二泊三日なのに、二週間くらいいなかったと思ってるのよ」

「本当に二週間ぐらい出かけていた気分だわ」

ソフィアが両頰にキスをしてきた。ココは興奮して身をよじらせた。「帰ってきてくれてほっとしたわ。初日は何通もEメールをくれたのに、昨日はそれがぐっと減って、ゆうべは音沙汰なしなんだもの」

「内容盛りだくさんのテレノベラにも負けないくらい、いろいろあったのよ。話を聞いたらショックを受けるから覚悟して」

スティーヴンが笑いながら近づき、優しく抱きしめてきた。腕を離すと、ブルーの目をきらきらさせて、こちらを見おろした。「ぼくはもう、ちょっとやそっとのことじゃ驚きませんよ。くだらないテレノベラをさんざん見たから、今じゃちらりと画面に目をやっただけで展開が読めるほどです」

「そんなこと言っていられるのは今だけなんだから」ココの舌がざらついていることに気づき、顔をしかめた。「爪やすりみたいな舌じゃないの。誰もココナッツオイルを塗ってくれなかったの？」

「だって、その子が触らせてくれなかったんだもの」ソフィアが反論した。「努力はしたのよ。スティーヴン、言ってやって」

「頑張ってましたよ」スティーヴンは認めた。「ぼくが証人です」

「スティーヴンなんて、ソファから落ちるくらい、げらげら笑ってたんだから」

わたしは首を振り、ココのつぶらな目をのぞきこんだ。

「そんなにつらい思いをしたなんて、考えるだけでも胸が痛むわ」

「そこまでは大変じゃなかったけど——」ソフィアが言いかけた。

「ソフィア」スティーヴンが口を挟んだ。「エイヴリーはココに話しかけてるんだと思うよ」

ココの舌の手入れをしたあと、みんなに長テーブルへ集まってもらった。

「今日はこれから新しいプロジェクトにとりかからなければならないの」

「楽しそうですね」ヴァルが軽い口調で言った。

「それがちっとも楽しくないのよ」リー＝アンに顔を向けた。「ワーナー家の結婚式の招待状はもう発送した？」心の中で、お願いだからまだでありますようにと祈った。

「ええ、昨日出しました」リー＝アンが得意げに答えた。

わたしが悲痛な声をもらしたのを聞き、リー＝アンは目を丸くした。

「だって、そうしろという指示だったから――」

「わかっている、わかっているわ。大丈夫よ。仕事は増えるけど、なんとかなるわ。招待客のリストを印刷して。これから全員に電話をかけないといけないから」

「何が？　どうして？　なんの話です？」

「これからワーナー家とチェイス家の結婚式をとりやめる作業に入るわよ」

「どの点をですか？」スティーヴンが尋ねた。

「全部」

タンクが困惑した顔をした。「延期かい？」

「いいえ、中止。永遠になしということ」

全員がこちらへ顔を向け、口をそろえて尋ねた。「どうして？」

「外でしゃべっちゃだめよ。顧客のゴシップをもらすのは厳禁だから」

「そんなことはみんなわかってます」スティーヴンが言った。「だから、早く説明してください」

それから二時間経っても、全員がショックから立ち直れなかった。わたしは、費やした時間分の報酬は入ることを伝え、これからも結婚式の依頼は来るだろうし、大きな仕事を獲得するチャンスはあるのだからと言ってみんなを慰めた。一カ月先に迫った結婚式をキャンセルするための作業の割り振りを終えると、それでも小さな安堵が広がった。スティーヴンはすでにロールス・ロイスの予約と、引き出物の予約を一件とり消した。ソフィアはケータリング業者と、テーブルと椅子のレンタル業者に連絡し、今は先方からの返事待ちだ。ヴァルとリー＝アンは招待客に一件ずつ電話をかけ、結婚式がとりやめになったことを伝えている。もちろん、理由についてはいっさい答えていない。

「いつまでかかるかしら？」リー＝アンがぼやいた。「もう五時だから、帰ってもいいですか？」

「もしよかったら六時までお願いできないかしら。作業の進み具合次第だけど、みんな当分は残業するしかなくなるかも――」そのとき、玄関の錠が開く音がした。

ここの鍵を持っているのはわたしとソフィアとスティーヴンと……あとはジョーだけだ。ジョーが玄関に入り、じっとこちらを見つめた。

全員が黙りこんだ。

一睡もしていないのか憔悴しきった様子で、忍耐力はかけらも残っていない表情をしている。思いつめた顔のジョーを見て、わたしのために来てくれたのだと悟った。

鼓動が頭の中にまで大きく響いた。

「ライアンから電話があった」ミキサーで小石を砕いているのかと思うような声だ。

事務所の中は静まり返っていた。全員が仕事そっちのけで、耳をそばだてているのがわかる。ココでさえソファにのり、興味津々という顔をしている。

「話は聞いたの？」

「ああ」誰がいようが、何を見られようがかまうものかと思っているのは間違いない。口元には厳しい表情が浮かび、自制心を保とうと努力はしているものの、いつ何をするかわからない雰囲気を発している。

全員を急いで事務所から出さなくてはと焦った。

「ちょっとだけ待って。あとひとつふたつ用事をすませたら、話しあいましょう」

「話しあいなどしたくない」ジョーに迫られ、思わずあとずさった。「あと三〇秒したらきみを襲う。それまでに二階へあがっておいたほうがいいぞ」腕時計に目をやった。

「ジョー……」首を振り、必死に笑ってみせた。「そんな冗談は――」

「あと二五秒」

ああ、この人は本気だ。

リー＝アンとヴァルに顔を向けると、ふたりはこの瞬間を見逃してなるものかとばかりに目を輝かせている。

「もう帰っていいわよ。お疲れ様。明日はなるべく早めに出社してね」

「大丈夫ですよ。六時まで残業できますから」リー＝アンがとぼけた顔で言った。

「じゃあ、わたしもお手伝いします」ヴァルまで調子にのっている。

タンクが首を振り、珍しくにやりとした。「エイヴリー、おれが追いだしてやるよ」

スティーヴンが車の鍵を手にとった。「ソフィア、食事に行こう」何ごとも起きていないかのような口調だ。みんなの目の前で、わたしがジョーに襲われるかもしれないというのに。

「あと一八秒」ジョーが言った。

頭が真っ白になり、めまいを覚えながら、慌てて階段へ走った。

「ジョー、ばかみたいなまねは――」

「一五秒」ジョーがあとをついてきた。追われる獲物のような気分になり、手をついて階段をのぼった。階段が下りエスカレーターになった気がした。

部屋の前まで来たとき、ジョーはすぐうしろに迫っていた。部屋に駆けこんで振り返ると、ジョーがドアを閉めた。どこへ逃げようが、飛びかかってきそうな気迫が感じられる。そのときジョーの目の下にくまができ、日に焼けた顔がいくらか紅潮していることに気づいて胸が痛んだ。その胸に飛びこんだ。

きつく抱きしめられ、唇を重ねられた。ジョーが喜びか苦しみかわからない声をもらすのが聞こえた。燃えるようなキスに心を奪われ、何も考えられなくなった。どうやってベッドまでたどりついたのかもわからない。服を着たままふたりしてベッドに倒れこみ、息が苦しくなるまでただ唇をむさぼりあった。舌が首筋をはい、乱暴にシャツをまくりあげられ、ボタンが飛んだ。

震えながら笑い声をあげ、いやいやをするように首を振った。「ジョー、落ち着いて――」

また唇をふさがれた。自分を抑えようとしているのか、ジョーの体が震えているのがわかる。下腹部に猛るものを感じ、彼が欲しくてあえぎ声がもれた。でも、その前に言っておかなくてはならないことがある。

「わたしは自分が望む人生を選んだの。だから義務感に縛られる必要はないのよ。テキサスにとどまることにしたのは、ここがわたしの家だし、この土地でも夢はかなえられるし、妹も友達も仕事仲間もココもいるし――」

「ぼくは？　きみの決断にぼくは関係していないのか？」

「それは……」

ジョーが顔をしかめ、こちらを見据えた。わたしは言葉に詰まった。

「ジョー、つまり……こうなったからといって、将来の約束を期待しているわけじゃないの。プレッシャーはかけたくない。お互いが相手のことをどう思っているか本当にわかるまでには何年もかかるかもしれないし、だから――」

また唇が重ねられ、キスの感触と彼の存在感に酔いしれた。長い口づけのあと、ようやくジョーが顔をあげた。「やっと言う気になったかい？」黒い瞳にのぞきこまれた。口元には愉快そうな笑みが浮かんでいる。わたしをからかうのが大好きないつものジョーだ。「さあ、聞かせてくれ」

まともにしゃべることができないのではないかと思うほど鼓動が速まった。「あとでね」

「今がいい」攻撃網を狭めるように体重をかけてきた。

プライドをかなぐり捨てて懇願した。「ジョー、お願い、無理やり言わせないで」

「ほら」甘いささやき声で言う。「言わないと、一〇分後にはぼくに覆いかぶさられて、よがり声をあげながら言うはめになるぞ」

「もう！」身もだえした。「あなたって――」

「さあ」

「どうしてわたしが先じゃなきゃいけないの」

ジョーはわたしを見つめつづけている。「ぼくが先に聞きたいからさ」

どうしても逃れられないとわかると、マラソンを走ったあとのように息が苦しくなった。不安に満ちた声で、ひと息でその言葉を口にした。

しゃくに障ることに、ジョーはくすりと笑った。「犯罪を自白したみたいな言い方だな」

ふくれっ面をして、身をよじった。「わたしをからかうなら――」

「そんなつもりはないさ」優しく言い、体重をかけたまま、両手で頬を包みこんできた。またくすりと笑うと、こちらの目をのぞきこむ。何もかも見通すような瞳だ。「愛しているよ」ジョーは優しくキスをした。「ほら、エイヴリー、もう一度、言ってくれ。怖がることはない」

「愛しているわ」心臓が破裂しそうになった。

今度は舌をからめあう、うっとりとするようなキスをされ、最後に鼻を軽くつけられた。

「きみの唇のとりこになっている。一生キスをしつづけても、まだこの唇が欲しいと思うだろうな」

一生ですって？

人生で初めて知る喜びが、いつもは悲しみの源となっている心の奥にしみ入り、うれし涙がこみあげた。ジョーは指でその涙をぬぐい、頬にキスをした。

「さてと、もうちょっと味わわせてもらおうかな」

運命の相手と巡りあったとき、愛していると口にするのは難しくないことなのだと悟った。それどころか、こんなにたやすいことはない。

# エピローグ

〈ハッピーテイル動物保護協会〉の建物はクリスマスの飾りつけが施されていた。天井近くにはたくさんのライトがつりさげられ、ロビーにある観葉植物には骨の形をした犬用のおやつがぶらさがっている。オーナーのミリーとダンはクリスマス前後の二週間、動物の譲渡を中止している。もらい手が衝動的に犬を連れ帰って後悔するはめになってはいけないという配慮からだ。だが、それでもウェブサイトの閲覧数は多いし、施設に足を運ぶ訪問者はたくさんいた。また譲渡が可能になる一月一日まで、一時的な里親になることができるからだ。

運動部屋に入ると、ジョーはカメラを準備し、わたしはバスケットから犬用のおもちゃをいくつかとりだした。こうして毎月一度、新しく入った犬の写真を撮るボランティアをしている。今日の午後はショッピングモールのザ・ガレリアに、クリスマスプレゼントを買いに行く予定だ。わたしがショッピングを大好きなのと同じくらい、ジョーはそれが大嫌いだ。「ショッピングはスポーツみたいなものよ」以前、そう言ったことがある。「わたしについてきて。ルールを教えてあげるから」

「ショッピングはスポーツじゃないぞ」

「わたしはそういうふうに楽しむの」わたしがショッピングをするのを見るだけでもかまわないと思ったのか、そのときジョーはおとなしくついてきた。

ダンが一匹目を連れてくる前から、何匹もの犬が甲高い声で吠える騒々しい鳴き声が聞こえてきた。わたしは眉をひそめた。

「どうしたのかしら？」

ジョーがさあねというように肩をすくめた。

ドアが開き、ゴールデンレトリバーの子犬の一団がなだれこんできた。丸々とした子犬たちが目を輝かせ、尻尾を振りながらまとわりついてくるのを見て、わたしは大笑いをした。全部で五匹いる。「いっぺんに撮るの？　五匹を並べるなんて、そんなむちゃなこと……」

それぞれの首に小さなカードがぶらさがっているのを見て、言葉が尻すぼみになった。名前のカードだろうかと思った。一匹を抱きあげ、なめようとしてくる動きを制しながら、カードに印刷された文字を声に出して読んだ。〝ます〟と書かれている。別の子犬のカードには〝くれ〟とあった。ちらりとジョーを見た。ジョーは別の一匹をこちらへ押しやった。〝ぼくと〟と書かれている。

それでぴんと来た。

涙で視界がぼやけ、まばたきをした。「次は？」鼻水をすすりながら尋ねた。子犬たちは好き勝手に駆けまわっている。

「ちびっこたち！」ジョーはてんでんばらばらに遊んでいる子犬たちに声をかけた。「練習どおりに頼むぞ」そう言いながら、一匹ずつ並べていった。でも、順番が違った。〝ます〟〝くれ〟〝結婚して〟〝ぼくと〟

並べられた四匹はぐるぐると走りまわり、〝か〟のカードをつけた一匹はバスケットに入ったおもちゃをあさっている。

「子犬にプロポーズをさせるの？」いたずらっぽい笑みを浮かべてみせた。

ジョーはポケットから指輪をとりだした。「だめかな？」

なんてすてきなことを考える人だろうと思うと、愛情と熱い思いがこみあげる。

袖口で涙を拭いた。

「いいえ、すてきよ。文法はちょっと変だけど。でも、よっぽど子犬の扱いがうまくないと無理ね」子犬を脇へ寄せて、ジョーの膝にのって首筋に抱きついた。「どうやったら〝イエス〟と答えられるのかしら。もう一匹いるの？」

「六匹目に表が〝イエス〟で、裏が〝ノー〟のカードをつけようと思ったんだが、先週もらわれてしまったんだ」

ジョーの唇にキスをした。「〝ノー〟はいらないわ」

「じゃあ……？」

「もちろん、〝イエス〟よ！」

ジョーがダイヤモンドの指輪をはめてくれた。きらきらと輝く宝石がとても美しい。「愛している」そう言われ、わたしも心を震わせながら同じ言葉を返した。ジョーを押し倒そうと、もたれかかった。

ジョーはされるがままに床に寝転がり、わたしを抱きしめ、口づけをした。そのまま回転して、今度はジョーが覆いかぶさる形となり、熱いキスを交わした。子犬たちにのっかられ、せっかくの甘いひとときを邪魔された。わたしたちは大笑いした。笑いながらキスをするのは難しい。

それでもわたしたちは唇を重ねつづけた。

# 訳者あとがき

ヒストリカル・ロマンスの大御所であり、今やコンテンポラリー・ロマンス作家としても次々とベストセラーを世に出しているリサ・クレイパス。その彼女が初めて手がけた現代物であるトラヴィス家のシリーズは、本国では二〇〇七年（邦訳二〇〇八年）、二〇〇八年（邦訳二〇〇九年）、二〇〇九年（邦訳二〇一一年）と立て続けに出版されました。そして、今回、トラヴィス家の三男を主人公とした第四弾がなんと六年ぶりに発表されたのです。三男ジョーの物語を、首を長くして待っていらっしゃった読者の方も多いのではないでしょうか。

ヒーローは父親が一代で財をなした大富豪トラヴィス家の三男ジョー・トラヴィス。裕福な家庭に育ったとはいえ、それに甘えることを許さなかった父親の厳しい教育と躾の結果、ジョーはフリーランスのカメラマンとなり、賞をとるほどの実力を身につけ、心身ともにたくましく、そして優しい男性に育ちます。

一方、ヒロインのエイヴリー・クロスリンは、ニューヨークでデザイン学校に通い、ウエディングドレスのデザインをしていたのですが、なかなか芽が出ないことで悩んでいました。

そんなとき、父の死をきっかけに、顔も知らなかった異母妹と出会います。家族愛に恵まれなかったふたりは姉妹の絆によりどころを感じ、テキサスで力を合わせて結婚式をコーディネートする会社を立ちあげます。

そんなふたりが出会ったのは、エイヴリーが手がけた大金持ちの結婚式でした。ウエディングプランナーとしてはそれなりに自信を持っているエイヴリーですが、結婚式の当日、会場の準備をしているときにサソリに出くわし、半ばパニックに陥ります。なんとかしてサソリを退治しようと、不測の事態に備えてさまざまなものを入れて持ち歩いているトートバッグの中をあさり、何か使えるものはないかと必死に探します。そして見つけたのがヘアスプレーの缶。吹きつければ窒息させられるのではないかと考えたのです。そのとき、「そんなものは効かないぞ。サソリの髪をボリュームアップして、つやを出そうっていうなら話は別だけどね」と声をかけたのがジョー・トラヴィスでした。

ふたりはひと目で恋に落ちました。ところが、まっすぐに育ったジョーは猛烈にアタックするも、心に傷を抱えているエイヴリーは逃げつづけます。それでも一夜だけならばと関係を持つのですが……。

今回の作品には、本シリーズの過去の作品に登場したヒーロー、ヒロインたちも勢ぞろいします。少しだけネタばらしをしますと、そのうちのひとりが重い病気にかかり、家族全員が病院に駆けつけるのです。そこにはもちろん、本作品のヒロインであるエイヴリーの姿もあります。彼らの家族関係は？　結婚生活のその後は？　さらりと触れるのではなく、かなりしっかりと書かれていますので、第一～三弾を楽しまれた方には、いっそうおもしろみを感じていただけるのではないでしょうか。ちなみに過去の作品の邦題は『夢を見ること』『幸せの宿る場所』『もう強がりはいらない』で、どれも原書房より刊行されています。ご興味のある方は、こちらも合わせて手にとっていただければうれしく思います。

トラヴィス家の三兄弟と末っ子である妹の物語はこれでおしまいだろうと思われます。ところが今回、ヒーローが兄弟も同然のつきあいをしているいとこが登場します。この彼がなかなか人間味があり、深く描いたらすてきだろうと思われる男性です。スピンオフのような形で第五弾が出ないかと、ひそかに願っているところです。ご愛読、どうもありがとうございました。

二〇一五年一一月

ライムブックス

# やさしさに触《ふ》れたなら

著　者　リサ・クレイパス
訳　者　水野《みずの》　凜《りん》

2015年12月20日　初版第一刷発行

発行人　成瀬雅人
発行所　株式会社原書房
〒160-0022東京都新宿区新宿1-25-13
電話・代表03-3354-0685　http://www.harashobo.co.jp
振替・00150-6-151594
カバーデザイン　松山はるみ
印刷所　図書印刷株式会社

落丁・乱丁本はお取替えいたします。
定価は、カバーに表示してあります。
 ISBN978-4-562-04477-1　Printed in Japan